소설분석방법

서강대학교 인문과학연구소 인문연구전간 제52집

소설분석방법

... 최시한 지음

일조각

Humanities Monographs No. 52
Research Institute for Humanities
Sogang University

Reading for the Novel

by

Choe Si-han

ILCHOKAK
Seoul, 2015

책머리에

어느 분야의 연구에서나 방법론에 대한 관심, 적어도 방법을 체계화해야 한다는 의식은 필수적이다. 주지하듯이 방법은 내용을 형성하고 결정한다. 어쩌면 합리적 방법 없이 일정한 본질은 존재할 수 없는지도 모른다.

한국 문화는 상대적으로 방법 혹은 이론을 중시하지 않는 경향이 있어 보인다. 그래서 글도 내용이나 가르침 위주로 인식하는 면이 짙다. 이는 문학 분야도 마찬가지인데, 연구 방법 이전에 그 대상의 방법적 측면에 속하는 '기법'이나 '형식'이라는 말부터가 덜 중요하거나 부정적인 징표를 띠고 있음에서 짐작할 수 있다.

'언어를 초월하려는 언어'인 문학에 대해 논리적 언어를 구사하려는 시도는 무리해 보이는 게 사실이다. 하지만 '분석'이든 '해석'이든 '감상'이든, 우리는 소설을 연구하고 또 교육하며, 그것을 더 잘하고자 어떤 방법을 사용한다. 언어예술을 다루는 그 작업에 어떤 무리가 있다 하더라도, 그 활동 자체가 문학의 일부임을 부정할 수 없다. 그런데도 방법론에 관한 합리적 모색을 소홀히 하는 데는 문학에 대한 낭만적 절대주의 같은 것, 문학이론을 문학 아래에 놓고 작품에 대한 분석을 '형식주의'로 폄하하는 뿌리 깊은 관념이 작용하고 있다. 서구의 방법론을 배우기에도 시간이 모자라다는, 어떤 열등감 따위도 연관되어 있는 듯하다. 근대적 문학 연구와 교육의 역사가 길지 않고, 방법을 수입하는 데 치우쳐온 관습 때문이겠으나, 이제는 확실히 벗어날 때가 아닌가 싶다.

이 책은 소설 분석의 방법을 주요 요소별로, 특히 그 서술층위 중심으로 궁리한 것이다. 소설의 미적 원리를 다룰 이론적 모색을 하되, 한국 근대소설 연구에서 의미 있는 작품이나 논점을 대상으로 그 적합성을 검토했다. 필자는 여기서 근래 나름대로 해온 작업을 종합하고자 했는데, 그에 따라 일부는 『소설, 어떻게 읽을 것인가』(2010), 『스토리텔링, 어떻게 할 것인가』(2015)와 밀접한 관계가 있다.

제목에 '방법'이라는 말을 사용할 수 있을 만큼의 폭과 깊이를 지니지 못했으나, 결국 그 말을 쓰게 되었다. 소설의 연구와 교육을 도와줄 용어사전이 아쉬운 현실을 개선하고자 시작한 일이기에, 그 방면에 조금이나마 도움이 되기를 기대한다.

은사님들의 빛나는 업적이 즐비한 서강대학교 인문과학연구소 인문전간의 하나로 이 책이 발간됨을 큰 기쁨으로 여긴다. 소장님을 비롯한 여러분께 감사드린다. 시리즈에 누가 되지 않기를 바랄 뿐이다.

이 책을 팔순이 되신 이재선 선생님께 삼가 바친다.

2015년 1월

최시한

6

차례

서장 소설의 층위와 초점

1.

소설의 층위level를 스토리와 서술discourse로 나눌 경우, 스토리가 '서술된 것'의 차원이라면 서술은 '서술하는 것'의 차원이라고 할 수 있다. 스토리는 서술에 의해 형성되므로 둘은 상호 의존 관계이다. 읽는 쪽에서 보면, 스토리는 서술을 매개로, 서술을 수용하고 해석하는 과정에서 형성된다. 따라서 서술에 대한 합리적 분석이 미흡하면 적절한 스토리 해석을 기대하기 어렵다.

한국 근대소설 연구는 스토리층위에 비해 서술층위에 대한 관심이 적은 경향이 있다. 가령 이른바 모더니즘 계열 소설들의 특징을 지적할 때 흔히 '지식인', '내면 심리', '도시 공간' 등이 핵심어로 사용된다. 그런데 이들에서는 근대문학 형성기의 "선형적 서술구조의 약화 현상"[1]이 심화되어 나타난

---

1 이재선, 『한국소설사 근·현대편 1』, 서울: 민음사, 2000, 23쪽.

"미학적 혁신과 비선형적 서술"[2]이라는 말이 눈에 잘 띄지 않는다.

서술층위를 소홀히 하는 연구 경향은 현실에 대한 작가의 인식이나 재현 문제에 치우쳐 작품의 문학성 연구를 약화시키기 쉽다. 내용에 치중한 연구에서 흔히 '서술된 것'이라고 여기는 것, 즉 스토리층위의 사건, 인물, 시간, 공간 등에 대한 판단 자체의 타당성을 뒷받침하기 위해서도 서술층위 분석은 필요하다. 이에 대한 관심 부족은 결국 소설 연구의 논리와 깊이를 저해할 수 있다. 나아가 소설의 소통 과정에 참여하는 여러 주체들, 곧 창작주체(작자)–서술주체(서술자)–행동주체(인물)/인식주체(초점자)–독서주체(독자) 등의 역할을 두루 고려하여 작품을 이야기 행위 속에서 입체적으로 해석하는 데 지장을 줄 것이다.

한국 근대소설 연구가 서술층위를 소홀히 여기게 된 이유는 여러 가지일 터이다. 현실이 소설문학과 그 연구에 요구한 바가 너무 무거워서 미처 거기까지 관심을 쏟지 못했기 때문일 수 있다. 또 서술을 내용과 대립되는 좁은 의미의 '형식'과 동일시하며 서술이나 기법 연구를 이른바 '형식주의적'이라고 맹목적으로 폄하하는 관점도 작용한 듯하다. 그리고 서술층위에 속하는 플롯, 인물 그려내기characterization, 초점화 등이 개성적 측면과 함께 관습적 측면을 지니고 있으므로 정밀한 개별 서술 분석과 함께 많은 자료를 대상으로 한 귀납적 연구가 축적되어야 하는데, 그럴 만한 시간이 적었던 탓도 있을 것이다.

하지만 이러한 불균형은 바로잡을 필요가 있다. 무엇보다 소설의 예술성을 좌우하는 게 서술이므로, 언어예술로서의 소설 자체가 그에 대한 섬세한 분석을 요구한다. 아울러 전자혁명이 소통의 매체와 형식을 획기적으로 혁신하고 다양화한 현실에서, 소설이 차지하는 위상의 변화 또한 서술에 대한

---

2 권은, 「경성 모더니즘 소설 연구」, 서강대학교 박사학위논문, 2012, 1쪽.

체계적 분석을 요구한다. 그것이 이야기 행위(스토리텔링) 전반에 대한 연구의 바탕 혹은 출발점이 될 수 있기 때문이다.

최명익의 중편소설 「심문心紋」[3]은 이상의 「날개」, 박태원의 「소설가 구보씨의 일일」 등과 함께 모더니즘 계열의 대표적 작품으로 평가된다. 따라서 이 작품을 서술층위 중심으로 분석하는 작업은, 이 계열 소설의 문학적 특성을 밝힘은 물론, 스토리층위에 치우친 분석 경향의 개선 방안을 제시하는 하나의 예가 될 것이다.

소설 분석 방법을 논의하며 먼저 살펴야 하는 것은 층위 설정 문제, 또 그와 관계가 밀접한 '초점' 문제라고 본다. 「심문」의 서술 중심 분석 작업을 이 연구의 서장에 놓은 것은, 그러한 이론적 논의를 이끌어내기 위해서이기도 하다.

2.

「심문」을 읽는 독자는 줄곧 이런 의문을 품게 된다. 이 소설은 도대체 무엇에 관한 이야기인가? 이를 달리 표현하면, '이 서술들을 가지고 (나는) 무엇을 어떻게 형성해내야 하는가?'가 된다. 사실, 어떤 소설을 읽든 독자는 이런 의문을 품기 마련이다. 소설 속에 형상화된 세계는 경험세계를 낯설게 한 것일 뿐 아니라, 단순한 재현보다는 일종의 비유나 상징으로 받아들여지기 때문이다. 따라서 앞의 의문은, 「심문」이 그 '무엇'을 파악하거나 설정하기가 상대적으로 더 어려우며, 달리 보면 그것을 거부하는 특징을 지니고 있기에 나왔다고 할 수 있다.

---

3 『문장』 1939년 6월호에 발표되었으며, 2백 자 원고지 400여 장 분량이다. 인용문은 정서법을 오늘날에 가깝게 손보았다.

소설 독자가 이런 의문을 품을 때, 그 '무엇'은 여러 가지—스토리, 제재, 주제[4] 등—를 가리킨다. 이 작품은 그것들이 분명하지 않거나 설정하기 어려워서 전통적 혹은 일반적인 방법으로 접근하면 부적절하게 읽을 가능성이 있는 셈이다. 「심문」의 '무엇'은 왜 설정하기 어려운가? 이는 소설의 '어떻게'의 층위, 즉 서술에서 초점focus[5]을 가늠하기 어렵기 때문으로 보인다. 앞서 언급했듯이 스토리와 서술은 상호 의존하는 관계이며, 소설의 서술은 보통 스토리 전달이 선명한 데 비해, 이 작품의 서술은 그렇지 않기 때문이다.

---

4 여기서 주제란 텍스트에서 지배적인 기능을 하는 의미 요소를 가리킨다. 그것은 어떤 사상, 이념 등일 수도 있고 이미지, 분위기, 태도 등일 수도 있다. 주제는 그것을 형성하고 표현하는 서술의 추상적·구상적 재료인 '제재'와 구별된다. 최시한, 「'제재'에 대하여」, 『시학과 언어학』 제20호, 시학과언어학회, 2011, 214~215쪽. 제재와 주제는 스토리와 함께 소설의 '무엇'에 해당하지만, 이 글의 뒤에 가서, 스토리와 다른 층위에 존재하는, 그래서 또 하나의 층위를 이루는 것으로 간주될 터이다.

5 초점은, 서술 주체(서술자)가 시각 주체(초점자)가 따로 존재하는 경우에는 그와 함께 바라보고 서술하는 대상의 주요 지점, 또 그 행위를 지배하는 주체의 태도, 관심, 생각 등의 핵심을 가리킨다. 달리 말하면, 초점은 독자로 하여금 허구세계의 무엇에 대해 어떤 관점에서 조망하고 인식하도록 하는 서술의 지향점이다. 그것은 작품 전체 차원에서는 중심 제재나 주제일 수도 있고, 구체적인 어떤 장면에서는 인물, 사물, 생각 등일 수도 있다. 넓게 보면 주제 및 제재 형성 문제이고, 좁게 보면 재현 혹은 대상을 '보는(인식하는)' 문제인 것이다. 초점의 개념을 이렇게 잡을 때 초점화란 초점 있게 서술을 하는 것 혹은 서술의 초점을 맞추는 것이다.
클리앤스 브룩스Cleanth Brooks와 로버트 워런Robert Penn Warren은 '초점focus'과 '서술의 초점focus of narration'이라는 용어를 함께 썼다. 후자의 유형이 바로 널리 알려진, 이른바 '시점의 네 가지 종류'이다. 한편 제라르 주네트Gérard Genette는 초점자focalizer, 즉 대상을 바라보는 인물의 눈을 통해 재현하는가 여부를 기준으로 초점화focalization의 형태를 분류하면서, 그런 존재가 없는 서술을 '제로 초점화 서술'이라고 불렀다. 주네트와 달리 H. 포터 애벗H. Porter Abbott은 서술 행위 전반을 초점화로 간주했다. 즉, 대부분의 서술에서 서술자가 초점자라고 봤다. 주네트는 자신의 초점(화) 개념이 브룩스와 워런의 '서술의 초점'과 통한다고 했지만, 애벗의 그것이 브룩스와 워런의 개념에 가까워 보인다. 애벗은 초점화를 "우리가 서사 속의 인물과 사건을 렌즈로 바라보는 것"이라고 정의하고, 그 맥락에서 초점이라는 용어를 사용했다. 하지만 초점을 따로 정의하지는 않았기에, 필자 나름대로 앞과 같이 정의하여 사용한다.
Cleanth Brooks·Robert Penn Warren, *Understanding Fiction*, New York: Appleton-Century-Crofts, Inc., 1959, p.148, 684; H. 포터 애벗, 우찬제 외 역, 『서사학 강의』, 서울: 문학과지성사, 2010, 146, 461쪽; Gérard Genette, trans. Jane E. Lewin, *Narrative Discourse*, Ithaca: Cornell University Press, 1980, p.189.

이 소설은 기본적으로 '나'(김명일)의 여행기 형태를 취하고 있다. 그러므로 '길 이야기' 같은 면이 있지만, 그 길은 "의식의 미로"[6]에 가깝다. 서술자−초점자인 김명일의 내면적 사건 중심인 데다 그 심리가 절망과 허무에 사로잡혀 방황하고 분열되어 있으므로 스토리, 즉 '줄거리' 설정이 쉽지 않다. 서술이 사건 중심적이 아니고 중의성重意性 혹은 모호성을 지니고 있어서 스토리 라인story line을 잡기가 어려운 것이다.

「심문」의 앞부분은 이러한 특징을 압축하여 보여준다. "일정한 주소도 없는 지금의 생활이 주체스러워 견딜 수가 없는" 김명일은 화가인데, 하얼빈으로 가는 기차를 타고 있다. 그는 "특급의 속력을 무모無謀로 느끼"면서, 차창 밖으로 지나가는 사물들이 "지나친 공간 시간 저편 뒤에 가로막힌 캔버스 위에 한 터치로 붙어버릴 것 같"(4쪽)다는 생각을 거듭한다. 그러다가 결국 "나 역시…… 어느 때 어느 장벽에 부딪혀서 어떤 풍속화나 혹은 어떤 인정극 배경의 한 터치의 오일이 되고 말는지 예측할 수는 없을 것"이라고 상상한다. 인물의 이런 내면적 행동, 그것을 야기한 사물(기차와 풍경), 그리고 그것들을 제시하는 서술의 형식이 모두 물감을 여러 겹으로 바르는 것 같은 덧칠하기, 즉 중첩 혹은 병렬의 형태이다.

하얼빈에 도착하여 "굳이 여옥이를 찾지 않고 말 이유가 없"었던 나는 하급 카바레의 댄서로 일하는 여옥의 집을 찾게 된다. 그 실내에 대한 서술은 이 작품의 중첩적 서술 형태를 잘 보여주는 대목이다.

들어선 여옥이의 살림은 사실 거친 것이었다. 방 한가운데는 사기 재떨이만을 올려놓은 둥근 탁자와 서너 개 나무 의자가 벌어져 있고, 거리 편으로 잇대어 난 단 두 폭이 벼락닫이 창 밑에는 유단이 닳아 모서리에는 소가 비죽이 나온 장의자가 길게 누운 듯이 놓여 있었다. (중략) 여옥이는 내가 기억하는 그 몸매의 선을

6 이재선, 앞의 책, 539쪽.

내비치듯이 달라붙은 초록빛 호복을 입고 붉은 장의자에 파묻히듯이 앉아서 열어놓은 창틀 위에 팔꿈치를 세운 손끝에 담배를 피워 들었다. 짧은 호복 소매 밖의 그 손목은 가늘고 시들어서 한 가닥 황촉을 세운 듯하고 고 손끝의 물들인 손톱은 홍옥같이 빛나는 것이다. (중략) 높은 건축의 골짜구니라 그런지 걸싼 양녀洋女들이 헤엄치는 열대어나 금붕어같이 매끄럽고 민첩하다. 그러한 인어의 거리에 무더기무더기 모여 앉은 쿨리(노동자) 떼는 바다 밑에 깔린 바윗돌같이 봄이 가건 겨울이 오건 무심하고, 바뀌는 계절도, 역사의 파도까지도 그들을 어쩌는 수 없는 존재같이 생각되었다. 그러한 창밖에 눈이 팔려 있을 때 들창 위에 달아놓은 조롱에서 새가 울었다. (중략) 여옥이는 간간이 손수건을 내어 콧물을 씻어가며 초록빛 호복 자락으로 손톱을 닦고 있었다. 나는, 그의 직업 탓이려니 생각하지만, 그러나 천한 취미로 물들여진 여옥의 손톱이 닦을수록 더 영롱해지는 것을 보던 눈에 종달새의 며느리발톱이 띄자 깜짝 놀랄밖에 없었다. 그것은 병신스럽게 한 치가 긴 것이었다. (16~18쪽)

앞의 인용문에서는 낡은 의자와 마약에 취한 여옥의 모습, 그녀의 손톱과 갇힌 종달새의 발톱 등의 형상과 이미지가 중첩된다. 그것들은 또한 창밖 거리의 쿨리와 중첩되는 동시에 서양 여자와 대조되며, "역사의 파도까지도 어쩌는 수 없는 존재"로 이미지가 그려지고 확장된다.

이러한 서술의 비선형성 또는 공간성은, 이 작품이 "기차의 속도로 상징되는 근대성의 한 측면",[7] 일제강점기 지식인의 내면적 분열 등을 잘 표현한 것과는 다른, 또 하나의 근대적 면모이다.[8] 공간성을 띤 서술은 현실의 명료함에 의문을 제기하며 물리적 시간의 인과 질서에서 멀어진다. 그리하여 모호함과 애매함을 무릅쓴 채 오히려 그것을 활용하여 새로운 진실을 새

7 신형기, 「최명익과 쇄신의 꿈」, 『현대문학의 연구』 제24호, 한국문학연구학회, 2004, 348쪽.
8 '공간'에 관한 묘사적 서술은 신소설에서 본격적으로 나타났고, 근대적 소설과 이전 소설을 구분하는 징표 중 하나가 되었다. 이러한 서술이 도입되자 이전 소설에 비해 서사의 진행이 느려지고 서술이 회화적 됨으로써 소설의 '공간적' 특성이 형성되었다. 여기서 논의하는 '서술의 공간성'은 그와 관련된 특성이 훨씬 진전되고 양식화된 상태를 가리킨다. 최시한, 「근대소설의 형성과 '공간'」, 『현대문학이론연구』 제32집, 2007, 13~14쪽을 참조할 것. (이 책의 제4장에 수록)

로운 형태로 표현하려 한다.

상상은 현실이 된다. 김명일은 여행이 끝나는 이 소설의 결말부에서, 자신이 상상했던 "인정극 배경의 한 터치의 오일" 같은 처지에 놓이게 된다. 사건을 '상황 혹은 상태의 변화'[9]라고 볼 때, 이 이야기 전개 과정에서 변화는 크거나 명료하지 않으며, 그가 하는 역할 역시 그러하다. 상황에 휘둘려 "한 터치의 오일"처럼 내동댕이쳐질 뿐이다. 이런 존재가 계속하여 생각하고 상상하는 우울한 '의식 공간'이 이 '공간적' 소설의 서술이 형상화하는 세계요 현실이다.

그 공간에서 벌어지는 일들이 독자의 내면에서 구체적인 스토리를 형성하기 어려운 또 다른 이유는, 이처럼 인물의 행위 동기가 뚜렷하지 않으면서, 궁핍하고 역설적인 상황에 수동적으로 끌려가기 때문이다. 3년 전에 아내와 사별한 김명일은 떠도는 삶을 살았다. 그가 이 "방랑이나 다름없는 여행"을 떠난 일차 목적은 만주에서 성공한 이 군李君을 만나 새로운 삶의 계기를 찾는 것이었다. 그런데 명일은 기차가 우룽베이역에 도착했을 때, 지난봄에 거기서 같이 지내다가 헤어졌던 여옥을 회상한다. 그리고 그녀가 하얼빈에 있다기에 가는 길이기도 함을 내비친다. 그는 아내를 잊지 못하여 여옥과의 사랑을 이루지 못했는데, "어떤 음울한 숙명까지도 나를 노리고 있을 것 같"은 생각이 드는데도 결국 그녀를 다시 만난다. 그리고 "대체 나는 여옥이와 아직 어떤 인연이 남았을까 하고 속으로 중얼거리며"(21쪽) 여행을 계속한다.

여옥은 애인 현일영의 몰락을 보면서 자신도 몰락하다 결국 자살한다. 그런데 "낮과 밤이 다른" 모순적 성격을 지닌 그녀가 자살한 이유 역시 뚜렷하지 않다. 현일영과 이별을 할 수도 하지 않을 수도 없는 상황에 처한 그녀

---

9 최시한, 『소설의 해석과 교육』, 서울: 문학과지성사, 2005, 87쪽.

는 그가 자신을 더 이상 사랑하지 않음을 알고 관계를 청산하기 위해 명일에게 도움을 청하는데, 막상 떠날 수 있게 되자 도움 받기를 포기하고 목숨을 끊는다. 이런 역설적 상황[10]에 더하여 그녀는 유서로 남긴 편지에서, 독자의 예상을 짐작하고 있었다는 듯이, "버림받은 것이 분해서 죽는 것은 아니"고 "그저 외롭"기(49쪽) 때문이라고 말한다. 이리하여 그녀의 자살 이유는 여러 해석이 가능하지만 어느 것도 선명하지 않은, '심문(마음의 무늬)' 자국들만 희미한 일종의 공백으로 남는다.

여기서 우리는 처음 던졌던 질문을 상기하게 된다. 이 소설의 서술은 '무엇'에 관한 것인가? 이제 좀 더 서술층위 위주로 살펴보자. 앞에서 살폈듯이 이 작품의 스토리 설정이 어려운 이유는 행동의 인과성이 선명하거나 단선적이지 않기 때문이기도 하지만, 서술의 '초점'이 분명하지 않고 또한 자꾸 바뀌기 때문이기도 하다.

이 소설에서는 "급성 신경쇠약"이 버릇인 김명일이, 여행 중에 했던 행동들의 이유를 (여행이 끝난 후 '서술하는 현재'에도) "아직도 모르는" 채 일인칭으로 서술한다. 그런데 소설에는 다른 두 인물인 현일영과 여옥의 긴 "이야기"도 들어 있다. 여옥은 현일영의 말을 중개하여 서술하기도 한다. 이처럼 서술이 여러 입장에서 다르게 나타남으로써 사건을 누구의 관점에서, 대상의 어느 면에 초점을 맞추고 해석해야 할 것인지가 모호해진다. 이 소설에는 이 연구에서의 의미와 통하는 '초점'이라는 말이 실제로 여옥에 대한 '나'의 서술에 등장한다.

그러한 여옥이의 말을 듣고 눈물을 보는 나는, 언제나 나의 의식을 분열시키고

---

10 김윤식, 정호웅은 최명익이 사용한 역설의 기법에 주목하고, 그가 이 작품에서 인물들의 "심리를 심도 있게 분석함으로써 인간의 본질 탐구에 나아갔"으며, "이것만으로도 우리 소설사에서는 매우 낯선 것이 아닐 수 없다"(김윤식·정호웅, 『한국소설사』 개정증보판, 서울: 문학동네, 2000, 283쪽)고 봤다.

야 말던, 그 역시 분열된 의식으로 갈피를 잡을 수 없던 여옥이의 표정이 갱생에 대한 열정과 동경을 <u>초점</u>으로 통일된 것을 발견하고, 지금의 여옥이면 역력히 그럴 수 있다고 생각하였다. (중략) 지금 한 <u>초점</u>으로 통일된 의식과 순화한 정서로 맺힌 맑은 눈물을 바라보는 나는 여옥이가 잠시 내밀어달라는 손을 어떻게 얼마나 잠시 내밀어야 하는 것이며 현과의 관계는 어떻게 되는 것이며…… (후략) (31~32쪽, 밑줄—인용자, 이하 같음)

그러나 여옥의 초점은 금방 무너지고 작품의 초점 역시 불안하게 바뀐다. 앞에서 김명일과 여옥을 다루었으므로 현일영을 중심으로 이러한 면을 살펴보자. "한때 좌익 이론의 헤게모니를 잡았던", "젊은 투사로, 지도이론분자로 혁혁한 적이 있었"던 그는 왜 중국 땅에서 마약 중독자가 되어 애인을 착취하며 살고 있는가? 그는 스스로 "자포자기"하는 "성격적 결함" 때문이라고 말한다. 일제의 서슬이 퍼렇던 1939년에 발표된 이 소설을 서술 자체에만 매여 해석하면 안 됨을 감안하더라도, 중국의 대도시를 배경으로 등장한 이 사회주의자 지식인—한국 근대소설에서 보기 드문—과 관련된 서술은, 그 질문에 답을 제공할 어떤 구체적인 사회적·역사적 맥락을 형성하고 있다고 보기 어렵다. 개인을 삼키는 "역사의 파도"에 관한 언급과, "역사적 결론의 예측이나 이상은 언제나 역사적으로 그 오류가 증명되어왔고 진리는 오직 과거로만 입증되는 것이므로, 현재나 더욱이 미래에는 있을 수 없다"는 현일영의 절망적인 말이 다소 암시적일 따름이다. "숙명", "운명" 등의 말이 자주 쓰일 뿐, 그의 자포자기의 원인을 환기할 서술도 빈약하다. 즉, 사회주의자 현일영에 관한 서술 역시 방황하고 절망하는 내면에 초점이 놓여 있고, 당대 현실과의 재현적 관련성이 적다. 물론 이 점을 메우거나 추리하며 해석할 수 있지만, 일단 사회주의나 그와 관련된 현실에 대한 서술이 하나의 초점이나 맥락을 이룰 만큼 최소한으로라도 형성되어 있다고 보기 힘든 것이다.

김명일은 자신이 겪는 일들이 "희극"이나 "연극" 같다고 자주 말한다. 주로 그의 목소리로 이루어진 이 소설 역시 일반적 현실과는 다른 세계를 그려낸다. 그 세계는 절망적이고 모호하며 분열되어 있다. 그것을 제시하는 서술 또한 그러하다. 전통적이고 일반적인 소설 서술이 시간적이라면 이 작품의 그것은 공간적이다. 전자에서는 스토리충위의 요소들, 곧 내용적 요소들이 인과관계 위주로 결합되어 선線을 이룬다면, 후자에서는 그것들이 면面에 흩뿌려져 있다. 인과관계는 다중적이거나 의도적으로 지체되고 뭉개진 채 각각의 이미지—강력한 효과를 거두기 위해 낯설게 된 형상이 환기하는—가 유사(중첩, 반복, 은유), 환유, 대조 등을 비롯한 갖가지 관계로 "몽타주"되어 제3의 의미공간을 이룬다. 이는 선형적 플롯과 다른 공간적 형태의 플롯이다. 결말을 향해 나아가는 일관된 질서가 약하여 요소들이 중의성 혹은 모호성을 지닌 채 흩어져 있는 까닭이다. 이로 인해 초점이 객체, 즉 현실의 재현보다 주체의 표현에, 또한 사건의 외면적 전개보다 인물의 내면 제시나 주제적 분위기 제시에 맞춰진다. 따라서 언어들이 주로 지시적 기능보다 시적 기능을 하게 되고, 공간의 표현적 기능[11]이 중시되며, 전체가 일종의 알레고리에 가까워진다.

　　이러한 작품을 읽기에 적합한 방법은, 요소들의 초점을 따지면서 시간적 관계보다 공간적 관계를, 지시적 의미보다 상징적 의미를 살피는 것이다. '심문'이라는 제목은 이 소설이 마음에 초점을 두고 심리 상태를 중심 제재로 삼았음을 말해준다. 동기나 인과관계가 모호한 작품 속 내면의 어두운 움직임은 변하거나 진전하지 않고 제자리를 맴돌며 중첩 또는 병치된다. 거기서 시간은 시간이 아니고, 역사 또한 방향이 없다. 인물들 역시 분열되고 절망적이며 미래에 대한 희망을 상실한 특질을 공유하였기에 서로 하나의

---

11 최시한, 『소설, 어떻게 읽을 것인가—이야기의 이론과 해석』, 서울: 문학과지성사, 2010, 186쪽.

패러다임을 이루는 중첩적인 관계이다. 결국 그들 중 하나가 자살하는데, 그렇다고 해서 변한 것은 없고 변하리라는 희망도 없다. 이러한 절망적 내면 풍경, 그 "그로(그로테스크)"(30쪽)한 이미지, 극단적으로 닫힌 분위기 등에 이 소설의 주제적 의미의 초점이 놓여 있다.

이 작품은 현실도피적이거나 관념적이라고 비판받을 여지가 있다. 그러나 한편으로, 이 작품은 폐쇄되고 억압된 식민지 현실의 내면적 축도縮圖 혹은 상징이요, 그런 내면적 현실을 그리려는 사상적 모색과 형식적 실험의 결과라고 볼 수도 있다. 이제까지 분석을 하면서 이 소설'에 대해' 사용한 말들 가운데 (큰따옴표를 붙인) 많은 말이 「심문」의 서술 자체에서 따온 것이라는 사실이 암시하듯이, 이 소설의 서술은 서술방식'에 대한' 작가의 치열한 자의식과 모색의 산물이다.

3.

소설을 분석할 때 우리는 의식적, 무의식적으로 층위를 나누고 그들의 관계를 살핀다. 층위는 흔히 '소설의 요소'라고 부르는 것들 가운데 하나가 아니라, 그 요소들이 이루는 구조를 측면별로 나누는 논리적 구획 혹은 조작操作의 산물이다. 그래서 이야기 행위 전체, 즉 해석은 물론 창작까지 아우르는 이야기 활동 전반의 역동적 체계를 살피는 데 도움이 된다. 한 요소만 따로 다루는 경우에도, 그것을 다른 요소들과의 관계 속에서 보다 입체적으로 살필 수 있도록 해준다. 층위에 대한 인식은 작품의 생산과 작용에 관여하는 의미 맥락을 두루 포괄하기에는 미흡하나, 나름의 이점이 있다. 따라서 보다 의식적이고 체계적으로 논리를 세우고 활용할 필요가 있다.

두루 알려져 있듯이, 층위 개념을 이야기(서사) 연구에 본격적으로 도입한 것은 20세기 초 러시아 형식주의자들이다. 그들은 '파불라fabula'와 '수제sjužet'라는 용어로 두 층위를 구분함으로써 이야기학 발전에 획기적으로 기여했다. 그들의 개념은 여러 학자에 의해 분화되고 발전되었는데, 숫자만 따지면 넷으로까지[12] 나뉘기도 한다. 여기서는, 앞에서와 같이 층위를 스토리와 서술의 두 가지로 나누되 '주제층위'를 추가하여 총 세 가지로 설정하는 것이 적합하다고 본다.

그 까닭은 이렇다. 앞의 「심문」 분석에서 엿보았듯이, 소설의 서술을 접하는 독자는 내면에서 어떤 '형상'의 세계를 재현하고 체험하며 스토리를 형성 혹은 구성한다. 이 과정에는 지적·정서적 반응과 그 반응들의 재구성을 통한 의미 탐색이 동반된다. 그것이 바로 독자가 '이 소설은 도대체 무엇에 관한 이야기인가'라는 질문을 해결해나가는 과정이다. 한편 서술을 읽는 쪽에서 하는 쪽으로 국면을 바꾸어 살펴보면, 스토리는 작자 혹은 서술자가 대상의 어디를, 어떤 관점과 맥락에서, 어떤 스타일로 서술함에 '따라' 형성된다. 초점화 작업 혹은 서술 행위의 '초점'이 스토리의 형상화와 의미 형성을 좌우하는 것이다. 이와 같이 본다면, 이야기 활동을 분석하고 비평함에 있어, 층위는 이야기된 것(스토리), 이야기 행위와 그 결과(서술), 이야기가 초점을 두어 전달하고 체험시키는 경험과 의미(주제 혹은 메시지)의 세 가지로 설정하는 것이 적합하다. 이들 중 스토리층위와 주제층위는 함께 이야기의 '무엇'에 해당되지만, 후자가 시공성時空性을 띠지 않으므로 서로 구별된다.

여기서 각 층위의 관계를 살피며 논의를 진전시켜보자.

단순한 형태의 이야기인 설화는 서술이 스토리 자체의 제시 중심이어서, 서술이 스토리에 가깝다. 하지만 「심문」과 같이 복합적이고 발전된 형태의

---

12 Cesare Segre, *Structure and Time: Narration, Poetry, Models*, Chicago: University of Chicago Press, 1979, p.10.

이야기는 층위 사이의 형태적 차이가 크다. 독자는 2백 자 원고지 1백 장 분량인 단편소설의 서술을 접한 후 원고지 두 장 분량에 그치는 스토리를 구성하고 설정해낼 수도 있다. 언어를 포함한 여러 매체를 사용하는 영화를 예로 들면, 그 '서술'을 감상하는 데 두 시간이 걸리는 영화의 스토리는, 말하거나 쓰는 데 채 2분밖에 걸리지 않는 '말'일 수도 있다.

이러한 양상은, 소설을 비롯한 이야기 일반의 층위에 관한 몇 가지 사실을 내포한다.

첫째, 서술은 갖가지 매체로 이루어질 수 있다. 언어는 그 가운데 하나일 따름이다.

둘째, 스토리는 감상자가 서술로부터 추상화하여 형성하는 것이다. 따라서 스토리는 사건 중심의 형상을 지니고 있지만 주로 '감상자의 언어'로 이루어진 추상적인 것이며, 물론 서술의 초점을 벗어나지 않는 범위 안에서 감상자에 따라 다르게 설정될 수 있다. 서술은 사건만이 아니라 인물, 시간, 공간 등 스토리층위의 여러 요소들 모두에 관한 것이기 때문이다. 또한 그런 요소들에 반응하는 감상자의 앎과 체험, 정서 등에 차이가 있기 때문이다.

셋째, 스토리는 서술과 상호 의존적이면서 독립적인 관계이다. 서술의 매개 없이는 스토리가 존재할 수 없으며, 스토리 없는 서술은 이야기가 아니다. 아울러 하나의 스토리는 서술 형식이 달라지거나 매체 자체가 달라지면 다른 서술, 곧 별개의 작품이 될 수 있다. 이는 반대로 매체와 서술이 다른 작품이라도 스토리가 같거나 비슷할 수 있음을 뜻한다. 물론 두 경우 모두 스토리가 비슷해도 서술이 다르면 별개의 작품이며 주제도 다를 수 있다. 이른바 다작품 활용[13]은 층위들의 이런 특성과 관계 때문에 가능하다.

이렇게 볼 때, 소설 읽기는 소설의 서술로부터 스토리와 주제 '형성하기'

---

13 OSMU(One Source Multi Use). 기존의 인물, 사건, 모티프 등을 다른 갈래나 형태의 작품으로 재창작하거나 상품으로 개발하는 등 여러 가지로 활용하는 행위를 가리킨다.

이며, 반대로 소설 창작은 언어 서술로써 스토리와 주제 '형성하기'가 된다. 이들 모두는 이미 정해진 스토리를 파악하거나 활용한다기보다, 어떤 사실, 체험, 정서, 이미지, 태도 등을 환기하고 조성하는 초점화된 서술로써 스토리와 그 의미를 형성해가는 활동이다. 여기서 알 수 있는 것은, '스토리텔링'이란 스토리를 단순히 진술하거나 엮는다기보다 '형성'해가는 '서술' 행위라는 점이다. 한편 서술을 통해 형성되는 스토리를 표층 스토리와 심층 스토리로 나눌 때, 여전히 시공성은 지니고 있지만 표층의 구체적 형상에서 멀어져 주제층위에 보다 가까운 심층 스토리가 보다 스토리다운 스토리라고 할 수 있을 것이다.

이상의 논의를 바탕으로 「심문」의 소설적 특징을 진술해보자. 이 작품은 서술이 스토리의 인과적 전개와 형성을 의도적으로 방해하거나 지체시킨다. 표층적 스토리는 보기 드물게 일제강점기의 중국을 배경으로 삼았으나, 심층적 스토리는 모호하고 초점을 잡기 어렵다. 이것은 이 작품의 문제점이라기보다 특성으로서, 암울한 식민지 지식인의 내면을 형상화하는 모더니즘적 형식이요 내용이다. 스토리를 형성하기 위해 사실을 환기하며 의미를 결합하고 탐색하는 활동이 소설 읽기의 본모습이라고 할 때, 이 소설은 그 선형적 활동을 의도적으로 가로막고 지체시키는, 그리하여 읽은 내용 이전에 읽는 행위 자체가 오히려 의미 있는 체험이 되는 공간적 형태의 작품인 것이다.

「심문」에 대한 이러한 진술은, 스토리층위나 작품의 사회문화적 맥락을 중심에 두는 연구 쪽에서 볼 때, 다소 공허해 보일 수 있다. 하지만 이런 접근은 초점과 목표가 다를 뿐 그러한 연구와 대립적이지도 않고 별개의 것도 아니다. 오히려 보다 합리성과 깊이를 지니게끔 돕는다. 이후의 장들에서는, 서술층위를 중시하는 분석 방법을 소설의 요소 혹은 국면별로 나누어 모색하고 심화함으로써 그 사실을 확인하고자 한다. 그 방법과 결과의 타당성을 높이기 위해, 각 장의 연구 대상을 되도록 새롭거나 의견이 매우 엇갈리는 것으로 잡는다.

제1장 인물, 사건(1)
인물 연구 방법―현진건의『무영탑』을 예로

1. 인물 연구 방법의 필요성

　이야기는 대개 인물로 기억된다. 이 점을 중요시하면, 작품의 구성요소들은 대부분 인물로 수렴된다고 볼 수 있다. 이야기를 인물이 아니라 사건 또는 행동 중심으로 본다 해도 항상 그 주체는 인물이므로, 그것들도 결국 인물에 수렴될 때 통합된 의미를 지닌다. 역사 서술의 기본 형식 중 하나가 인물의 일대기 서술 형식이고 그것을 본뜬 한국 고소설의 제목 대부분이 주인공 이름에 '전'이 붙은 것은 자연스러운 일이다.

　인물은 단편소설보다 장편소설에서 중요성이 더욱 크다. 삶의 단면보다 총체성을, 사건보다 그 주체의 내면에 작용하는 갖가지 원인을 입체적으로 그리기 때문이다. 하지만 인물을 적절히 파악하고 해석하는 방법에 관한 논의는 그리 활발하거나 정리되어 있지 않은 듯하다. 그래서 인물은 사건에 흡수되어버리거나 기계적인 평가 혹은 유형 분류의 대상이 되고 마는 경향이 있다. 인물의 내면과 개성의 결은 무시된 채, 해석자의 직관에 따라 단지 어떤 전형이나 상징으로 환원되기도 한다. 소설의 핵심적 요소 가운데 하나에 어울리는 방법론, 곧 인물의 성격과 의미 기능을 분석할 기본 개념과 단위를 설정하고 이들의 기능 양상을 적절히 포착하여 체계적으로 해석하는 연구 방법이 아쉽다.

여기서는 지금까지의 인물 연구가 지닌 문제점을 살핀 후, 이를 넘어서기 위한 기본 개념과 방법을 설정하고 현진건의 장편 역사소설 『무영탑』[1] 분석에 활용하여 그 적합성을 가늠하고자 한다.

분석 대상을 『무영탑』으로 정한 까닭은 이렇다. 한국 근대소설 가운데 특히 역사소설은 계몽적 목적 아래 역사를 '해설'하는 경향이 강하다. 연의演義의 전통 속에 놓인 역사소설은 그만큼 인물과 사건의 극화, 즉 형상화에 대한 관심이 적어지기 쉽다. 『무영탑』은 근대 역사소설이 본격적으로 출현한 '역사소설의 시대'인 1930년대의 대표적인 작품 가운데 하나이며, "춘원이나 동인의 역사소설의 세계를 뛰어넘어 한국 근대 역사소설의 새로운 지평을 연"[2] 작품, "춘원과 같이 지배층이나 양반 귀족의 독선적, 전제적 입장의 이상을 독자에게 제공하는 것이 아니라 사회 계층 내부의 모순과 갈등의 힘을 발굴 제기하여 계층을 초월한 발전의 전망을 제시"[3]한 작품 등으로 평가되었다. 달리 말하면, 이 작품은 당대의 일반 역사소설들과는 달리, 역사적 상황을 배경으로 허구적 이야기를 전개하는 '합성적 역사소설' 혹은 '배경적 역사소설'[4]로서 인물과 사건의 형상화 수준을 상대적으로 높이 평가받아왔다.

다른 한편으로 『무영탑』은 멜로드라마의 특성이 강하다는 평가를 받기도

---

1 『동아일보』에 연재(1938. 7. 20~1939. 2. 7). 여기서는 『현진건 문학전집 3』(서울: 국학자료원, 2004)을 대상으로 한다.

2 송백헌, 『한국근대역사소설연구』, 서울: 삼지원, 1985, 248쪽.

3 신동욱, 「현진건의 『무영탑』」, 김치수 외 지음, 『식민지 시대의 문학 연구』, 서울: 깊은샘, 1980, 272쪽.

4 이재선, 「역사소설의 전개와 양상」, 『현대소설의 서사시학』, 서울: 학연사, 2002, 230~231쪽.

했다.[5] 사실 이 작품의 주된 인물인 아사녀는 한국의 각종 이야기에 등장하는 전형적 인물형 가운데 하나인 '가련한 여인'[6]에 해당하므로 그만큼 통속성을 띠기 쉽다. 이러한 평가에 따르면 이 작품은 "사회 계층 내부의 모순과 갈등"을 충실히 형상화했다고 보기 어려운 면이 있다.

이러한 대조적 평가는 단지 해석자의 관점의 차이에서만 비롯된 게 아닌 듯하다. 거기에는 한국 소설 연구에서 흔히 보이는 불철저함, 즉 '작자의 의도'를 중시하고 작품의 실상은 소홀히 하기, 이데올로기적 당위를 지나치게 앞세우면서 예술적 형상성에는 눈감기 등의 혐의가 있다. 여기서 제시하는 인물 연구 방법이 이러한 문제점들을 드러내고 해소하는 데 기여한다면 일정한 타당성을 얻을 수 있다고 보아 『무영탑』을 분석 대상으로 삼는다.

2. 인물 연구 비판

이야기 가운데 소설 갈래가 지닌 중요한 장점 중 하나는, 서술 기법과 서술자의 중개 행위를 활용하여 인간의 내면을 깊고도 구체적으로 서술할 수 있다는 점이다. 따라서 그에 대한 연구 또한 그만큼 중요성을 지닌다. 그런데도 한국 근대소설 연구에서 인물 분석의 방법론이 충분히 정립되었다고 보기 어려운 까닭은 무엇일까? 여기에 초점을 맞추고 기존의 인물 연구들을 비판적으로 살펴보고자 한다.[7]

---

5 강영주는 기존의 평가에 이의를 제기하면서, 이 작품을 "낭만주의적 역사소설의 한 전형"이라고 했다(강영주, 『한국 역사소설의 재인식』, 서울: 창작과비평사, 1991, 90쪽). 한상무 역시 이 작품이 "상당한 통속성을 지니고 있다"고 봤다(한상무, 『한국 근대소설과 이데올로기』, 서울: 푸른사상, 2004, 289쪽).
6 최시한, 「가련한 여인 이야기 연구 시론─『직녀성』, 『순정해협』, 『탁류』를 예로」, 한국소설학회 편, 『현대소설 인물의 시학』, 서울: 태학사, 2000, 53~58쪽. (이 책의 제2장에 수록)
7 이 절의 내용은 최시한, 『소설, 어떻게 읽을 것인가─이야기의 이론과 해석』, 서울: 문학과지성

첫째, 인물이 주로 공간적(수직적) 의미 작용을 한다는 점에 주목하지 않았기 때문으로 보인다. 비유적 표현이지만, 사건은 시간적(수평적)으로 기능하므로 이 행동과 저 행동 사이의 인과관계를 따져보면 그 윤곽이 드러난다. 이에 비해 인물은 작품 도처에 갖가지 형태로 흩어져 있는 요소들로부터 성격적 특질을 파악하고 종합해야 그 정체가 드러난다. 독자가 상상력과 사고력을 발휘하여 나름대로 구성하고 해석을 해야 파악되는 것이다. 그러므로 인물 읽기는 사건 읽기에 비해 그 과정과 방법이 일정하지 않고, 독자의 교양과 정신능력, 태도 등에 따라 내용과 수준이 크게 달라지기 쉽다. 해석의 맥락을 제공하는 역사학, 사회학, 철학 등 연관 학문에 대한 이해가 상대적으로 더 요구되기도 한다.

둘째, 인물에 관한 서술층위에서의 관심이 적었기 때문으로 여겨진다. 허구세계를 형상화하는 소설에서 서술방식은 매우 중요한 문제인데, 그 가운데 사건이 어떻게 서술되느냐를 다루는 플롯에 대한 관심은 매우 높다. 하지만 인물이 서술되는 방식, 곧 인물 그려내기 또는 인물형상화characterization는 용어로 굳어지지 않아 뒤에 '방식'이라는 말을 덧붙여야 이해가 빠를 정도로 관심이 낮다. 또 관심이 있더라도 그것을 주로 창작 기법 쪽에서 바라보는 데 그침으로써,[8] 작자가 인물을 그려내고 이를 통해 의미를 생성하는 다양한 기법을 읽기에 활용하지 않은 결과, 소설에서 무엇을 어떻게 읽어야 인물을 적절하게 파악할 수 있는지가 합리적으로 모색되지 않은 것이다.

셋째, 용어의 혼란 때문인 듯하다. 인물에 해당하는 영어 character는 '성격'으로도 번역된다. 이는 기질, 개성, 특징 등의 뜻도 지니기 때문에 문맥에 따라 여러 의미로 쓰일 수 있다. 그러나 용어는 되도록 통일하여 엄격히 써야 하기에, 특히 '성격'을 '인물'과 거의 같은 뜻으로 뒤섞어 쓰는 것은 바람

사, 2010, 207~210쪽을 바탕으로 한 것이다.
8 개론서들의 '인물형상화 방식' 논의는 유독 작자나 창작 기법 중심으로 기술되는 경향이 있다.

직하지 않다. '개성적 인물'과 '개성적 성격'이란 말을 비교해보면 알 수 있듯이, 한국어에서 인물이 하나의 존재나 주체라면 성격은 그가 지닌 특질들 혹은 기능들의 총합에 가깝기 때문이다.[9] 그 근거로, '성격 비극', '성격 배우' 등에서 '성격'은 특질을 가리키지 그 소유자를 가리키지는 않는다는 점을 들 수 있다.

넷째, 인물을 지나치게 윤리주의적·역사주의적 잣대로 판단하는 경향 때문이다. 인물을 개인적 심리 위주로만 보는 것도 문제지만, 역사적 맥락에 놓고 단순화시켜 '거창하게'만 판단하는 것도 적절하지 않다. 소설은 인간의 삶을 다루므로 크든 작든 윤리 문제와 연관되고, 그에 따른 사회적·역사적 효용을 지닌다. 그러나 근대소설에서 그 '윤리'와 '효용'은 정해진 도덕이나 당위를 확인하고 선양하기보다는 그것을 비판하고 초월하기 위한 것이다. 따라서 인물을 특정 가치관이나 이데올로기의 대변자로 간주한다면, 그를 하나의 생명을 지닌 존재로 여기지 않는 것이다.

인물 연구의 이러한 문제점들은 궁극적으로 소설적 의사소통 방식에 대한 고려가 미흡하고, 인간이라는 존재, 특히 그 내면에 대한 애정과 이해가 부족한 데서 비롯된 결과로 보인다.

3. 기본 개념 설정

앞의 문제점들을 극복하기 위하여 기본 개념을 설정하고 그것을 활용하여 보다 체계적인 연구 방법을 모색하려 한다. 여기서는 인물과 성격을 구

---

9 박동규는 "'인물'이라는 용어는 작중의 인간상을 지칭하는 의미가 강한 것이며 '성격'은 인물의 구조적 성향을 분석하여 얻을 수 있는 기능 요인으로서의 용어로 더 적합한 것"이라고 주장한 바 있다. 박동규, 『현대 한국소설의 성격 연구』, 서울: 문학세계사, 1981, 26쪽.

별하고, 성격을 이루는 여러 하위 자질을 '특질'이라 부르며, 그 특질을 내포하거나 제시하는 서술 및 요소에 '성격소性格素'라는 개념을 만들어 부여할 것이다. 성격과 성격소는 이야기의 스토리층위와 서술층위 구분에 따라, 인물에 관해 '서술된 것'과 '서술하는 것'에 해당한다.

인물은 행동의 주체요 하나의 독립된 개체이다.[10] 또 인물은 동적인 '사건'에 비해 정적인 '사물'이다. 그는 주제를 구현하고 독자의 욕망을 대변한다. 인물의 본질은 기본적으로 그가 지닌 욕망 및 동기와 그것이 환경이나 타자와 연관되고 갈등하는 과정, 말하자면 사건의 주체가 되는 양상에 따라 형성, 변화한다.

인물은 '특질特質'[11]들의 결합체이다. 특질이란 인물이 작품 구조에서 지니는 속성 혹은 자질이며, 인물 해석의 기본 단위이다. 특질은 다른 인물의 특질과 구별되는 것이 보다 의미를 지닌다. 그것이 모이고 종합되어 관심, 욕망, 윤리적 원칙 등의 복합체인 '성격'을 이룬다. 성격은 일차적으로 행동의 동기와 바탕을 형성한다. 특질과 성격은 개성적일 수도 있고 전형적일 수도 있으며, 개인적인가 하면 집단적, 원형적일 수도 있고, 작품 특유의 것인 한편 여러 작품에 나타나는 관습적인 것일 수도 있다. 뒤에 다시 언급하겠지만, 한 인물은 크게 심리, 사회, 작품 구조 등의 측면에서 여러 성격을 지닐 수 있다.

---

10 인간의 보편적이고 영속적인 속성이 존재한다는 믿음이 약해지고, 인물이 독립적인 존재라기보다 "재현의 매체들이 갖는 형식과 규약, 관습 등에 의해 인위적으로 구성된 현실"을 담은 텍스트 속에서 "담화의 제반 요소들과의 관계에서 그 의미를 부여받는 존재"로 여겨짐에 따라 '인물'보다 '주체'라는 말이 많이 쓰이고 있다(이호, 「인물 및 인물형상화에 대한 이론적 개관」, 현대소설학회 편, 『현대소설 인물의 시학』, 서울: 태학사, 2000, 29쪽). 여기서는 두 용어를 모두 사용한다.

11 이는 시모어 채트먼Seymour Chatman의 '특성trait'과 통한다. 그런데 채트먼은 여기서와 같이 성격소의 개념을 따로 설정하고 그것을 성격과 성격소 사이의 매개적 관념으로 자리매김하지는 않았다. 시모어 채트먼, 김경수 역, 『영화와 소설의 서사구조』, 서울: 민음사, 1999, 146~158쪽 참고.

특질은 작품에서 서술자나 인물의 말로 직접적으로 제시되거나, 행동을 비롯한 여러 '형상'들을 통해 독자가 추측하도록 간접적으로 제시된다. 또한 유사한 것이 반복되어 계열(패러다임)을 이루기도 하고, 추리소설에서와 같이 결정적인 제시가 의도적으로 지체되기도 한다. 어떤 방식을 취하든, 소설에서 특질을 제시하는 매개체, 즉 관련 서술이나 그에 내포된 요소, 재료 등을 성격소라고 할 수 있다.[12] 특질은 간접적으로 제시되는 경우가 많으므로, 다시 말해 성격소는 특질을 직접적으로 제시하는 경우가 적으므로, 대개 특질은 독자가 성격소로부터 '읽어내는' 것이다. 이때 성격소는 독자가 어떤 맥락을 동원하여 그 의미를 해석해야 하는 기호나 상징에 해당하므로,[13] 다른 말로 '특질 지표'[14]라고 할 수도 있다.

『무영탑』의 아사녀를 예로 들면, 특질에는 '순진하다', '용모가 아름답다', '그녀를 탐내는 이들에게 위협을 받고 있다' 등과 같이 상태를 가리키는 형용사적인 것이 있고, '무남독녀이다', '부여 사람이다'와 같이 사실을 가리키는 명사적(정보적)인 것도 있다. 그러나 두 가지는 엄격히 분리할 수 없다. 경우에 따라서는 사실이 심리적 상태를 나타내기도 하는데, 가령 아사녀가 무남독녀라는 사실이 '의지할 가족이 적다', '귀여움만 받고 자라 세상 물정을 모른다' 따위를 추리하게 하는 성격소가 되기도 하므로 궁극적으로 특질은 어떤 특성을 나타내는 추상적 자질, 즉 형용사적인 것이라 할 수 있다. 그러므로 '상태 특질'과 '사실 특질'의 구분은, 특질이 작품에서 크게 두 가

---

12 이것을 성격소 대신 특질소라고 부를 수도 있으나, 성격이 특질을 수렴하는 상위 개념이므로 성격소라고 일컫는다. 최시한, 『소설의 해석과 교육』, 서울: 문학과지성사, 2005, 177쪽.
13 인물의 기호학적 연구는 바로 성격소의 기호학적 연구라 할 수 있다. 소설보다 매체가 복합적으로 사용됨으로써 성격소가 다양하고 구체적인 연극, 영화 같은 갈래에서 '성격소의 기호학' 연구가 훨씬 보람을 거두고 있는 듯하다.
14 특질 지표는 다른 말로 '성격 지표'라고도 할 수 있다. 홍태식은 성격 지표라는 말을 "인물에 대한 정보", "근본적인 동기" 등으로 사용하며 인물 분석에 사용한 바 있는데, 이 글에서의 개념과는 차이가 있다. 홍태식, 『한국 근대 단편소설의 인물 연구』, 서울: 한샘, 1998, 19, 30~31쪽.

지 양태로 서술되고 일차적으로 두 가지로 해석되며 그 가운데는 명사적인 것도 있음을 드러내기 위한 이론적 구분일 따름이다.

특질은 인물이 어떤 상황에서 잠시 품는 감정이나 욕망이 아니다. 예컨대 상대방 때문에 기분이 상해 나타난 행동이 그 주체의 특질을 드러내는 성격소 역할을 할 수 있지만 그 자체를 특질로 보기는 어렵다. 특질은 작품에 흩어져 존재하고, 변할 수 있으며, 단 한 번만 서술될 수도 있으나, 논리적으로는 줄곧 지속되며 둘 이상의 성격소에서 일관되게 파악됨을 전제하기 때문이다.

한편 특질은 그 본질 혹은 내용에 따라 대체로 세 가지로 나뉜다. 바꿔 말하면, 인물의 성격은 크게 세 가지 맥락에서 해석된 특질이 복합된 것이다. 그것은 내면적·개인적 특질, 외면적·사회적 특질, 그리고 작품 구조에서의 기능적 특질 등이다. 인물은 세 가지 얼굴을 지닌 존재, 곧 심리와 욕망의 소유자요, 이데올로기와 가치의 모색자이며, 기능과 역할의 행위자라 할 수 있다.[15] 이들은 각각 내면, 사회, 작품 구조의 측면에서 파악한 인물의 성격이다. 인물은 이들의 복합체지만, 그 가운데 어느 것을 중시하느냐에 따라 인물에 대한 판단이 좌우된다.[16]

4. 성격소의 기능과 해석

성격소에서 파악되는 특질은, 곧 그것의 의미이다. 삶에서 하나의 행동이

---

15 박혜숙, 『소설의 등장인물』, 서울: 연세대학교출판부, 2004, 25~37쪽 참고.
16 이러한 특질이나 성격의 종류를 통해 어떤 작품이나 갈래의 특성을 기술할 수 있다. 이른바 리얼리즘 계열의 소설은 인물의 사회적 성격을 중요시한다. 또한 오락 위주 이야기의 인물들은 흔히 기능적 성격이 유형화되어 있고, 사회적 성격은 약하거나 부정적인 면을 지니고 있다. 그 중에서 폭력이 난무하는 만화나 영화의 등장인물들은 유독 심리적 성격이 비루한 경향이 있다.

여러 의미로 해석될 수 있듯이, 작품 서술의 어느 위치 혹은 사건의 상황에서 제시된 하나의 성격소는 하나의 의미를 지니기도 하고 여러 의미를 지니기도 한다. 달리 말하면, 하나의 성격소는 둘 이상의 측면이나 맥락에서 서로 다른 의미로 해석될 수 있다. 가령 신라의 귀족인 주만이 부여인인 데다 석수장이에 불과한 평민[17] 아사달을 사랑하는 행동은, 그녀가 개인적 심리의 맥락에서 자아가 강하고 열정적, 낭만적임을 뜻한다. 아울러 작품 내의 현실과 작품이 발표된 시대의 사회현실 맥락에서, 신분 제도 타파와 개인 혹은 여성의 존엄과 해방을 추구하는 비판적 경향을 지녔음을 뜻한다고 읽을 수 있다. 한편 그러한 행동은 그녀의 성격이, 삼각관계를 이루는 아사녀의 수동적이고 순종적인 성격과 대조적임을 보여준다. 그래서 아사녀를 부정적으로 보는 독자들에게는 아사녀보다 그녀를 주인공으로 간주하게 하는 기능적 특질을 내포하게 된다.

이는 앞에서 다룬, 성격소에 내포된 특질의 일반적 종류와는 다른 문제이다. 즉, 하나의 성격소가 작품에서 어떻게 기능하여 여러 특질을 지니게 되느냐에 관한 문제이다. 앞에서 인물은 공간적, 수직적으로 기능한다고 했는데, 이처럼 하나의 성격소가, 또는 그와 다른 요소들이 선적線的이기보다 면적面的으로, 한 방향보다 여러 방향으로, 한 층보다 여러 층에서 의미 관계를 맺기 때문이다. 성격소가 이렇게 복합적으로 기능하는 양상, 그리하여 해당 서술이 지시적 의미에 더하여 다른 의미를 함축하게 되는 양상이 바로 성격소가 하는 문학적 기능의 실체이다.

작가는 다양한 기법으로 갖가지 요소들을 동원하여 인물을 그려낸다. 이 인물 그려내기의 질료는 바로 성격소이다. 성격소의 의미는 기본적으로 서술자가 어떻게 초점화하여 서술하느냐에 좌우되는 동시에, 그 주체인 인물

---

17 아사달은 천민일 수도 있다. 이 점이 작품에서 불분명하다.

의 심리와 동기의 맥락에 따라 결정된다. 그리고 인물이 처한 상황의 변화, 즉 사건 속에서 특정한 의미 기능을 한다. 특질은 인물의 기본적 특질과 상황이 소개되는 도입부를 지나 사건이 전개되고 인물 간의 관계가 복잡해짐에 따라 쌓이고 변하며, 사회적·이데올로기적 맥락과 작품 전체 구조의 맥락에서 의미를 띠게 된다. 바꿔 말하면, 인물은 개인적 존재였다가 점차 타자와의 관계 혹은 환경과 문화 속에서 개성과 역할을 지닌 존재로 파악된다. 그 과정에서 특질 가운데 중심적인 사건이나 갈등과 밀접한 것은 남고, 부수적인 것은 수렴되거나 제외되며, 어떤 것은 의미가 바뀌게 된다. 물론 평면적 인물과 입체적 인물, '단순형 인물'과 '갈등형 인물'[18] 등 사이에 차이가 있지만, 서술이 전개됨에 따라 선택과 집중, 변화와 강화가 이루어지는 것이다.

이렇게 볼 때 성격소에 함축된 특질들을 해석하고 선택하며 또 다른 의미요소들과 결합하는 능력이 바로 인물 해석에 필요한 핵심적 문학능력이다. 얼마나 다양하고 적절하게 특질을 파악하고 종합하는가에 따라 해석이 달라짐은 물론 해석 자체의 수준이 결정될 수 있다.

5. 성격소의 종류와 인물 그려내기 방식

성격소는 따로 정해져 있지 않다. 작가는 각 상황 특유의 질료와 방법으로 인물을 조형하며, 독자는 인물과 관련된 요소들의 의미를 파악하기 위해 맥락을 동원하거나 다른 요소들과 관계를 설정하는데, 그에 따라 성격소가 구별된다. 따라서 작품 속의 어느 요소나 서술을 성격소로 간주하는 행위

---

18 송하춘이 『1920년대 한국소설연구』(서울: 고려대학교 민족문화연구소, 1985)에서 사용한 용어이다.

자체가 해석의 일부요, 해석 능력을 요구하는 일이 된다.

이러한 양상은 유동적이고 주관성의 지배를 받기 쉬워서 의미 전달이 어려울 수 있다. 그래서 관습적인 인물 그려내기 방식, 즉 작자가 인물의 성격 구축에 규범적으로 사용하는 성격소와 그 기법이 존재해왔다. 따라서 일단 그 기본적인 것들로 성격소의 양상과 인물 그려내기를 분석하는 방법을 모색할 수 있는데, 그것들은 이름, 행동, 신분 사항, 특질을 표현하는 '공간' 등이다.[19]

행동은 인물이 주체가 된 움직임 혹은 상태의 변화를 가리킨다. 여기에는 외면적 행동과 내면적 행동—자신과 타자에 대한 심리, 반응, 태도 등—이 모두 포함된다. 행동 가운데 인물의 특질을 가장 잘 드러내는 것은 습관과 말하는 행위, 곧 발화發話 행위인데, 여기에는 대화, 내적 독백 등은 물론 서술자와 초점자가 서술하고 보는 행위도 해당된다.

'신분 사항'은 인물의 소속과 계층에 관한 사실을 제시하는 성격소의 한 종류를 포괄하여 가리키기 위해 새로 설정한 용어이다. 여기에는 나이, 집안, 학력, 출생지, 친분 관계 등으로부터 직업, 지위, 계층, 인종 등에 이르는 사항이 모두 포함된다. 이들은 주로 사회문화적으로 '그런 사람(의 행동과 내면)은 대개 그렇다'는 관습적 이미지, 전형적 관념 등의 맥락에서 파악된다. 그러므로 특히 인물의 사회적 성격을 해석하는 데 긴요하다. 사회적 존재인 독자가, 역시 사회적 존재인 인물을 어떤 환경과 시대 속에 위치시키고 파악하는 데 주로 활용되는 성격소가 신분 사항인 셈이다.[20]

공간이란 일차적으로 인물이 존재하고 사건이 벌어지는 장소(이른바 지

---

19 이 성격소들에 대한 진술은, 최시한, 앞의 책, 2010, 228~240쪽을 바탕으로 한 것이다.

20 작가는 인물형상화는 물론 작품 전체의 '사실 효과'를 북돋우기 위해 이 신분 사항을 적극 활용한다. 공임순, 『우리 역사소설은 이론과 논쟁이 필요하다』, 서울: 책세상, 2000, 29~30쪽을 참조할 것.

리적 배경)와 함께 그 장소를 구성하는 물체들(공간소)[21]을 가리킨다. 공간의 주된 기능은 인물과 사건을 사실적으로 보이게 하며, 인물의 심리와 사건의 의미, 주제 등을 표현하는 것이다. 주목할 점은, 이것이 인물의 특질을 형성하고 표현하는 데 흔히 사용된다는 것이다. 이 같은 '표현적 기능'을 하는 공간소 자체는, 앞에서 살핀 행동이나 신분 사항에 비해 뚜렷한 '형상'을 지니므로 말 그대로 인물 그려내기에 가장 부합하는 성격소이다. 인물 그려내기에 흔히 사용되는 공간소는 인물의 생김새가 대표적이고, 차림새, 사는 집과 방, 거리, 풍경, 거기서 일어나는 비나 눈 같은 기후 현상 따위가 포함된다. 이들은 주로 모습, 이미지, 분위기, 상징성 등이 인물의 심리, 욕망, 상황 등과 주로 유사(은유), 인접(환유), 대조 관계에 놓이는 방식을 통해 간접적으로 특질을 표현한다. 공간소의 이미지나 상징성은 문학적 관습 혹은 시대와 문화 환경에 따라 정해지고 변한다. 이는 그것이 주로 문학사적 맥락과 사회문화적 맥락에서 의미를 지님을 뜻한다.

여기서 성격소를 성격소로 만드는 인물 그려내기의 일반적 서술 기법을 살필 필요가 있다. 앞에서 특질은 사실 특질과 상태 특질로 구분할 수 있다고 언급했다. 이는 성격소나 그로부터 해석한 특질의 진술 형태가 사실 진술일 수도 있고 상태 진술일 수도 있음을 뜻한다. 따라서 두 가지 모두에 주목할 필요가 있다. 특히 사실(특질을 표현하는) 성격소는 결국 형용사적인 상태 특질을 제시하기 위한 것이므로, 그것을 바탕으로 상상과 추리를 해야 한다.

---

21 공간은 시간과 함께 소설의 주요 요소 가운데 하나로서, 공간만이 아니라 공간에 존재하며 공간을 이루는 물체까지 포함한다. 공간이란 말이 추상적이므로 특히 후자를 가리킬 때 '소'를 붙여 공간소空間素라고 부를 수 있다(이는 '성격소'처럼 필자가 만든 용어이다). 최시한, 「근대소설의 형성과 '공간'」, 『현대문학이론연구』 제32집, 현대문학이론학회, 2007, 9쪽. (이 책의 제4장에 수록)

한편, 대상을 표현하고 전달하는 기본 서술양식에는 들려주기telling[22]와 보여주기showing가 있다. 이 개념은 인물 그려내기 방식을 구별하는 데도 매우 쓸모가 있다. 소설에서 성격소가 될 것을 '말(서술)하는' 이는 서술자와 인물인데, 그들 역시 특질을 직접적으로 제시할 수도 있고 간접적으로 제시할 수도 있다. 이론적으로는 제한적 서술보다 주권적 서술이, 인물−초점자 서술보다 서술자−초점자 서술이, 그리고 사실 성격소보다 상태 성격소가 더 직접적이고 들려주기에 가까워 보이지만, 양상이 단순하지 않다. 작가적 서술상황에서 서술자의 주권적인 서술(이른바 삼인칭 전지적 서술)은 대개 인물의 특질을 직접적으로 '들려준다'. 그런데 일인칭 서술이든 삼인칭 서술이든 서술자가 아닌 작중 인물에 의한 직접적인 특질 제시는 인물이 하는 '행동'을 통해 이루어지므로, 같은 직접적 제시라도 차이가 있다.

6. 『무영탑』 분석

(1) 관념적이고 유형적인 인물 그려내기

『무영탑』[23]의 인물 그려내기 방식은 모순적인 양상을 띤다. 왜냐하면, 장면적인 보여주기 위주의 서술 기법과, 서술자의 강한 주권적·관념적인 서술태도가 공존하기 때문이다.

이른바 삼인칭 전지적 서술방식을 취한 이 작품은 서술자의 기능이 강한

---

22 telling을 '들려주기'로 번역하는 것에 대해서는 최시한, 앞의 글, 13쪽을 참조할 것. 여기서 들려주기와 보여주기는 디에게시스와 미메시스를 구별하는 전통 속에서 넓은 뜻으로 사용한다.

23 『현진건 문학전집 3』(서울: 국학자료원, 2004)을 대상으로 하고, 앞으로는 쪽수만 표기한다. 단, 인용문에도 나오는 인물들의 '금金'씨 성을 이 책은 모두 '김'으로 표기했는데, 따르지 않는다.

편이다. 이데올로기적 갈등 관계에 있는 유종唯宗과 금지金旨의 특질을 제시하는 서술을 보자.

> ㉠ 둘이 한 나이나 젊었을 적에는 다 같이 화랑으로 돌아다니면서 같은 풍월당에서 노래도 읊조리고 활쏘기도 겨루며 술을 나누기도 하였고 그 후 한 조정에 서서 피차에 귀밑털이 희어졌으니 바이 안 친한 터수도 아니지만 속으로는 맞지 않는 두 사이였다.
> 금지는 철저한 당학파唐學派요, 유종은 어디까지나 국선도國仙道를 숭상하는 터이니 주의부터 서로 달랐다.
> 금 시중은 얼굴빛이 노리캥캥한 데다가 수염도 없어 얼른 보면 고자로 속게 되었는데, 이찬 유종은 긴 수염이 은사 실처럼 늘어지고 너그러운 두 뺨에 혈색도 좋으니 풍신조차 정반대였다. 더구나 하나는 깐깐하고 앙큼스럽고, 하나는 괄괄하고 호방하여 두 성격이 아주 틀렸다. (131쪽)

앞에서 서술자는 주권적 태도를 지니고 있으며 판단이 분명하다. 그러나 전반적으로 이 작품에 나타난 서술자의 개입 정도는 당대의 이광수, 김동인 등의 역사소설보다 비교적 낮아 보인다. 그 이유는 묘사, 장면화, 인물 초점화, 공간소 등을 활용하여 특질을 극화劇化하여 보여주는 간접적 서술방식을 많이 사용하여 서술자의 직접적 서술이 적고 기능도 다소 제한된 것처럼 보이기 때문이다. 현진건은 일찍이 단편소설에서 이러한 문학적 성과를 거두었는데,[24] 그 결과 『무영탑』의 서술은 서술자의 목소리로 된 서술보다 대화와 묘사가 많고, 인물을 초점자로 한 관찰, 회상 등이 빈번하게 나타난다. 아사녀의 특질을 제시하는 다음 서술은 남편 아사달이 초점자이고, 목소리도 주로 그의 것을 사용하고 있다.

> ㉡ 만일 장인이 돌아가셨다면! 아사녀에게 그야말로 하늘이 무너진 것이다.

---

24 최시한, 「현진건의 현실의식과 기법—『타락자』론」, 『현대소설의 이야기학』, 서울: 역락, 2008, 109쪽.

자기도 혈혈단신이요, 처갓집도 어느 일가친척 하나 들여다볼 사람이 없는 흩진 집안이다. 홀로 남은 아사녀는 어찌 되었을까. 어리고 약한 여자의 몸으로 그런 큰일을 어떻게 겪을 것인가. 큰일을 감당하고 못하는 것은 오히려 둘째 셋째 문제다. 남 유달리 눈 여린 그가 이 지극한 슬픔에 어떻게 견뎌낼 것인가. 위로해주는 사람도 없이 울고 또 울다가 그대로 자지러지지나 않았을까.

머리는 풀어 산발을 하고 울어서 퉁퉁 부은 눈을 그대로 감아버린 아사녀의 모양이 얼찐 눈앞에 나타났다. (48쪽)

한 걸음 나아가, 부수 인물들의 발화 행동 혹은 대화 장면을 통해 주요 인물의 특질을 제시하는 경우도 많다. 주만의 몸종인 털이가 그렇게 활용되는 대표적 존재이다. 장면으로는 불국사 승려들이 아사달을 헐뜯는 이 소설의 도입부가 대표적이다. 그들의 대화 행동을 통해 아사달이 어떤 인물이며 무슨 일을 해왔고 주변에서 어떻게 평가하는지가 드러난다. 즉, 그의 특질과 환경이 보이고 예시된다. 공간소를 통해 간접적으로 제시되는 특질로는 ㉠에서처럼 인물의 생김새가 빈번히 활용된다.

하지만 이러한 시도에도 불구하고 『무영탑』의 인물들은 독자적 개성과 풍부하고 다양한 특질을 지니지 못하고 있다. 서술자가 선악의 이분법에 따른 관념적 또는 이데올로기적 태도를 강하게 노출하여, 성격소들이 다양하고 사실적인 의미를 지니거나 형성하지 못하기 때문이다. 달리 말하면, 작품의 의미 구조가 분명한 선악의 이분법에 바탕을 두고 있어서, 성격소들이 보여주기 양태를 띠어도 독자적이고 함축적인 특질을 지니기 어렵기 때문이다. 이는 생김새 서술에서 선명하게 드러난다. 선인善人, 즉 주제적 맥락에서 긍정적으로 서술되는 아사녀, 아사달, 주만, 주만의 아버지 유종, 유종이 사윗감으로 정한 금경신 등은 모두 잘생겼으며, 아사녀를 속여서 차지하려는 팽개, 유종과 대립하는 금지, 금지의 아들 금성 등과 같은 악인은 모두 못생겼다. 이는 생김새라는 공간소가 개성을 제시하기보다는, ㉠에서 볼 수 있듯이 관념을 제시하기 위한 것임을 말해준다.

이 작품에서 인물들의 특질은 개성적이기보다 유형적이고, 심리 중심적이기보다 이데올로기 혹은 윤리 중심적이며, 미리 고정되어 있다. 선인의 자식은 선인이고 악인의 자식은 거의가 악인이다. 고소설에서 흔히 볼 수 있는 '혈연 동일성' 또는 '가족(가문) 동일성'을 답습하고 있는 것이다. 이 점은 작품의 멜로드라마적 특성과 신문 연재소설다운 측면을 드러낸다.

인물의 특질이 이데올로기적으로 고정되면 그 성격은 내면성이 약해지고 평면적이 되어 사건과 상황 속에서 형성, 발전되는 면이 적어진다. 특질을 구체적으로 형상화하기 위한 각종 기법이 사용되었음에도 불구하고 이 작품의 사건 전개와 그 내포 의미가 단조로운 이유는 이러한 이데올로기적 단순성과 불변성[25] 때문으로 여겨진다. 서술자의 태도가 관념 우선적이며, 선악의 이분법에 따르고, 그 선악 판별의 기준인 주제적 가치가 참신하지 않을 뿐 아니라 일찌감치 폭로되어 있기 때문이라 할 수도 있다.

당위가 현실을 지배하는 이런 상황은 소설이 오락물에 불과한 게 아니라는 명분을 세우기 좋고 권선징악적 궤도에 따라 전개되므로 쉽게 읽히지만 독자를 긴장시키기는 어렵다. 그래서 동원되는 것이, 지성적이기보다는 감성적인 긴장을 유발하는, 한국 이야기 문학에서 한 유형을 이룬 '가련한 여인'의 겁탈 혹은 정절 훼손 위기 사건(여성 수난 사건)이다. 아사녀에게 세상은 "젊고 예쁜 여자의 살점을 노리는 아귀의 떼는 어디든지 우글우글 끓"는 (299쪽) 곳이다. 그녀의 가련함을 강화하고 계속되는 위기를 그럴듯하게 만드는 특질은, 외동딸이고 남편이 멀리 있으며 아버지마저 돌아가셨다는 외면적인 것과, "유달리 눈 여린" 사람이라는 내면적인 것이 있다. 심리적 측

---

25 정호웅은 한국 근대 역사소설의 특성을 성격의 강렬성과 불변성, 무시간성, 윤리적 이분법, 박물지적 장식성 등으로 지적했다. 『무영탑』 역시 이런 특성을 대체로 지니고 있다. 정호웅, 『한국의 역사소설』, 서울: 역락, 2006, 14~34쪽.

면에서 그녀는 마음이 여리고, "세상 물정을 모르며"(182쪽), 남의 말만 믿고 아사달을 의심하여 죽을 결심까지 할 정도로 단순하고 경솔하다.

이렇게 볼 때 아사녀는 1930년대 현실에서 부정적인 특질을 지니고 있다. 육체적 순결을 유지함으로써 정절이라는 덕목을 지켜내지만, 운명과 환경의 횡포에 수난을 당하기만 하다가 비극적인 죽음을 맞고 만다. 서술자 스스로 "멍충이 같다"(351쪽)고 할 정도이다. 하지만 그녀는 끝내 긍정적 인물, 즉 순결하고 가련한 여인으로 남는다. 이러한 모순은 아사녀가 이 작품의 모티프가 된 석가탑 건조 설화의 주인공이요, 독자의 긴장과 흥미를 유지시키는 인물인 까닭이기도 하지만, 이 작품의 인물 그려내기가 '가련한 여인 이야기' 전통에 따라 관습성을 지닌 데서 기인한다.

앞서 잠시 살폈듯이, 같은 여성임에도 불구하고 주만은 아사녀에 비해 매우 적극적이고 관습 타파적이므로 1930년대 현실에서는 다소 근대성을 띠고 있다. 또한 그녀의 특질은 행동으로 나타나고 상황에 따라 발전되는 면이 있으므로, 중심 사건을 야기하고 진전시키는 기능을 한다. 그래서 이 작품의 여성 주인공은 아사녀가 아니라 주만이라고 볼 만한 가능성도 있다. 그러나 주만 역시 비극적 결말에 이르므로 가련한 여인, 즉 자신의 의지와 낭만적 열정으로 인해 가련해졌기에 새로운 면을 지닌 가련한 여인이라고 할 수 있다. 그녀의 파격적인 행동도 작품 구조와 당대 현실에서 얼마나 합리적이고 의미 있는지 의문이다.

어떻든 관습에 따라 대부분의 독자가 여주인공으로 여기게 되는 아사녀는 긍정적 성격을 지닌 것처럼 서술되나 부정적인 면이 있고, 삼각관계를 만들어 아사녀와 애정적 대립 관계에 놓이게 되는 주만은 도리어 긍정적인 면이 있다. 이렇게 두 여성 인물의 특질의 일관성이 훼손되고 기능적 성격도 혼란스러운 이유는, 이 작품이 인물과 사건 설정 사이, 혹은 가련한 여인 중심의 고소설이나 멜로드라마 양식과 근대소설 양식 사이에서 착종에 빠졌기 때문으로 보인다. 가련한 여인 이야기의 인물 유형과 그 형상화 방식을 답습하여, 주만의 다소 근대적인 성격이 서사 구조에 합리적으로 수용되지 못한 것이다.

(2) 성격의 내면성과 사회성 빈약

『무영탑』은 읽는 과정에서 중심사건을 잡기 어렵다. 장편소설임을 감안하더라도, 핵심적인 갈등과 그것이 낳는 스토리의 중심 줄기가 모호하다. 서술의 초점이 애매하여 중심 제재를 파악하기 곤란하다고 할 수도 있다.

스토리의 표면적 전개를 보면, 이 소설은 아사달이 탑을 완성하는 사건에 중점을 두기보다는, 탑을 완성한 후에 이미 죽은 아사녀와 죽었으리라 여기는 주만의 환상을 보며 돌부처를 만들고, 아사녀의 뒤를 따라 물에 빠져 죽는 것으로 끝나는 이야기이다. 이 점에 주목할 경우, 이 소설은 사랑에 관한 이야기요, 그것을 가로막는 현실과의 갈등이 중심인 이야기이다.

한편, ㉠에 뚜렷이 드러나 있듯이 이 작품에는 전통주의자 유종과 당나라 문화에 젖은 사대주의자 금지가 이데올로기적으로 대립하는 양상이 나타난다. 이 갈등에서 긍정되는 쪽의 이상적 인물은 금량상金良相의 아우 경신敬信이다. 이름 자체가 강렬한 성격소인 경신은, 같은 귀족인 금지의 아들 금성金城과 대립한다.

이 작품에서는 이러한 애정적 갈등과 사회적 갈등이 합리적으로 통합되어 있다고 보기 어려우며, 그에 따라 중심사건도 모호해 보인다. 앞선 연구들이 작품의 통일성을 전제한 채 여러 각도에서 이 작품의 갈등 혹은 제재를 다루었는데, 여기서는 통일성이 깨져 있다고 보고 그 실상과 원인을 인물 중심으로 살피겠다.

먼저 인물들의 관계를 신분 사항 중심으로 간추리면 다음과 같다.

	선	악
귀족	유종, (금량상), 주만, 금경신	금지, 금성
평민	아사녀, 아사달	팽개, 콩콩이

　양쪽의 이데올로기적·사회적 갈등은 거의 귀족층에서만 나타나며, 주만을 사이에 둔 젊은이 간의 갈등인 금경신과 금성의 대결로 전개된다. 갈등은 크게 주만과 금성의 혼사 결렬 사건, 금경신이 금성 일행에게 망신을 주는 사건, 위기에 빠진 주만을 금경신이 구출하는 사건 세 가지이다. 그런데 이 사건에 참여한 각 인물의 행동들은 과연 앞의 이데올로기적 특질을 표현하는가? 그리고 성격소로서 적절하고 충분한가?

　서술 자체를 볼 때, 금성은 무뢰한이고 실수를 거듭하므로 일반 상식을 기준으로 그냥 못나고 '악할' 뿐이다. 그의 사대주의적 특질을 보여주는 행위는 당나라 술을 즐겨 마시는 정도이다. 금성의 아버지 금지 역시 조정에서 유종과 논쟁을 벌이기는 하나, 그의 이데올로기적 특질을 제시하는 행동이나 묘사가 의외로 적다. 정도는 다르지만 이런 점은 '선한' 쪽도 비슷하다. 유종이 나라의 앞날을 걱정하여 금지의 청혼을 거절하고 금경신을 사윗감으로 정하는 행동은 비교적 이데올로기성을 지니고 있다. 따라서 앞의 세 사건 중 혼사 결렬 사건은 사회적 갈등을 제시하는 성격소로서 기능한다. 하지만 그 외에는 이에 준하는 행동을 찾기 어렵고, 대립하는 상대의 이데올로기적 성격이 약하므로 함께 사회적 성격이 약화된다. 경신도 국선도로 맺어진 어느 결사結社의 중심인물로서 영웅적이고 이데올로기적인 면모를 다소 보여주나, 의미 있는 사건의 주체로 발전하지는 못한다.[26] 따라서 나머지 두 사건, 즉 경신이 금성을 망신 주는 사건, 경신이 주만을 구출하는 사건

---

26 이는 일제의 감시 탓이 크다. 후에 현진건은 다른 역사소설 『흑치상지』에서 이와 통하는 사건을 펼치는데, 결국 연재가 중단되고 만다.

은 사회적 의미가 빈약하고 그저 흥미를 끄는 것에 불과하게 된다.

이 작품의 이데올로기적 대립은 한국 역사를 국풍과 유학(한학), 자주 독립과 사대, 진취와 보수 간의 '아我와 비아非我의 투쟁'으로 본 신채호의 역사 사상을 수용한 것[27]으로 볼 수 있는데, 그것이 되풀이되던 식민지 현실에서 일정한 의의를 지닌다. 그러나 앞에서 살폈듯이 이 소설에는 '비아'(여기서는 '악한' 것, 부정적인 것) 측의 구체적 내면과 사회적 행위 제시가 빈약하다. '아' 측 역시 '국풍', '자주 독립', '진취' 등과 통하는 특질이 인물의 신념이나 행동의 내적 동기를 이루지 못했으며, 주만, 아사달, 경신 등의 내면적·외면적 행위에 적절히 동기화되거나 형상화되지 못했다. 주만은 사랑에만 빠져 있고, '민족 예술'의 걸작을 완성하는 아사달도 자신의 작업에 대한 사회적 의식이 빈약하다. 따라서 이 작품에서 선함이나 민족주의적 가치는 인물과 사건, 혹은 대상의 초점화를 통해 '작품 스스로 형성'했다기보다 상식적, 관념적으로 이미 규정된 것에 가깝다. 인물 특질의 형상화를 위해 여러 기법이 사용되었음에도 불구하고 서술자의 태도가 주권적이고 성격소들에 내포된 세부 사건이나 행위가 충분히 마련되지 않은 결과, 그 주제적 의미가 인물들의 욕망, 행위, 감정 등을 지배하지 못하여 작품 고유의 의미 맥락을 형성하지 못한 것이다. 한마디로 인물 성격의 내면성과 사회성이 빈약하여 '작자의 의도'는 선험적, 당위적인 것에 머물고 작품 서술 자체의 초점을 이루지 못한 셈이다.

주만-금경신-금성의 삼각관계는, 금성의 애정이 짝사랑이고 금경신이 주만의 신랑감이 된 것도 아버지 유종의 독단이므로 애정 갈등이라고 보기 어렵다. 앞에서 살핀 정도의 이데올로기적 성격을 지녔을 뿐이고, 같은 귀족 간에 일어난 일이므로 계층적 의미도 제한되어 있다. 이에 비해 주만-아사달-아사녀의 삼각관계는 주만이 귀족이고 여성이므로 사회적 의미가

---

27 한상무, 앞의 책, 283쪽.

있다. 아사달에 대한 그녀의 사랑과 그로 인한 일련의 사건은 계층의식 타파와 여성의 자아 실현이라는 근대적 특질을 형상화한다. 그러나 세 인물의 사회적 성격이 약하고 사랑을 좌절시키는 대립항이 모호하거나 달라서 그 의미 역시 제한된다.

먼저, 아사달을 사랑하는 주만은 내적 동기가 맹목적이고 낭만적이다. 그녀는 귀족답게 행동하지도 않지만, 아사달이 처한 내면적·외면적 상황에 대한 고려도 거의 하지 않는다. 아사달에게 이미 아내가 있다는 사실마저 문제 삼지 않는데, 여기에 이르면 현실 초월적이나 낭만적이라기보다 비현실적이다. 한마디로 그녀의 성격에는 그럴듯함, 즉 합리성과 사회성이 적다. 따라서 그녀가 아사달을 사랑하는 행위는 낭만적이기는 하나 계급 타파의 의미를 지니기 어렵고 사실성이 떨어진다. 이에 따라 그녀의 사랑을 가로막는 갈등의 대립항도 현실성이 약화되고 운명의 지배를 받게 된다. 타락한 현실, 운명 등과 같은 비역사적인 것이 되는 것이다.

주만과 대립하는 관계인 아사녀는 앞에서 살폈듯이 사회적 성격이 약하고 심리 또한 소극적인 '가련한 여인'이다. 이 작품의 절정부에 놓인 그녀의 죽음은 같은 평민 계층인 팽개, 콩콩이, 불국사 문지기 등에 의해 촉발되고 우연이 겹쳐 일어나므로 사회적 주제 형성에 이바지하는 바가 크지 않다. 이 사건은 독자의 감성을 자극하는 데는 도움이 되지만, 사대주의자들이 조성한 현실의 부정적 요인 등이 개입되지 않아서 주제 형성에 이바지하는 바가 적다. 다만 앞에서 지적했듯이 끊임없이 정절 훼손의 위기를 조성하여 그녀를 죽음으로 몰고 간 팽개, 콩콩이 등이 성적으로 타락한 현실의 모습을 일정하게 제시한다. 아사녀는 그 현실에서 수난을 당하다가 죽는, 그 타락한 현실의 희생자이다.

아사달도 심리적 성격이 소극적이고 사회적 성격 역시 빈약하다. 그는 평민이며 서울(경주)에 불려와 탑 짓는 일을 끝낼 때까지 매인 처지인데, 그러한 현실에 대한 자의식이 거의 없다. 그는 아사녀가 그리워도 불국사를 떠나려(탈출하려) 하지 않고 맡은 일에 성실하며, "신흥神興"(93쪽)을 기다려 예술가로서 작업을 할 뿐이다. 그는 주만의 저돌적인 구애에 대해서도 애매한 태도를 취한다. 따라서 그의 죽음은 현실의 궁핍함과 운명의 가혹함을 제시할 뿐 귀족과 평민 사이의 계층 갈등이나, 국선도파와 당학파의 이데올로기 갈등과는 거리가 멀다.

이처럼 인물들의 성격에 내면성과 사회성이 약하므로, 바꿔 말해 이데올로기적 특질을 제시하고 형성하는 성격소가 적으므로, 이 작품에서 국선도파와 당학파의 갈등이 인물과 사건으로 충분히 형상화되었다고 보기 어렵다. 일제가 한국의 역사와 문화를 말살하려 광분하던 당대의 현실에서 그만큼이나마 민족 자주의식을 빗대어 그려낸 의의가 적지 않지만, 이른바 '작가의 의도'가 소설에 육화肉化되어 있다고 볼 수 없다. 애정적 갈등은 외피일 뿐이고 이데올로기적 갈등이 속살, 즉 서술의 초점이라고 하기도 어렵다. 그 반대로, 충분히 통합되지는 않았지만 애정적 갈등 전개에 이데올로기적 갈등이 어느 정도 활용된 정도로 볼 수 있을 따름이다. 그렇다면 이 작품은 애정적 갈등 중심이고 멜로드라마의 구조를 지닌 '가련한 여인 이야기'이되, 성격이 대조적인 두 인물이 가련한 여인으로 등장하며, 이데올로기적 갈등이 개입되어 사회의식 혹은 역사의식이 일정하게 투영된 작품인 셈이다.

7. 맺음말—'작자의 의도'라는 허상

여기서는 기존의 한국 소설 연구에서 인물을 합리적으로 연구하는 방법이 적절히 마련되지 않았다고 보고, 그 원인을 밝힌 후 대안을 제시하고자 했다. 이를 위해 인물, 성격, 특질, 성격소 등의 개념을 검토하고 또 새로 설정하여 분석 방법을 마련한 후 현진건의 장편 역사소설『무영탑』을 인물 중심으로 분석함으로써 타당성을 시험했다.

인물은 특질들의 총체이다. 특질이란 인물이 지니는 갖가지 속성 혹은 자질로서 인물 해석의 기본 단위이다. 특질을 제시하는 매개체인 관련 서술이나 그에 내포된 요소, 재료 등이 성격소이다. 특질들이 모이고 종합되어 관심, 욕망, 윤리적 원칙 등의 복합체인 성격을 이루는데, 성격은 크게 심리적·사회적·기능적 측면을 지닌다.

좋은 소설에는 구성요소들이 적절히 동기화되어 있다. 인물 중심으로 보면, 인물의 특질을 제시하는 성격소들이 적절하고 충분하게 제시되며 서로 통합되어 인물 그려내기와 스토리 전개에 이바지한다. 따라서 인물을 파악하는 일은 성격소를 설정하거나 가려내고 그것이 지닌 특질, 즉 의미를 해석하는 작업이다. 능력 있는 독자는 특질을 파악하고 성격으로 종합하는 과정에서 작품의 초점인 핵심적 의미 맥락을 작품 내외에서 발견하고 형성하며 대입한다. 여기서는 인물 그려내기에 관습적으로 사용되는 성격소로 이름, 행동, 신분 사항, 특질을 표현하는 공간소 등을 지목하고 이를 중심으로 분석했다.

『무영탑』에는 인물의 특질을 극적으로 형상화하기 위한 여러 기법이 사용되었지만, 서술자의 태도가 주권적이고 선악의 이분법에 따른 관념이 노출되어 모순된 양상이 나타난다. 인물 그려내기가 이러한 이데올로기성과 함께 '가련한 여인 이야기'의 유형성을 답습함에 따라, 인물의 특질이 평면적으로 고정되고, 성격소들도 다양한 특질을 지니거나 형성하지 못했다. 이는 이 작품의 구조에 통일성이 없는 점과 관계가 밀접하다. 인물의 내면성이 빈약하고 사회적 특질 또한 행동 및 사건에 충분히 동기화되지 않아서 애정적 갈등과 이데올로기적 갈등이 괴리되며, 사건 전개도 필연성과 함축성이 약화된 것이다.

한국의 비평계와 문학교육계는 소설을 비롯한 이야기 일반에 대한 연구에서 '작자의 의도'를 지나치게 중시하는 경향이 있다.『무영탑』의 성격소들을 검토하면, 작자가 전통적·민족주의적 이데올로기와 사대적 이데올로기를 대립시키고 전자를 긍정하려 했음을 짐작할 수 있다. 그러나 그 의도가 인물과 사건으로, 나아가 통일된 초점과 구조를 지닌 작품으로 형상화되었다고 보기 어렵다. '가련한 여인 이야기'의 전통을 답습한 구조에, 일제강점기의 비판적 현실인식이 다소 첨가된 정도에 그친 것이다. 작자의 의도라는 것이 허구의 이야기로 형상화됨에 따라 간접적으로 표현되는 소설 갈래의 특성에 비추어 볼 때, 그에 대한 부적절하고 과도한 관심은 연구 방법상 반성할 점이 많다.

제2장 인물, 사건(2)
가련한 여인 이야기―『직녀성』,『순정해협』,『탁류』를 예로

1. '가련한 여인 이야기' 유형

'가련한 여인 이야기'는 수난을 당해 가련하게 살아가는 여인의 이야기로서, 한국 문학사에서 매우 흔하다. 수난이 중첩 혹은 반복되는 기구한 여인의 삶을 그림으로써 독자의 관심과 동정적 반응을 불러일으키는 이 이야기에서는 연애 혹은 결혼이 주요 사건 가운데 하나이다. 이러한 이야기는 설화, 소설은 물론이고 서사시나 바리공주, 당금애기 이야기 등의 서사무가에도 존재하며, 텔레비전 드라마, 영화 따위에서도 자주 볼 수 있다.

소설을 중심으로 보면, 문화의 주변부에 놓여서 통속적이기 쉬웠던 대부분의 고소설과 신소설, 그중에서도 애정소설과 가정소설에 흔하다. 또한 신문 판매의 한 수단으로 연재되었기 때문에 대중의 취향을 고려하지 않을 수 없었던 근대문학 형성기의 여러 장편소설에서도 많이 볼 수 있으므로 통속성의 징표처럼 여겨지기도 한다. 하지만 『인간문제』(강경애, 1934), 『탁류』(채만식, 1937~1938) 등 통속에서 벗어난 걸작들에서도 중요한 제재 혹은

문학적 장치로서 큰 비중을 차지하고 있다. 이러한 사실은 이 이야기가 한국 이야기 문학의 모습과 흐름에 대한 연구에서 얼마나 중요하며 또 복합적인 맥락에 놓여 있는지를 말해준다.

하지만 '가련한 여인'에 관한 모티프 혹은 그녀를 주체로 한 사건의 연쇄를 대상으로 한 연구는 찾아보기 어렵다. 고소설과 신소설의 혼사장애, 남녀 이합離合, 여성 수난, 애정, 가정, 멜로드라마 등의 제재나 유형을 다룬 연구들에서 부분적으로 논의되기는 했지만, 범주 설정과 접근 방법이 적절하고 충분했다고 보기 어렵다. 이른바 (청순)가련형 인물이 등장하는 통속물이라 하여 소홀히 하거나, 등장인물과 독자층이 여성 중심이어서 과소평가한 까닭도 있겠지만, 적절한 연구 방법을 마련하지 못한 탓도 크다고 본다.

여기서는 가련한 여인 이야기를 갈래, 스타일, 매체 등을 초월하는 하나의 스토리 유형(서사 유형)으로 설정하고자 한다. 미리 밝혀두자면, 이는 결국 관련 서사 전통과 관습에 관한 직관을 논리화하고 독서 경험을 재구성함으로써 연구의 대상과 논리를 세우는 하나의 시론이 될 것이다. 유형을 설정한 후에는, 일제의 억압이 심해지고 신문과 잡지가 늘면서 대중소설이 많아졌던 1930년대 중반에 발표된 장편소설 세 편(심훈의 『직녀성』, 함대훈의 『순정해협』, 채만식의 『탁류』)의 유형성과 연구 대상으로서의 가치를 드러내고, 이를 통해 이야기 연구 도구로서 그 개념이 지닌 방법론적 기능성도 확인하고자 한다. 가련한 여인 이야기는 한국의 이야기 문학에서 원형적인 것 중 하나로 보이므로, 이 연구는 그 구조와 양태, 이데올로기적 작용 기제 등을 밝힘으로써 문학사의 한 줄기를 드러내는 작업이 될 수 있다. 또한 가련한 여인 이야기가 범세계적·초역사적 서사 유형의 하나라면, 이러한 작업은 역사와 문화를 관통하여 되풀이되는 인류의 원형적 이야기 혹은 거대 서사를 연구하는 데 이바지할 수 있을 것이다.

2. 연구 방법

가련한 여인 이야기는 거대한 흐름을 이루고 있으므로 한 번에 모두 살펴보기 어렵고, 범주를 구분하거나 특성을 변별하기도 힘들다. 따라서 먼저 이야기에 대한 기본적인 관점과 연구 방법을 정한 후에 접근할 필요가 있다.

첫째, 가련한 여인 이야기의 형성 문제이다. 앞에서 필자는 이 이야기가 한국 문학사에서 시대와 영역을 가릴 것 없이 널리 퍼져 있다고 보았다. 이 이야기가 20세기 초 신파극을 비롯한 일본식 멜로드라마 같은 외부의 영향이 유입되기 이전에 나타났으며, 그 발생과 전개가 내재적이요 전통적이라고 보는 것이다.

둘째, 대상의 범위와 접근법 문제이다. 이 연구는 우리 이야기 전통 전반에 존재하는 가련한 여인 이야기를 염두에 두므로 갈래나 작품성(본격, 통속)을 가리지 않되, 우선 신소설과 일제강점기 근대소설을 염두에 두고 논의할 것이다. 그리고 유형과 범주의 설정에 집중하기에 공시적으로 접근하고자 한다.

셋째, 가련한 여인 이야기라는 대상의 성격 혹은 본질 문제이다. 앞에서 언급했듯이, 여기서는 하나의 인물형 혹은 모티프의 상위에 존재하거나 그들을 포괄하는 스토리 유형으로 보려 한다. 하지만 아직 시론 단계이므로, 가련한 여인을 주체로 한 유사한 사건들이 포함된 다소 느슨하고 유동적인 이야기 틀이라고 할 수도 있다.

앞의 논의를 달리 진술하면 이렇다. 가련한 여인 이야기는 크게 두 가지 측면을 지닌다. 하나는 가련한 여인이라는 인물의 측면이다. 그리고 다른 하나는 '이야기'라는 말에 내포되어 있는 사건 혹은 사건의 연쇄(스토리)의 측면이다.

사건은 시간성을 지니고 있다. 언제 일어나며, 작품에 어떤 순서로 배열,

제시된다. 이 국면을 중시할 때 가련한 여인의 이야기는, 특히 일대기를 다루는 고소설의 경우 '가련한 여인의 일생'이라고 부름이 적절해진다. 이는 '영웅의 일생'과 비교되는 '여인의 일생'이다.

'가련한 여인의 일생'은 여러 작품에 공통적으로 나타난 화소를 추출하여 만든 스토리 유형 혹은 이야기 모형narrative model이다. 이는 작품의 서술로부터 추상화되는 심층의 원형적 스토리이자 이야기 문법이며, 관련 이야기들의 관계와 의미 산출 방식을 살피는 데 도움이 된다. 즉, 관련 작품의 공통점과 차이점, 통시적 변형 양상 등을 체계적으로 진술할 수 있게 해준다.

그런데 신소설 이후의 근대소설은 대개 인물의 일생이 아니라 특정한 사건 중심이다. 인물의 일생을 담더라도 특정 사건이나 시간 속에 서술해 넣기 때문에, 스토리와 서술층위의 사건 순서가 거의 일치하는 고소설과 달리 서술층위에서는 서사(서술) 구조[1]가 매우 다양하다. 따라서 일생이나 스토리 위주의 연구 방법은 근대소설에 대해서는 무리하거나 불충분한 면이 있다. 기본 모형과의 유사점, 차이점 등을 중심으로 사건의 의미를 환원하고 단순화하여 다룸으로써 오히려 해석을 제한하거나 왜곡할 수도 있다.[2]

한편, 인물 위주의 연구는 사건의 모습과 배열에 크게 구애받지 않는다. 플롯에 매이지 않고 시간적 구속에서 벗어나 공간적으로, 어떤 특질과 행동의 복합체로서 성격 위주로 분석하므로 고소설이나 근대소설을 막론하고 큰 무리 없이 함께 다룰 수 있다. 또한 그 인물이 주인공이 아닌 작품도 쉽

---

1 서사 구조라는 말은 층위에 대한 고려 없이 쓰이는 예가 많다. 즉, 자연적 순서에 따른 심층의 스토리를 가리키기도 하고, 작가가 어떤 효과를 위하여 서술한, 상대적으로 표층적인 구조를 가리키기도 한다. 여기서는 되도록 그 용어를 피하되, 사용하는 경우에는 층위를 구별하여 스토리층위에서는 '사건 구조'나 '스토리 구조', 서술층위에서는 '서술 구조'라는 용어를 쓰기로 한다.

2 바버라 헌스틴 스미스는 그런 연구 방법이 여러 텍스트를 하나의 텍스트로 환원하는 플라톤적 이원주의에 빠진 것이라고 비판한 바 있다. B. H. 스미스, 손영미 옮김, 「서술의 판본과 서술이론」, 주네트 외, 석경징 외 옮김, 『현대 서술 이론의 흐름』, 서울: 솔, 1997, 118~147쪽 참고.

게 대상으로 삼을 수 있다. 그러므로 시험적 논의인 이 글에서는 인물에 중심을 두는 방법을 택하려 한다.

사실, 인물과 사건은 분리하기 어렵다. 어떤 인물은 어떤 특질들을 지니고 있기 때문에 그 인물이기도 하지만, 어떤 사건에 참여하여 타인과 관계를 맺음으로써 사회적 존재가 되기 때문에 그 인물이기도 하다. 인물의 성격은 사실(정보, 징조)과 함께 사건(행위)에 의해 형성되고 제시된다. 따라서 인물 연구는 사건과 관계가 밀접하다. 다만 인물 위주로 연구할 경우, 사건의 초점을 지속과 변화의 양상보다 가련한 여인의 존재를 형성하고 제시하는 데 두고, 그녀가 한 개인으로 존재할 뿐 아니라 타자와 관계를 맺는 요소로 다루게 된다. 사건은 그 자체의 인과성을 지니기도 하지만 인물이 다른 인물 혹은 사물과의 관계 속에서 정체를 확립하고 욕망을 실현해가는 과정이자 수단인 까닭이다.

결국 이 글에서는 인물 위주로 논의를 전개하되 사건도 고려하는 방법을 취할 것이다. 가련한 여인이라는 인물의 성격적 특질에 초점을 두되 삶의 과정을 항상 염두에 둔다는 뜻이다. '가련한 여인 이야기'는 그런 방법으로 포착하는 연구 대상의 구체적 양태, 즉 양식, 갈래, 매체 등을 초월하여 존재하는, 가련한 여인을 주체로 한 스토리 유형 혹은 틀을 '잠정적으로' 가리킨다.

3. 가련한 여인 이야기의 특성과 구조

(1) 가련한 여인의 특질과 독자 반응

과연 무엇이 '가련한 여인 이야기'인가? 앞에서 언급했듯이 여인이 수난을 당해 가련한 삶을 살아가는 이야기이다. 작품 중심으로 말하면, 가련한 여인이 주요 인물로서 수난받는 삶이 핵심 사건의 전부 혹은 일부를 이루며, 그 삶이 독자에게 가련하다는 정서적 반응을 일으키는 작품이다. 그럼 범위를 좁혀서 다시, 누가 과연 가련한 여인인가?

그녀는 물론 여자이다. 여자 가운데서도 소녀나 처녀 상태에 머물지 않고, 적어도 배우자와의 만남을 포함하여 '일생'을 가늠할 수 있는 삶의 과정을 겪는[3] 여자이다. 그러므로 짧은 이야기보다는 긴 이야기에 어울린다.

가련한 여인은 남자가 아니다. 의미심장하게도, 불행하거나 비참하다면 몰라도 '가련한' 남자 이야기는 찾기 어렵다. 가련한 인물로는 남성보다 여성이 전형적이거나 그럴듯하다는 말인데, 여기서 가련한 여인 이야기가 여성이 사회적 약자인 가부장제나 그 질서와 긴밀한 관계가 있으며,[4] 따라서 그 여인을 가련하게 만드는 존재는 주로 남성일 것이라고 짐작할 수 있다.

그녀는 그냥 여자가 아니라 가련한 존재로 여겨지는 여자이다. 수난을 받는다고 해서 가련한 여인인 것은 아니다. 가련하게 여겨져야 가련한 여인이다. 여기서 가련함, 곧 가엾고 불쌍함은 정서적 반응뿐만 아니라 지적인 반응까지 포함한다. 알아야 느끼며, 느껴서 알기도 한다. 특히 정서적 기능과 함께 인식적 기능이 중시되는 이야기 문학에서 둘은 긴밀한 관계이다. 가련함 자체는 감성적 성격이 강하지만 거기에는 지적인 요소도 작용한다. 이를 소홀히 하면 작품에 대한 합리적 해석과 반응에서 멀어지는 것은 물론, 가련함에 바탕을 둔 동정에도 따뜻한 것과 함께 차가운 것이 있음을 놓치게 된다.

---

3 가정소설에서는 결혼을 한 후의 이야기가, 애정소설에서는 결혼에 이르기까지의 이야기가 중심이 되는 경우가 많다.

4 '가련한 남자'가 없는 것은 아니다. 『순애보』(박계주, 1939)에 등장하는 최문선이 그에 가깝다. 애국지사의 아들이요 화가인 그는, 선량하고 재능이 있지만 고아이며 수난을 겪어 장님이 된다는 점에서도 가련한 여인을 닮았다. 그러나 이러한 경우는 드물며, 가련한 남자 역시 감상적인 드라마나 순정만화에 흔히 등장하는 가련한 소녀처럼 독자의 동정을 유발하는 인물인 점에서 가련한 여인의 일종 혹은 변형으로 본다. 한편 오늘날 영화나 텔레비전 드라마에 가련한 남자가 점차 많이 등장하는 추세인데, 가부장제가 약화됨에 따라 가련한 남자 이야기가 많아질 가능성이 있다.

요컨대 그녀는 가련하게 '느껴지고 생각되어' 동정을 받는다. 그런데 이러한 반응은 주관적이고 자의적이기 쉬우므로 여러 측면의 분석과 규정이 필요하다.

독자의 반응이 일어나는 까닭은, 인물이 어떠한 특질을 지니고 있으며, 또한 그것이 어떠한 태도와 방식으로 서술되고, 그에 따라 독자 또한 어딘가에 초점을 두고 읽기 때문이다. 먼저 그녀의 성격적 특질을 살펴보자.

① 용모, 신분, 재능, 품성 등에서 독자가 동경하거나 중요시하는 이상적인 점들을 지니고 있다. 이 특질들은 우선 독자의 호감과 부러움을 사고, 그녀가 수난을 겪을 때 일종의 '낙차 효과'를 내어 평범한 사람의 경우와 달리 강한 동정을 유발한다. 그러므로 통속적이거나 낭만적인 작품에서 더 중시되는데, 특히 용모가 아름다우며 마음이 착하고 순수한 경우가 많다.[5] 재능이나 학력이 좋은 예도 많으나 그것은 장식에 가깝다.[6] 그녀가 지닌 특질들은 거의 타고난 것이지 노력으로 성취한 것들, 수련이 필요하거나 지적知的인 것들이라 하기 어렵다. 이러한 특질은 가해자들이 그녀를 탐내거나 미워하는 결정적 원인이 되며, 또한 그녀가 결말에서 행복해질 경우 그것을 당연한 일로 만든다. 격렬하고 극적인 사건이 중첩되는 작품일수록 이 특질이 강조된다. 사건 전개에 '세속적인' 동기와 필연성을 부여하는 장치로 기능하는 것이다.

② 결핍된 환경, 즉 수난을 겪을 외롭고 궁핍한 상황에 처해 있다. 대개 매우 가난하며, 가족이 처음부터 온전치 못하거나 이야기 진행 도중 죽음, 몰

---

5 이정옥은 1930년대의 애정소설이 순정적인 가련한 여성/성적 욕망을 추구하는 남성의 대립으로 구성된다고 했는데(이정옥, 「대중소설의 시학적 연구—1930년대를 중심으로」, 서강대학교 박사학위논문, 1998, 101쪽), 이는 당시의 대중소설 중 다수를 차지하는 애정소설이 대부분 가련한 여인 이야기임을 뜻한다.

6 특히 음악, 미술 등 예술 분야의 재능과 학력을 지니고 있는데, 그것은 실상 이야기 구조 내에서 큰 의미를 지니지 않는다. 이는 근대화 과정에서 여성의 재능과 학력 자체는 물론 (서양)예술이라는 것이 하나의 실체라기보다 장식 혹은 징표에 불과함을 암시한다.

락 등으로 온전치 못하게 된다. 고아거나 외동딸인 경우가 많고, 가족이 있다 하더라도 멀리 있거나 그녀를 돕는 게 아니라 수난에 빠뜨린다. 이러한 점들은 앞의 ①처럼 그녀의 의지와는 관계가 적은 운명적인 것들이다. 이 요소들은 ①과 대조적으로 그녀에게 부정적인 것들로서, 수난을 겪을 환경을 마련한다. 그녀의 수난은 독자의 동정을 받으므로 이 수난의 환경을 마련하는 특질은 곧 그녀에 대한 동정의 바탕을 형성한다. 그런데 그것이 주로 가정적 결핍인 점은 한국의 가족주의 문화와 가부장제 전통에서 비롯된 것으로 보인다. 그 이데올로기와 제도 속에서 여성에게는 가족의 결핍이나 상실이 외로움과 가련함의 가장 큰 원천이 되는 것이다. 자본주의의 지배력이 커지면서 가정적 결핍보다는 경제적 결핍, 즉 가난이 강조되고, 이때 가련한 여인은 흔히 돈과 사랑 사이에서 갈등에 빠진다.

③ 보편적 상식과 가치에 비추어 부당하거나 가혹한 수난을 겪는다. 그녀에게 세계는 수난의 장소요 고해苦海이다. 애정 혹은 정절에 대한 오해와 배반, 재물과 권력을 쥔 악한의 모략이나 폭력, 조력자 상실, 집안의 몰락 등이 그녀를 점차 고립시키고 전락시킨다. 그에 따라 '험한 세상에서 세파에 시달리는' 그녀의 슬픔과 한恨이 쌓이고,[7] 독자의 동정심은 고조된다.

사건의 뼈대를 이루는 이 수난의 특성에 따라, 그리고 부당하거나 가혹하다고 판단하게 되는 논리와 가치가 무엇이냐에 따라, 여인의 성격은 물론 그녀의 이야기 전체의 양식과 갈래가 달라진다. 예를 들어 수난이 애정 위주이면 애정소설, 가정의 유지와 번영 문제이면 가정소설, 사회적 모순과 깊이 관련되면 리얼리즘 소설의 경향을 띠게 된다. 『사씨남정기』 같은 고소설에서의 수난이 가정적인 것이라면, 『혈의 누』 같은 신소설은 대개 사회

---

7 이에 초점을 둘 때, 가련한 여인 이야기는 '원한의 맺힘-풀림'이라는 이야기 전통에 놓고 조명할 수도 있다. 최시한, 「맺힘-풀림의 이야기 모형에 관한 시론」, 『현대소설의 이야기학』, 서울: 프레스21, 2000을 참조할 것.

문제를 내세우지만 실은 가정적이거나 애정적인 성격의 수난이 중심이며, 『인간문제』 같은 근대소설은 못 가진 자에 대한 가진 자의 폭력이라는 사회적 성격을 띤다. 애정적 수난은 모든 갈래의 소설에 두루 나타나는데, 대개 정조 유린(순결 훼손) 위주이며, 애정 성취, 곧 결혼 문제를 핵심적 사건으로 만든다.[8]

④ 행동양식이 수동적이고 감성적이어서 수난에 잘 빠지고 능동적으로 벗어나지 못하는 경향이 있다. 수난受難이라는 말 그대로 '난을 당하는' 수동적인 입장이며,[9] 수난에 이성적, 합리적이기보다는 감성적, 즉흥적으로 대응한다. 또한 가련한 여인은 기질이 적극적, 행동적이기보다는 심약하고 소극적, 감정적이다. 한마디로 연약하다. 따라서 흔히 지적인 능력과 사상성이 부족하고, 수난에서 벗어날 때 조력자의 도움에 의존하는 경향이 있다.[10] 수난을 안기는 세계에 비해 그녀를 매우 왜소하게 만드는 이러한 내면적 특질이 바로 가련함의 또 다른 원인을 제공한다. 수난보다는 그것을 극복하는 과정에 초점을 맞춘 이야기의 여성, 즉 『박씨전』의 박씨처럼 비범한 능력을 지니고 능동적으로 행동하는 여인(영웅적 여성)은 가련한 여인의 범주에서 벗어나거나 멀어진다.[11] 그들은 세계 속에서 자신의 주체성 혹은 정체성의 자리를 넓혀가며, 가련함을 불러일으키는 것과는 먼 행동을 하기 때문이다.

---

8 이처럼 수난의 성격을 중심으로 가련한 여인 이야기의 종류, 시대적 변화 등을 기술할 수 있을 것이다.

9 가련한 여인 이야기가 패배주의적, 운명론적, 순응주의적이라는 비판은 주로 이러한 특성에서 비롯된다. 그런데 반드시 그렇지만은 않은 작품들도 있다. 한편 가련한 여인을 포함한 한국 소설의 인물들이 지닌 수동성은 서구 소설의 인물론으로는 설명되지 않는 면이 있다. 역시 가련한 여인 이야기라 할 수 있는 『사씨남정기』의 사씨가 '상황을 통과해가기만 하는' 수동성을 지닌 데 대해 필자는 그 원인을 성리학에서 찾아 해석한 적이 있다(최시한, 『가정소설연구―소설 형식과 가족의 운명』, 서울: 민음사, 1993, 56~59쪽).

10 고소설에서 그 조력자는 흔히 '하늘'이라 불리는 초월적 존재, 죽은 조상 등이며, 주로 꿈에 나타나 수난 극복의 길을 지시한다.

11 카프 계열 작가들이 '대중을 위해' 가련한 여인 이야기를 쓸 때 그렇게 되는 경우가 많다. 이기영의 『신개지』(1938), 『대지의 아들』(1939~1940) 등이 그 예이다.

가련한 여인이 지닌 이러한 특질들을 종합하면, 의외로 그녀의 성격은 단순하지 않다. 따라서 가련한 여인 이야기를 창작하거나 해석할 때는 이 같은 그녀의 성격을 얼마나 파악하고 어떻게 바라보느냐가 매우 중요하다. 가령 그녀의 수동적·감정적 행동양식(④)은 그녀의 우수한 자질(①)과 모순적인 면이 있다. 또한 그것은 가정 상황이나 사회현실(②, ③)과 같은 외부적 요인으로부터 수난을 당하는 그녀를 '연약하고 무고한 희생자'로 보이게 하지만, 동시에 수난의 내적 원인이 되어 수난을 자초하고 부채질할 수도 있다. 그리하여 그녀의 '순수함'(①)을 현실에 대한 순진함이나 무력함, 무지 등에 가까워 보이게 하여[12] 타고난 자질과 환경(①, ②)은 물론 모든 것이 운명이나 개인적 결점 때문인 것처럼 만들어버릴 가능성이 있다.

이를 볼 때, 가련한 여인에 대한 서술자의 태도는 호의적이거나 중립적일 수도 있지만 비판적일 수도 있다. 또한 작자의 사상과 이야기 전략에 따라 작품의 지배적 이념 혹은 주제의 맥락에서 긍정적 인물로 그려질 수도 있고 부정적 인물로 그려질 수도 있다.

대개의 이야기가 그렇듯이, 가련한 여인이라는 인물 혹은 그 여인의 이야기는 이야기 행위 층위에서 볼 때 크게 두 가지 태도로 서술된다. 하나는 화자가 거리가 가깝게 서술하여 독자로 하여금 가련함을 더 많이 느끼도록 자극하는 태도이고, 다른 하나는 비판적 거리를 두고 서술하여 그녀의 삶을 제재로 어떤 현실을 폭로하거나 가치를 인식시키는 데 주력하는 태도이다. 거칠게 말하면, 앞의 태도가 감성적 쾌락 혹은 '눈물을 통한' 배설을 추구한다면, 뒤의 태도는 지성적 인식을 추구한다. 제재 자체가 그냥 여인이 아니고 '가련한 여인'이므로 애초부터 감성적인 면이 강하나, 『찔레꽃』(김말봉,

---

12 『별과 같이 살다』(황순원, 1950)의 곰녀와 같이 수동성 그 자체가 '가치 있는' 성격 혹은 삶의 한 형태로 긍정되는 이야기도 있다. 거기서 수동성은 인내성, 모성적 포용성 등으로 달라지고 또 한 격상된다.

1937)처럼 매우 통속적, 상업적인 소설이 앞의 서술 태도를 취한다면,『이심 二心』(염상섭, 1928~1929)처럼 좀 더 사회적이고 비판적인 작품은 뒤의 서술 태도를 취한다.[13] 이러한 서술 태도는 가련한 여인의 성격과 그녀에 대한 반응을 좌우하며, 나아가 작품의 주제와 가치도 달라지게 한다.[14]

여기서 비판적으로 서술되거나 부정적으로 그려진 인물도 '가련하게' 여겨지고 동정을 받을 수 있는지, 독자가 그런 인물이 가련하다고 느끼는 것을 과연 적절한 반응으로 인정할 수 있는지가 문제 된다.

독자는 작품을 그 자체의 맥락에 충실하게 읽어야 하지만, 이와 별도로 인간 보편의 가치, 혹은 자신의 문화권에서 보편적으로 추구하는 가치와 양심의 맥락에서 반응하고 판단할 수 있다. 이때 그 판단의 논리와 그것이 허용되는 범위가 문제 되는데, 여기서 그에 관해 많은 논의가 필요하지는 않다고 본다. 결핍된 환경에 처한 여인이 부정적으로 서술되었더라도, '보편적 상식에 비추어 부당하거나 가혹한 수난에 빠진' 모습을 보면 동정심을 느낄 수 있기 때문이다. 여기서 가련한 여인 이야기의 본질과 그 생명력의 뿌리가 독자층의 인정주의, 감성 편향적 사고 경향 등에 있음을 짐작할 수 있다.

요컨대 필자는 앞에서 가련함이라는 반응 자체를 정서적인 동시에 지적인 것으로 본 것과 비슷하게, 비판적으로 서술되거나 부정적인 인물도 호의적, 중립적으로 서술된 긍정적 인물과 마찬가지로 가련하다는 반응을 일으킬 수 있다고 본다. 비판적으로 서술되거나 부정적인 인물에 대한 동정이

---

13 그동안 가련한 여인 이야기가 충분히 연구되지 않았던 원인 가운데 하나는, 이러한 의미 맥락과 서술방식 등에 대한 분석 없이 통속적, 낭만적인 작품만이 전부라고 여겼기 때문으로 보인다.

14 통속적인 작품들은 대개 가련한 여인을 호의적으로 서술하고, 수난의 원인을 외부에 두어 그녀를 희생자로 부각시키는 경우가 많다. 그런데『장한몽』(조중환, 1913)은 심순애 본인이 명백히 판단을 잘못하여 수난을 자초하는 것으로 이야기된다는 점이 특이하다. 이 작품이 번안 작품임을 고려하여 따로 살필 필요가 있다.

차가운 동정(내려다보는 동정, 연민)이라면, 호의적으로 서술된 인물에 대한 것은 따뜻한 동정(나란히 보거나 올려다보는 동정, 동감)이라고 할 수 있다. 수난을 당해 마땅한 문제점을 지닌 인물이라 하더라도 앞의 네 가지 특성들을 지니고 있으면 '차가운 동정'을 받는 가련한 여인으로 간주하는 셈이다.

이러한 주장은 화자의 태도나 작품의 지배적 이데올로기와는 별도의 독자 반응을 일정하게 허용하는 것인데, 이는 작품이 요구하는 일차적 반응이 가련함과 다소 거리가 있더라도 인물이 가련한 여인의 특질을 지니고 있으면 독자는 일단 가련하다고 반응할 수 있다고 보는 것이다. 『순애보』(박계주, 1939)의 서술자는 기독교적 사랑과 희생정신을 실천하는('순애殉愛'하는) 최문선과 장혜순을 서술하면서 숭고함이나 비장함에 초점을 두고 있지만, 독자는 '그 이전에' 혹은 '그러지 않고' 가련하다는 반응만 보일 수도 있다. 인물들이 앞의 네 가지 특질들을 지니고 있되, 이 작품이 가련함을 넘어 숭고함이나 비장함을 체험할 만한 형상성을 얻지 못했기 때문이다.

(2) 사건 구조

가련한 여인은 사건이 전개됨에 따라 수난 끝에 행복해지기도 하고 더욱 불행해지기도 한다. 가련한 여인에게 자기 집(가정) 외부의 세계는 기본적으로 수난의 장소이며, 매우 거대하다. 집 밖에 나서면서부터 끝없이 수난을 당하는 『혈의 누』(이인직, 1906)[15]의 김옥련과 『치악산』(이인직·김교제, 1908·1911)의 이씨 부인이 그렇듯이, 가련한 여인의 자아는 세계에 비해 왜소하기 짝이 없다. 세계의 폭력에 거푸 수난을 당하는 그녀의 성격은 그래

---

15 『혈의 누』는 김옥련을 중심으로 옥련의 어머니, 정상 부인 등 주요 여성 인물이 모두 가련한 여인이다. 이처럼 가련한 여인이 여럿 등장하여 그들의 수난−수난 극복이 연쇄, 중첩되는 이야기도 많다.

서 수동적 혹은 운명적 경향을 띤다. 가련한 여인이 결국 불행하게 파멸하는 경우, 게다가 그녀가 수난당하는 원인이 세계의 타락성 때문이라는 점이 두드러지면 그 이야기는 세계의 폭력성을 더 강하게 폭로하는 비극적 구조를 지니게 된다.

그녀가 수난을 면하고 행복해지는 경우, 그녀는 자기가 처한 세계의 지배적 이데올로기를 수용함으로써, 그녀에 대한 동정심 때문에 행복한 결말을 바라는 독자들의 기대―대개 작품 외부 세계의 지배적 이념에 바탕을 둔― 를 충족시킬 수 있다. 그와 대조적으로, 세계와 맞서 이길 만큼 자아가 확대되거나 성격이 능동적, 주체적으로 바뀜으로써 '수난을 극복하여' 행복해질 수도 있다.[16] 앞의 경우가 보수적이라면 이 경우는 개혁적인데, 그녀가 개혁적으로 바뀌거나 극복 과정의 비중이 커질수록 가련한 여인 이야기다운 면은 적어질 것이다.

이렇게 볼 때, 가련한 여인 이야기는 그녀가 수난을 면치 못하고 파멸함으로써 세계의 폭력성과 운명의 지배력을 드러내는 불행한 결말의 비극적 작품과, 이와 반대로 가련한 상태에서 벗어나는 행복한 결말의 희극적 작품으로 대별된다. 희극적 작품은 조력자의 도움을 받아 역경에서 벗어나는 경우와, 스스로 자아 혁신을 하여 수난을 극복해가는 경우로 나뉜다. 희극적 작품은 비극적 작품에 비해 훨씬 낭만적이며 보수적이고 통속적이기 쉽다. 가련한 여인의 성격과 그녀에게 닥치는 수난의 특성도 비극적 작품에 비해 사회성이 떨어질 가능성이 높다.

지금까지의 논의를 종합하면, 가련한 여인 이야기는 아름답고 선량하지

---

16 가련한 여인의 성격이 능동적으로 바뀌는 과정을 박진감 있게 서술하는 것은 쉽지 않은 일이다. 그녀를 가련하게 만든 세계는 그녀에게 너무도 거대하기 때문이다. 그래서 흔히 조력자가 나타나는데, 그런다 하더라도 그녀 자신의 내적 전환이 함께 일어나야 그럴듯해진다. 하지만 작가의 사상적 전망과 기법적 세련이 받쳐주지 않아서 그 자기 혁신의 전환이 개연성을 잃는 경우가 많다. 『무정』(이광수, 1917)의 영채, 뒤에서 살필 『직녀성』의 이인숙 등이 그에 해당한다.

만 결핍된 환경에 처하고 성격이 수동적인 여인이 세계의 폭력에 수난을 당해 가련한 삶을 살다가 행복해지거나 불행해지는 이야기이다.[17] 이 이야기는 기본적으로 현실을 여성/남성, 선(순수)/악(탐욕), 빈/부 등의 단순하고도 과장된 대립 구도로 그리며, 독자로 하여금 가련함 위주의 반응을 불러일으킴으로써 사실적이고 비판적인 현실 인식보다는 특히 여성 독자들의 상처를 위무하거나 억압된 욕망과 감정을 낭만적으로 카타르시스하는 방향으로 기능하기 쉽다. 하지만 호의적이 아니라 비판적으로 서술하는 작품, 그리고 행복한 결말이 아니라 불행한 결말로 끝맺는 작품에서 그 이야기는 세계의 폭력성을 폭로하는 다른 기능을 할 수도 있다.

사건 구조, 혹은 좁혀서 결말에 초점을 둔 이러한 진술은 물론 어디까지나 논리적 가능성 차원의 진술이다. 결말이 불행한 작품이라고 해서 반드시 사회비판적인 것은 아니다. 임선규의 신파극 『사랑에 속고 돈에 울고』[18]는 불행한 결말로 끝나지만, 행복한 결말로 끝나는 『순정해협』과 비슷하게 사회의식이 빈약하고 또 그릇된 작품이다. 이 작품은 주로 독자의 눈물샘을 자극하여 감정을 배설시키는 구조이다.

그런가 하면, 한국 문학사에서 가련한 여인의 삶을 풍자한 작품은 찾아보기 어렵다. 이는 가련한 여인의 이야기 자체가 우리 문화가 중시하는 특정한 정서 혹은 진실을 내포하고 있거나 작동시키는 장치임을 암시한다. 아울러 앞에서 논의한 유형이 반드시 특정 주제나 이데올로기와 짝 지어진 것은

---

17 군이 화소를 나누어 진술하면 다음과 같다.
  ① 아름답고 선량하지만 수동적이고 환경이 결핍된 여인에게 불행한 일이 일어난다(가련한 여인이 결핍된 환경에 놓인다).
  ② 수난을 겪는다.
  ③ 행복해진다/불행해진다(수난을 극복한다/극복하지 못한다).
18 뒤에서 다룰 『순정해협』의 연재가 끝나기 약 한 달 전인 1936년 7월에 처음 공연되었다. 후에 소설로 나왔을 때의 이름은 『홍도야 울지 마라』이다. 『장한몽』이 그렇듯이 『순정해협』과 공통점이 많다.

아님을 시사한다.

따라서 희극적이냐 비극적이냐는 일단 스토리층위의 사건 구조나 결말의 문제이지 주제나 이데올로기의 문제가 아니다. 주제나 이데올로기는 앞에서 살핀 바와 같이 서술의 태도나 서술방식, 인물의 욕망, 사건의 성격 등과 같은 다른 여러 요소들까지 개입된 복합적 의미작용의 결과이기 때문이다. 다만 여기서 앞에서와 같이 유형을 구분한 이유는, 그것이 양상을 구별하고 논리적으로 진술하는 데 유용하기 때문이다. 즉, 그 사건 구조 혹은 유형적 틀에 무엇이 관여하여 어떤 의미작용을 하는가를 구체적으로 살피는 데 도움이 되기 때문이다.

4. 작품 분석

(1) 『탁류』와 『순정해협』

채만식의 『탁류』[19]와 함대훈의 『순정해협』[20]은 비슷한 시기에 발표된 가련한 여인 이야기이다. 두 소설은 앞에서 논의한 비극적 작품과 희극적 작품에 각각 해당하므로, 지금까지의 논의를 보완하고 검증하기 위해 분석하려 한다.

『탁류』의 정초봉과 『순정해협』의 김소희는 가련한 여인이다. 그들은 용모가 아름답고 마음이 순진하며 육체적으로 순결하다. 또한 당대의 현실에서 꽤 교육을 받았거나 지적 능력을 소유했다. 하지만 아주 가난하며, 가족

---

19 『조선일보』에 연재(1937. 10. 12~1938. 5. 17). 여기서는 우한용 해설·주석, 『탁류』(서울: 서울대학교출판부, 1997)를 대상으로 한다.
20 잡지 『조광』에 연재(1936. 1~8). 여기서는 『순정해협』(경성: 한성도서, 1937)을 대상으로 한다.

의 도움도 받지 못하는 외로운 처지이다. 초봉에게 가족은 벗어놓지 못하는 짐이며, 소희는 아예 가족이 없는 천애고아이다. 이는 가족주의적 성격이 강하게 존속하던 당대 사회에서 매우 큰 결점이다. 이와 같이 사람들, 특히 탐욕적인 남자들이 좋아할 장점들을 지녔으나 돈과 가족의 도움이 결핍된 상황, 이것이 그 여인들이 기본적으로 처한 '가련한' 상황이다. 그들이 겪는 핵심적 사건인 결혼에 있어서 뛰어난 장점과 함께 치명적 단점까지 지녔기에 그들은 주목과 동정을 받는다.

두 작품의 가련한 여인들은 자신의 결점을 심각하게 의식한다. 그래서 초봉은 아버지에게 장사 밑천을 대준다는 조건 때문에 고태수와 결혼하며, 그녀의 부모 또한 매매혼과 비슷한 결혼을 함부로 재촉함으로써 수난을 자초한다. 본문의 표현대로 초봉은 "심청이"가 되는 것이다. 한편 소희는 자신이 가족이 없고 가난하여 "지체가 다르다"는 이유로 일본 유학생이며 부유한 집안 아들인 이영철과의 결합을 꺼리지만, 결국 '금강석 반지'와 사회적 신분에 끌려 그와 관계를 맺음으로써 수난의 길에 들어선다.

여기서 두 여인의 성격적 결함이 작용한다. 그들은 마음이 순수하지만 그 순수는 단지 아무것도 모르기 때문에 지니게 된 순진함에 가깝다. 이는 인생의 중대한 국면에서 소극성과 우유부단함을 낳는다. 그들은 내면의 삶, 반성적 의식이 빈약하다. 초봉은 남승재를 좋아하지만 집안을 위해야 한다는 생각에 매여 그를 포기한다. 그리고 소희는 이영철과 고준걸 사이에서 흔들리다가 이영철이 지닌 세속적 가치인 학력과 재력에 끌려가버린다. 이 두 작품에서 가련한 여인들이 가련해지는 이유는 외부 요인과 함께 작용하는 이러한 내부 요인 때문이다.

『탁류』에서는 서술자가 이 점을 명백히 지적하고 초봉 자신도 인식하고 있지만, 『순정해협』에서는 전혀 그렇지 않다. 이미 거짓으로 폭로되어 있는 영철의 구애에 소희가 끌려가는 모습조차 순결한 처녀의 낭만적 방황처럼 서술된다. 그녀에 대한 독자의 동정이 꽤 '차가운 동정'일 수밖에 없음에도 불구하고, 서술은 오히려 따뜻한 동정에 초점을 맞추고 있는 것이다. 작가가 합리적 인식을 바탕으로 서술하지 않고 가련한 여인에 대한 동정만을 맹목적으로 추구하여 빚어진 파탄이다.

『탁류』의 고태수와 『순정해협』의 이영철은 모두 사기꾼이요 위선자인데, 고태수는 애정적 사기꾼일 뿐 아니라 경제적 사기꾼이기도 하다. 하여간 이들은 가련한 여인을 사랑한다면서도 그녀를 속이고 수난에 빠뜨리는 첫 가해자들이다. 그런데 다음 가해자가 또 나타나 수난이 겹치고 가련함은 더욱 심해진다. 박제호와 장형보, 희준 등이 그들이다. 이번에도 『순정해협』의 악한은 개인적이고 애정적인 맥락에서만 행동하지만, 『탁류』의 악한들은 사회적, 경제적으로도 타락한 자들로서 사회성을 짙게 지닌 악한으로 행동한다.

또한 두 작품 모두에는 가련한 여인의 조력자가 등장한다. 남승재와 고준걸이 그들인데, 이들은 모두 가난하다. 남승재는 초봉을 도와 그녀를 행복하게 해줄 가능성이 있는 존재로만 남을 뿐 불행한 결말을 막지 못한다. 이에 비해 고준걸은 소희를 수난에서 건져내어 행복해지게 한다. 이때 그녀를 구하는 현실적 힘은 그가 고등보통학교 교사로 신분상승한 데서 나오지만,[21] 모든 것이 소희에 대한 변함없는 '순정' 때문에 가능했던 것처럼 그려진다.

결국 가련한 여인 이야기를 가지고 『탁류』가 거짓, 야욕, 폭력으로 가득 찬 사회의 괴기스러운 모습을 제시한다면, 『순정해협』은 순정의 힘을 제시한다. 전자가 사회에 의한 개인의 압살을 그렸다면, 후자는 개인적인 '사랑의 승리'를 그린 셈이다. 『탁류』는 초봉의 성격적 결함을 강조하고, 애정보

---

21 변호사가 된 이영철이 잘못을 뉘우치고 법정에서 소희를 변호해주었기 때문이기도 하다.

다는 치정을 다루며, 애정 중심의 삼각관계를 그리지는 않는다. 그리하여 주요 인물의 관심사 혹은 욕망이 애정 일색인 『순정해협』과는 달리 일종의 사회소설이 된다. 따라서 『탁류』는 『순정해협』, 『장한몽』과 같이 사랑만 있으면 재력, 권력, 야욕 등의 횡포를 극복할 수 있는 것처럼 "현실의 모순을 인식하고 타개하는 능력을 마멸"[22]시키는 희극적 구조가 아니라, 『인간문제』, 『이심』 등이 그렇듯이 비극적인 구조이다.[23] 이 비극적인 작품들에서 가련한 여인은 타락한 사회의 희생물이다.[24] 가련한 여인 이야기라는 틀은 독자의 관심을 끌면서 현실을 폭로하기 위한 장치로 기능한다.

(2) 『직녀성』

심훈의 『직녀성』[25]은 행복한 결말의 희극적 구조를 지닌 작품이지만 가련한 여인 이인숙이 스스로의 노력으로 수난을 극복해가는 과정을 담고 있어서 또 다른 유형에 해당한다. 전통적인 가련한 여인 이야기 혹은 가정소설의 전통 속에 놓여 있는 이 작품은 이른바 잡통속적인 작품이라는 점에서 앞에서 살핀 『탁류』와 『순정해협』의 중간에 위치한다.

이 작품은 여성주의적 시각에서 높이 평가할 만한 내용을 많이 담고 있는데, 무엇보다 가부장제의 봉건적 규범과 인습에 희생되는 여인들의 모습을 세밀하고 다양하게 그리고 있다. 물론 그 중심에는 주인공 이인숙이 있다.

---

22 조동일, 『한국문학통사 4』, 서울: 지식산업사, 1994, 386쪽.

23 채만식은 『심청전』을 희곡 『심봉사』로 패러디한 바 있는데, 『탁류』 또한 『심청전』의 패러디에 가깝다. '꿈의 후반부'를 통해 희극적 구조를 지닌 『심청전』을 비극적 구조로, 가련한 여인 이야기의 두 유형 가운데 한 유형을 다른 유형으로 다시 쓴 셈이다.

24 우한용은 「시대의 희생제의를 읽어내는 방법」(서울대학교출판부 판 『탁류』의 해설)에서 기본적으로 『탁류』를 그렇게 읽고 있다.

25 『조선중앙일보』에 연재(1934. 3. 25~1935. 2. 26). 여기서는 『직녀성 상·하』(경성: 한성도서, 1937)를 대상으로 한다.

그녀는 가족이나 재물이 결핍된 환경을 타고나지는 않지만 14세에 조혼을 한 뒤 친정 부모가 차례로 죽고 오빠의 잘못으로 집안도 몰락하여 "의지가 지없는 고단한 신세"(364쪽)가 된다. 그녀는 남편과 시가를 위해 온갖 봉사를 하지만 남편은 끊임없이 바람을 피우다가 오히려 그녀의 정절을 의심하여 집에서 내쫓는다. 친정처럼 시가도 주색잡기와 헛된 사업에 빠진 아들들에 의해 몰락하여 수난이 가중되고, 끝내 이인숙의 아들마저 죽는다. 그러나 그녀는 운동가 박복순, 시누이 윤봉희 등의 도움을 받으면서 공부를 하여 보육교사가 된다. 그리고 윤봉희−박세철 부부가 이끄는 이상적 사회인 "공동가정"에서 다른 이들을 위한 봉사의 삶을 살아간다. 그러한 인숙을 화자는 "성모 마리아 같다"고 서술한다.

이인숙은 조혼을 했으므로 연애를 하지 못한다. 다만 외간 남자와 연애를 했다는 오해를 받을 뿐이다. 그녀의 결혼은 작품의 후반부가 아니라 전반부에 이루어진다. 결혼이 사건의 귀결점이 아니라 출발점 혹은 기본 환경인 것이다. 따라서 이 작품은 결혼을 추구하는 이야기가 아니라 결혼 그 자체를 문제 삼는[26] 이야기, 애정소설이 아니라 여성의 삶 혹은 가정 문제 중심의 사회비판적 가정소설의 성격을 지닌다. 이인숙의 용모나 애성 심리가 강조되지 않으며 삼각관계다운 삼각관계가 없어서 낭만적 환상을 불러일으킬 요소가 적은 것은 그 때문이다.

이 작품에서 궁극적인 가해자는 남편 윤봉환이 아니라 가부장제의 규범이요 남성 중심의 인습이다. 윤봉환이 어떤 악의를 갖기보다 규범과 인습에 젖어 행동하는 인물로 서술되는 까닭이다. 이렇게 볼 때 이인숙−윤봉환 부부와 대조적으로 그려지며 후반부에 중심적 존재가 되는 윤봉희−박세철 부부가 부모의 반대를 겪고 자유로이 결혼하며 자기 개인이나 가정보다 사

---

26 이 작품에는 '결혼 문제'에 관한 대화나 서술이 여러 차례 나온다.

회를 위해 살아가는 모습은, 봉건적 결혼 규범과 인습을 비판하고 대안을 제시하는 의미를 지닌다. 윤봉환과 윤봉희는 남매간이지만 윤봉환은 몰락하고, 그 집안에서 스스로 빠져나온 윤봉희의 '새로운 형태의 가정(공동체)'은 희망차게 건설되어간다. 여기서 이 작품이 『낙조』(김사량, 1940~1941)처럼 가련한 여인 이야기를 뼈대로 봉건적 가족의 몰락을 그린 가정소설적 면모가 있음이 확인된다.[27]

요컨대 『직녀성』은 가련한 여인 이야기를 뼈대로 당대의 현실, 즉 구한말 귀족 및 양반 집안의 몰락, 젊은이들이 새로운 삶을 모색하는 과정 등을 그리고 있다. 그런데 가정이 몰락하는 원인이, 가장들은 구시대의 사상에 매여 있고 그 아들들은 방탕한 탓으로만 그려지는 데서 현실에 대한 작가의 인식의 한계가 드러난다. 같은 맥락에서 '운동가' 젊은이들이 추구하는 이상적 공동체라는 것도 당대의 현실에서는 공상적인 것에 가깝다.

실제로 이인숙이 그 공동체 구성원들의 도움을 받아 보모로 새 삶을 살아가는 과정은 비중이 적고 필연성도 부족하게 서술된다. 이 작품의 대부분을 차지하는 것은 대가족 귀족 집안의 풍속과, 거기서 『사씨남정기』의 사씨처럼 순종과 인내를 미덕으로 여기며 살아가는, 유교 이념과 가부장 질서가 확립해놓은 '이상적인 여성의 삶'이다. 서술자는 그 모습을 비교적 중립적으로 서술하는데, 결말에 가까워질수록 그러한 삶이 이미 의미를 잃고 있음을 제시하는 쪽으로 기운다. 하지만 이인숙 자신과 조력자들이 지향하는 바가 합리성이 적고, 무엇보다 이인숙이 이전의 자기를 혁신하는 내적 전환이 충분히 형상화되지 않았기 때문에 그 행복한 결말의 희극적 구조는 『순정해협』과 마찬가지로 필연성을 얻지 못하고 있다.

결국 작가 심훈은 『직녀성』에서 이인숙을 '전통 여인의 미덕'을 지닌 인물

---

27 최시한, 『현대소설의 이야기학』, 서울: 프레스21, 2000, 440쪽을 참조할 것.

로 그리는 데는 성공했으나, 그러한 '미덕'을 강요한 사회를 비판할 근대적 자아의식을 지닌 인물로 성장시키는 데는 이르지 못했다. 따라서 이 소설은 이인숙을 통해 열녀를 이상형으로 삼는 전통적 여인에 대한 독자의 관습적 동경이나 그 삶의 가련함에 대한 인간적 동정심은 유발하지만,[28] 그녀가 처한 현실과 근대적 인간에 대한 깊이 있는 인식을 도모하지는 못하고 있다. 이는 작자가 남성중심적 여성관을 떨치지 못하고 이인숙을 긍정적 인물로만 그리다가 그녀의 수동적 성격을 극복하지 못했기 때문으로 보인다. 그 결과 이 작품은 가련한 여인 이야기를 가지고 봉건적 규범과 인습에 수난당하는 당대 여성의 모습을 풍속 혹은 세태의 차원에서 비판적으로 그리는 데 머문다.

5. 맺음말—유형 설정의 의미

이 상에서는 가련한 여인 이야기 혹은 가련한 여인의 일생을 하나의 스토리 유형으로 설정하고, 인물을 중심으로 하되 사건을 고려하는 방법으로 시험적 연구를 진행했다. 이를 위해 가련한 여인의 특질을 크게 네 가지로 나누고, 독자가 그녀를 가련하다고 판단하고 느끼게 되는 요인과 그녀에 대한 반응 양상을 정리하며 이 이야기 전통의 문화적 바탕을 살폈다. 그리고 결말을 중심으로 사건의 전개 양상에 따라 크게 세 가지 하위 유형—비극적 구조, 희극적 구조(조력자의 도움에 의한 수난 극복, 내적 각성에 의한 수난 극복)—을 구분하여, '가련한 여인 이야기' 개념으로 이야기 전통이 이어지고 변화하는 모습의 한 줄기를 기술할 토대를 마련했다. 이전의 여러 이야기와

---

28 이인숙에 대한 당시 여성들의 반응은 따뜻한 동정과 찬 동정이 뒤섞인 것이었으리라고 본다. 그만큼 가련한 여인에 대한 관습적 반응이 강력하게 뿌리박혀 있었다고 보기 때문이다.

함께 1930년대의 장편소설 『직녀성』, 『순정해협』, 『탁류』를 분석한 결과, 그것의 설정이 가능하고 방법론적 가치가 있음을 확인했다.

가련한 여인 이야기는 이른바 멜로드라마의 대표적인 제재이며 원형적 스토리 유형 가운데 하나이다. 인물 위주로 바꾸어 말하면, 가련한 여인은 범세계적 유형의 인간상일 수도 있다. 어떻게 접근하든, 한국 문학사에서 가련한 여인 이야기가 차지하는 비중은 분포나 빈도가 유달리 크다.

왜 하필이면 가련한 여인 이야기인가? 그 이야기가 우리 이야기 문학에서 큰 흐름을 형성하게 된 원인은 무엇인가? 이 물음에 답하기 위해서는 비교문학적 접근과 함께 한국 역사와 문화에 대한 다각적인 논의가 필요하다. 앞에서 드러난 바로는, 가부장 질서 속 여성의 사회적 지위, 이야기 문학사에서 여성이 수행해온 독자로서의 역할, 인정주의, 감성주의 같은 문화적 성향 등과 밀접한 관계가 있는 듯하다. 오늘날 가련한 여인 이야기는 대중적인 텔레비전 드라마나 영화에 주로 등장하고 진지한 글감으로는 여겨지지 않는 경향이 있는데, 이는 그러한 사회문화적 토대의 변화와 맞물린 현상일 터이다. 이 연구는 그런 현상에 대한 연구의 가능성을 모색했을 따름이다.

제3장 시간, 플롯
「별사」의 해석과 시간 기점

1. 시간 분석과 그 기점

　시간은 소설의 질료이자 미적 원리이다. 소설은 시간 속에서 변화하는 삶을 그릴 뿐 아니라 시간에 의해 구성되고 서술되는 '시간예술'이다. 하지만 그것은 구체적인 모습이 없어서 다른 사물에 의해 간접적으로 드러나므로 다루기가 까다롭다. 소설에서 시간을 공간과 구별하고 이야기(서사) 행위 자체의 본질과 관련지어 살피게 된 것은 비교적 근래의 일이다.

　소설의 스토리와 서술을 층위로 나누어 살핀다면, 소설의 시간 역시 둘로 나누어 살필 수 있다. 시모어 채트먼Seymour Chatman은 그것을 '스토리시간story-time'과 '서술시간discourse-time'[1]이라고 불렀다. 이들은 흔히 '이야기된 시간' 및 '이야기하는 시간'이라고 일컬어져 온 개념에 가깝다. 전자가 말 그대로 스토리층위의 문제라면, 후자는 서술층위, 특히 플롯의 문제이다.

---

1 Seymour Chatman, *Story and Discourse*, Ithaca: Cornell University Press, 1978, p.62.

소설을 읽을 때, 독자는 주로 스토리시간에 주목한다. 독자는 작품 외부 세계의 현실과 자신이 경험했거나 상상한 세계의 현실을 바탕으로, 어떤 시간과 공간 속에 존재하는 사건의 연쇄인 스토리를 떠올리고 구성한다. 이 '서술된 시간' 차원의 실상에 비해 '서술하는 시간', 즉 서술시간에 대해서는 비교적 관심이 적고, 둘의 관계에 관한 연구도 빈약한 편이다.

소설의 시간을 두 차원으로 살피는 것은 소설에 존재하는 행위를 두 차원으로 구별하여 살핌을 뜻한다. 하나는 스토리 차원에서 행동 주체(인물)가 하는 행위이고, 다른 하나는 그 행위를 서술 주체(서술자)가 인식하고 서술하는 행위이다. 서술행위도 행위인 이상 어떤 시공 속에서 벌어진다. 그것은 일인칭 서술의 경우처럼 스토리시간 속의 사건이 되기도 하지만, 기본적으로 인물의 행위가 소설의 '무엇'에 속한다면 서술자의 행위는 '어떻게'에 속한다. 어떻든 이 둘은 관계가 밀접하고 중요하므로 서술행위의 시간인 서술시간도 스토리시간 못지않게 중시해야 한다. 각각의 본질과 관련 양상은 시간과 밀접한 연구들, 예컨대 스토리의 인과성과 사회문화적 맥락, 플롯, 초점화 등에 관한 논의에서 매우 중요한 요소이기 때문이다.

이 장은 소설에서 시간을 적절히 읽어내고 작품 해석에 보다 효과적으로 활용할 방법을 모색하기 위한 시험적 연구이다. 그 가운데 특히 읽는 과정에서 독자가 행하는 배열 및 재구성의 기준이나 중심이 되는 '시간 기점基點'[2]의 개념 설정과 그것의 활용 방법 모색에 초점을 둘 것이다. 그리고 이를 오정희의 단편소설 「별사別辭」[3]의 해석에 원용하여 구체화하고 그 쓸모

---

2 기본 시점時點이라고 할 수도 있으나 시점은 '시점視點'과 혼동하기 쉬우므로 '시간 기점'을 쓴다. '시간'을 생략해도 무리가 없는 경우에는 '기점'이라고만 쓴다. 기점은 기준점을 줄인 말이다. 사실 기점은 본래 시간과 한 몸인 공간까지 내포 가능한 말이기 때문에 혼란의 여지가 있지만, 시간에 초점을 맞춘 이 글의 범주를 벗어나면 오히려 용어로서 더 적합하다고 본다.

3 『문학사상』 1981년 2월호에 발표되었으며, 2백 자 원고지 190여 장 분량의 다소 긴 단편소설이다. 같은 해 문학과지성사에서 발간된 소설집 『유년의 뜰』에 수록되었다. 그런데 이 원본은 소설집 초판(1981)에 수록되면서 많은 부분이 개작되었고, 재판본(1998)에서도 다소 개작되었다. 기

를 확인하려 한다.

제라르 주네트Gérard Genette에 따르면 시간은 순서, 빈도, 길이의 세 국면으로 나누어 살필 수 있다.[4] 여기서 주로 다루려는 것은 순서의 문제, 그중에서도 사건의 배열과 관계 파악의 기준 혹은 축이 되는 기점 설정 문제이다. 이는 흔히 스토리시간과 서술시간의 층위 구분이 모호한 채 스토리나 서술의 '시점時點', 서술하는 '현재' 등으로 불려왔는데, 그 기점을 이론적으로 살피고 활용하여 보다 체계적이고 깊이 있게 해석하려 한 노력은 찾기 어렵다.[5] 이에 따라 사건의 인과관계 파악이나 플롯 연구에서 '서술된 행위'에 미치는 '서술하는 행위'의 의미 기능을 소홀히 하거나, 서술시간과 창작시간을 동일시하여 해석을 부적절하게 하고 작품의 미적 구조를 도외시하는 경우도 있었다. 이 연구가 그런 문제점을 극복하는 데 이바지하기를 기대한다.

분석 대상으로 「별사」를 택한 이유는, 여러 연구자가 이 작품을 논의했지만[6] 시간 문제를 합리적으로 다루지 않아서 플롯 분석은 물론 작품 구조에 대한 해석이 적절하고 충분하지 않았다고 보기 때문이다. 앞질러 말하자면, 이 작품은 "상식의 옹호자이기를 바랐"던 한 지식인이 "비통하게"(235쪽) 죽어가는 과정을, 당사자보다 아내를 통해 독자 스스로 체험하도록 만듦으로써 (발표 시기와 가까운 때에 한국에 횡행했던) 정치적 폭력의 비인간성을 고

본 스토리는 거의 그대로이므로 시간상의 개작은 이루어지지 않았으나 그 외에는 중요한 변화가 많다. 예를 들어 초판본에는 정옥의 심리 상태를 제시하는 서술이 추가되었고, 재판본에는 초판본에 없었던 장章 구분이 되어 있다. 개작 문제는 지금까지 소홀히 인식되어왔다. 이 글에서는 재판본을 대상으로 하되 앞의 두 판본을 참고한다.

4 Gérard Genette, trans. Jane E. Lewin, *Narrative Discourse*, Ithaca: Cornell University Press, 1980. p.35.

5 주네트는 '1차 이야기first narrative', '스토리축story strand' 등의 용어를 사용했는데(Gérard Genette, trans. Jane E. Lewin, 앞의 책, p.48), 이는 시간 변조의 양상을 갈래짓기 위해서이지 사건의 배열 및 재구성과 관련된 기준점 설정에 초점을 둔 개념은 아닌 것으로 보인다.

6 이 작품을 언급한 글은 매우 많다. 이 연구의 주된 관심사를 구체적으로 다룬 글들은 본론에서 다루므로 거기에 나열하기로 한다.

발하고 있다. 이 글이 소설에서 시간 문제를 다루는 방법 중 하나를 세우고, 현실을 '소설적'으로 비판 혹은 형상화한 「별사」의 개성적인 방식 하나를 합리적으로 드러내는 데 활용할 수 있기를 바란다.

2. 소설의 시간 기점

스토리시간의 기점은, 스토리를 이루는 사건들 가운데 재구성의 기준이 되고 중요한 사건이 벌어진 시간적 지점 혹은 출발점이다. 그리고 서술시간의 기점은 서술자가 존재하는 시간의 어느 때, 그가 서술을 하고 있다고 여겨지는 기본적 시점時點이다. 이 두 층위의 '시간' 및 그 '기점'은 매우 복잡하게 얽혀 있다. 그것들과 작자의 창작시간, 독자의 독서시간 등의 관계까지 따진다면 방대한 연구가 될 터이다. 이 연구는 하나의 시론이므로 그 가운데 중요한 사항 몇 가지만 살펴본다.

사진에 그것을 찍은 카메라의 위치가 반영되어 있듯이, 소설에는 인물은 물론 서술자의 시간적·공간적 위치가 반영되어 있다. 사진이 공간예술이라면 소설은 시간예술이므로 둘은 다른 점이 있다. 소설의 서술자는 카메라와 달리 소설 속에 인물과 함께 등장할 수도 있고, 일반 카메라처럼 한 지점에 멈추지 않고 이동할 수도 있다. 소설에서는 인물과 사건이 변하듯이 서술자의 시간적 위치도 변할 수 있는 것이다.

소설의 기본적인 화법은 회상이고 그 시제는 과거형이다. 따라서 스토리 기점은 과거이고, 서술 기점은 스토리의 모든 사건이 일어난 후 그것을 회상 혹은 기억하는 어느 때라고 할 수 있다. 그러나 소설을 읽는 동안 독자는 모든 것을 '지금 여기'에서 일어나고 있는 것처럼 여기고, 인물과 서술자의 행위 모두를 그렇게 받아들인다. 이 '서사적 현재'를 분석하기 위해 채트먼은 '스토리현재story-NOW'와 '서술현재discourse-NOW'[7]라는 개념을 설정했는데, 이를 활용하여 말한다면 각 시간 기점은 두 '현재' 시간 가운데 각각 기준이나 중심이 되는 지점이라고 할 수 있다.

'현재'는 계속 이동하고 바뀐다. 서술로부터 스토리를 구성해가는 과정에서 독자는 막 읽고 있는(상상의 눈앞에 펼쳐지는) 사건이나 장면이 '지금 여기'에서 벌어지고 또한 '현재' 서술되고 있는 것으로 상상하면서 그것을 기준으로 다른 사건들을 배열하고 관련짓는다. 사건이 전개되고 소설의 페이지가 넘어감에 따라 그 '현재'는 계속 이동하기 마련이다.

삼인칭 서술에서는 서술자가 존재하는 시공을 구체적으로 알거나 설정하기 어렵다. 일인칭 서술의 경우 서술자가 스토리 내부의 시공에서 서술 행위를 하기 때문에 서술시간이 스토리시간에 속하거나 그와 연속되므로 각 기점을 비교적 구체적으로 지적할 수 있다. 그러나 삼인칭 서술에서는 서술 행위의 시간적 위치를 내포작자가 이야기를 한다고 여겨지는, 스토리시간과는 다른 차원의 어떤 지점으로 상상할 수도 있지만,[8] 그가 인물과 달리 하나의 구체적 존재가 아니듯이 그의 위치 역시 어떤 물리적 지점이라고 보기 어려우므로 시간 파악 자체가 곤란할 때도 있다. 그래서 서술시간은 존재하지 않는다고 간주하거나, 그와 스토리시간을 하나로 여기고 스토리현재와 서술현재를 동일한 시간으로 간주할 수도 있다.

사실 일인칭 서술이든 삼인칭 서술이든 작품 해석에서는 중심적인 사건 혹은 그것의 시간 기점 설정이 애매하거나 어려운 경우가 많다. 모두 '현재'인 채로 자꾸 바뀌고 지나가므로 어떤 사건이 다른 것보다 중요한지 판단하기 어려우며, 또한 그 판단 자체가 물리적 시간의 단선적單線的인 차원을 초

---

7 Seymour Chatman, 앞의 책, p.63.

8 바로 이 점이 이른바 '(삼인칭) 작가적 시점(서술)'이라는 용어에서 '작가적'이라는 말이 쓰이는 이유이다.

월하여 이루어지는 까닭이다. 스토리 라인이 약하거나 여러 가닥인 작품, 사건이 방대하고 스토리시간이 긴 장편소설 등은 어떤 고정적인 기점을 전제하는 것 자체가 오히려 작품 해석에 불합리할 수도 있다.[9]

실상이 그렇다면, 스토리층위와 서술층위 각각에 시간 기점을 설정하는 것은 과연 가능하며 또 필요한 일일까?

그것이 가능하고 필요하다는 것이 이 글의 전제요 주장이다. 소설을 읽고 해석하는 과정을 관찰하면 이를 알 수 있다. 일단 중심적인 사건과 스토리 라인이 비교적 분명하며 사건 규모가 작은 단편소설이나 중편소설을 대상으로 논리를 세워보자. 그러한 작품에서 '현재'는 계속되지만, 작품을 읽어갈수록 독자는 기준이 되는 사건을 설정하고 다른 것은 그 전후의 것으로 간주하면서 배열하고 인과관계를 설정한다. 읽는 과정에서 전체 구조의 윤곽이 잡힘에 따라 스토리시간의 계기적(수평적) 질서 속에서 핵심적인 사건을 택하여 '기준사건'[10]을 정하기 마련인 것이다. 읽기가 진척될수록 독자는 의미의 표층 차원에서 심층 차원으로,[11] 스토리의 수평적 시간 질서에서 수직적·비시간적 의미 질서(주제적 차원)로 옮아가며 '중심사건'[12]을 설정하거나 요약한다. 기준사건은 이 중심사건에 대한 고려, 즉 일종의 '해석적 순환' 속에서 중심사건과 가장 관계가 밀접한 것으로 설정된다.

이러한 활동들은 해석 행위의 핵심을 이루는데, 독자가 만약 그런 작업을

---

9 기점 설정이 가능하고 해석에 효과적인 작품과 그렇지 않은 작품을 구분하여 다루는 것이 합리적일지 모른다. 이에 관해 연구하면, 시간론은 물론 소설의 갈래에 관한 흥미로운 결과가 나올 수도 있을 것이다.

10 최시한, 『소설, 어떻게 읽을 것인가』, 서울: 문학과지성사, 2010, 126쪽.

11 여기서 표층사건, 심층사건의 구분이 가능해진다. 최시한, 『소설의 해석과 교육』, 서울: 문학과지성사, 2005, 96쪽.

12 "중심사건이란 주제적 의미 혹은 스토리의 논리를 내포한, 그것을 표현하는 데 주도적 기능을 하는 사건을 가리킨다. 그것은 스토리의 추상화 수준이 높아질수록 생략되거나 수렴되는 부수사건과는 달리, 그 수렴의 축이 되어 계층적 연쇄의 상층에 놓이는 사건이다." 최시한, 앞의 책, 112쪽.

하지 않거나 못하면 결국 작품을 깊고 통일성 있게 읽지 못하게 된다. '현재' 는 계속되지만, 스토리를 구성하고 합리적으로 해석하려면 독자는 궁극적 으로 기준이 되고 중심이 되는 사건을 설정하지 않을 수 없다. 이렇게 볼 때 계속되는 '서사적 현재'는 이야기에 관습으로 존재하는 상상적·감성적 성격 의 주관적 시간일 따름이고, 결국 독자는 의미 파악을 위해 (유사)물리적·이 성적 성격의 객관적 시간 질서에 따라 스토리를 구성하고 파악한다고 할 수 있다.

앞에서 삼인칭 서술의 서술 기점 설정이 어려울 수 있음을 지적했는데, 예 외적인 경우도 있다. 삼인칭 서술이되 인물시각적 서술상황figural narrative situation[13]의 서술, 즉 인물이 서술자와 별개의 인식 주체 또는 시각 주체(초 점자focalizer)로서 대상을 '바라보는' 경우(인물−초점자 서술)는 양상이 다르 다. 「별사」와 같이 그런 서술이 지배적이면 시간의 차원이 셋 이상이 될 수 도 있다. 서술자의 시간, 초점자의 시간, 초점화 대상의 시간 등이 그것인데, 이처럼 인식과 서술의 주체가 나뉨에 따라 시간이 분리되고 기점 또한 구체 화되는 것이다. 더구나 「별사」에서처럼 초점자 인물이 인식만 하는 것이 아 니라 서술 주체로서 자기 목소리로 '말하기(서술)'까지 하면 '그의' 서술 기점 은 보다 구체적으로 파악된다.

요컨대 소설로 대표되는 허구적 이야기, 특히 시간 변조anachrony가 심 한 작품을 읽는 독자는 시간상 중심적이고 의미상 지배적인 사건을 기준으 로 자연적 시간 질서에 따라 스토리를 '낯익게' 재배열하고 구성한다. 즉, 인과관계를 설정하고 통일된 사건과 의미 맥락을 구축한다. 이때 독자는 기준사건이 발생하는 지점(스토리 기점)과, 서술자가 서술을 시작하는 것으 로 여겨지는 지점(서술 기점)을 설정하는 매우 중요한 일을 하게 된다. 가령

---

13 Franz K. Stanzel, trans. Charlotte Goedsche, *A Theory of Narrative*, Cambridge: Cambridge University Press, 1984, p.5.

염상섭의 「만세전萬歲前」은 '만세 후'가 서술 기점이다.[14] 이 작품은 그 전의 일만 다루므로 스토리에 3·1만세운동은 등장하지도 않는데, 서술 기점이 이러하기에 주요 의미소들이 일단 모두 그 사건에 수렴된다. '만세운동의 원인과 뜻' 같은 문제 중심으로 주제적 맥락이 잡히는 것이다. 서술 기점의 역사적 의미가 스토리의 중심사건과 그 의미를 형성하는 셈이다. 더 예를 들면, 김유정의 「봄·봄」의 서술 기점은 장인과의 큰 싸움이 끝난 '오늘 오전'인데, 독자가 그 시간은 주인공이 일을 때려치우고서가 아니라 "부랴부랴 지게를 지고 일터로 가"[15] 일을 하면서 회상하는 때임을 놓치면 해석이 매우 달라질 수 있다. 이러한 예들은 서술 기점이 단지 시간적 위치만의 문제가 아니라 작품의 초점 및 의미 맥락 형성과 밀접함을 말해준다.

이상의 논의를 바탕으로 볼 때, 시간 기점을 '최종적으로' 정하는 작업은 연속되는 '현재'의 흐름을 타고 가다가 마침내 작품을 모두 읽고 난 후 전체 구조를 염두에 두면서 하게 되며, 서술방식의 특징 파악, 기준사건 및 중심사건의 설정 등과 관계가 밀접하다. 따라서 시간 기점 설정은 작품의 서술방식, 플롯, 사건의 의미와 인과관계 등을 보다 구체적, 합리적으로 분석하는 데 도움이 된다.

여기서 유의할 점은, 시간상 기점基點이 되는 시점時點은 시점視點도 아니지만 작품 서두의 시점始點도 아니라는 사실이다. 단편소설에는 그런 경우도 드물지 않으나, 중심사건이 작품에 '많이' 서술되었거나 '앞(도입부)'에 서술된 사건이라기보다 독자가 표층의 구체적 사건들을 수렴하고 해석하여 심층의 추상 공간에 설정하는 것이듯이, 기점도 기본적으로 작품의 심층적 해석을 바탕으로 설정하는 것이다. 사건과 서술방식이 비교적 복잡한 장편소설에서는 이 일에 고도의 해석 능력이 필요하다.

---

14 「만세전」(1924)은 "조선에 '만세'가 일어나던 전 해 겨울이다"로 시작된다.
15 이상·김유정, 『날개, 동백꽃 외』, 서울: 동아출판사, 1995, 273쪽.

3. 「별사」의 스토리 형성과 서술 기점

「별사」는 단편소설이므로 사건 규모가 작은 편이다. 그러나 서술방식이 단순하지 않아서[16] 스토리의 형성 혹은 구성 자체가 쉽지 않다.

이 작품은 인물 정옥이 초점자인 삼인칭 서술 형식이다. 기본적으로 그녀가 바라보고 생각한 것을 서술자가 중개하며, 서술자가 일차적, 직접적인 인식 주체로서 대상을 바라보는 경우는 적다. 화법도 그녀의 목소리로 된 내적 독백이 많이 섞여 있어서 서술자의 개입이 약해 보이므로, 독자는 주로 정옥의 눈과 입을 통해 보고 듣는다는 인상을 받게 된다. 서술자의 기능이 약화 또는 제한되는 것이다. 연구자들은 인물시각적 서술상황의 서술 혹은 일인칭 서술과 삼인칭 서술의 중간 형태에 가까운 이러한 서술을 대부분 의식의 흐름 기법이 사용된 결과로 여겨왔다.

이 작품에는 정옥 외에 그녀의 남편, 어머니, 아이 등의 인물이 등장한다. 남편은 정옥과 거의 대등한 기능을 하는 인물로 보이는데, 소설이 4분의 1 정도 진행되고서야 등장한다. 기본 서술상황의 초점자가 정옥이므로 독자는 그를 다른 대상들처럼 일단 정옥의 시각에서 보게 된다. 이는 기억해둘 필요가 있는 사실이다.

무더운 여름날, 노환이 깊은 아버지가 돌아가실 때를 준비하는 어머니를 따라 정옥이 공원묘원의 장지葬地를 보러 떠나는 '오늘' 오전부터 사건은 시작된다. 사건은 거기 갔다가 돌아오는 오후의 길에서 끝나는데, 이날은 "망자亡者의 날"인 백중(음력 7월 보름)이다. 장지에 다녀오는 이 스토리시간은 한나절 남짓 길이에 불과한데, 이 사건이 작품의 전면(全面, 前面)에 크고 긴 장면처럼 전개되므로 서술시간도 그와 '함께 가는' 것처럼 여겨진다. 즉, 서

---

16 "이 작가는 '무엇'을 보여주지 않고 무엇'에 대한 의식'을 보여준다." 최윤정, 「부재의 정치성」, 『작가세계』 제25호(1995년 여름), 1995. 5, 73쪽.

술 기점인 '오늘 오전'부터 스토리현재와 서술현재가 함께 연속된다.

이 작품의 플롯의 특징은 이 '정옥 이야기'(장지에 다녀오는 사건)의 중간 중간에 '남편 이야기'가 삽입되어 두 이야기가 부단히 교차된다는 점이다. 스토리시간이 길게 잡아 여러 해인 남편 이야기의 핵심은, 대학 강사인 그가 군사독재 세력이 분명한 권력의 감시와 억압을 받아 "금치산자" 상태로 살다가 실종되는 사건(남편 실종 사건)[17]이다. 이 사건은 '오늘' 이전 약 한 달 가까운 동안에 일어났는데, 그에 관한 서술 역시 정옥 이야기처럼 실종 직전의 "오늘"(227쪽) 하루에 초점이 맞춰져 있다. 정옥 이야기에 남편 이야기가 삽입되고 교차되면서 이 작품의 전체 스토리시간이 길어지는데, 시간 변조가 심하고 그 삽입 방식과 시간 표지[18] 또한 단순하지 않으므로 스토리를 구성하기가 어렵다.

스토리 구성이 어려워지는 결정적인 이유는, 시간이 교차되는 데 그치지 않고 불합리해 보이기 때문이다. 이 작품의 두 '오늘'은 같은 날이다. 남편의 실종은 바로 정옥이 장지에 다녀오는 날과 똑같은 백중날에, 엄밀히 말하면 정옥이 장지에 다녀온 후에 벌어진[19] 것으로 서술된다. 즉, 정옥 이야기와

---

17 남편의 죽음 여부에 대한 판단이 연구자들마다 다른데, 여기서는 실종되었을 뿐이라고 본다. 사실 이 작품에서 남편이 실제로 죽었는지의 여부는 그다지 중요하지 않다. 죽었을 경우 자살일 가능성과 타살일 가능성을 이 작품은 열어놓고 있는데, 재판본에는 자살을 강하게 암시하는 문구인 "사람이 죽는 것은 공포 때문이 아니라 허무 때문인 경우가 많지. 그는 테러리스트 같은 소리를 했었다"가 빠졌다. 죽음 혹은 자살 여부에 관한 정보를 흐려서 상상의 폭을 넓히고 관심도 흐려지게 하기 위한 것으로 보인다.

18 시간을 알 수 있게 하는 표지를 가리킨다. 원본 및 초판본과 달리 재판본은 장이 기호 없이 총 8개로 나뉘었는데, 이는 시간 표지를 써서 혼란을 덜기 위한 것으로 보인다. 재판본에서 제5장(편의상 필자가 번호를 붙임) 앞머리에 "남녀의 한 소도시 소재 경찰서로부터 연락을 받은 것은 보름 전의 일이었다"(230쪽)가 추가된 것도 같은 이유에서이다. 뒤에서 살피겠지만, 이 작품에는 의외로 시간 표지가 여러 방식으로 많이 주어져 있다.

19 남편의 '오늘' 이야기는 "해가 꽤 많이 기울어 있는"(236쪽) 시간에 끝나지만, 목격담을 종합하면 그의 실종은 그날 밤 혹은 다음 날 새벽에 일어났다. 그 시간은 정옥 이야기의 스토리시간 안에 있지 않다.

비슷하거나 그 '미래'의 시간에, 다른 장소에서 일어난 사건으로 서술되는 것이다. 물론 두 사건이 그렇게 일어날 수도 있으나, 주로 정옥의 입과 눈으로 '오늘(지금) 여기'의 사건을 인식해온 독자에게 이는 있을 수 없거나 매우 혼란스러운 일이다. 그것 역시 또 하나의 '오늘 여기' 이야기여서 정옥의 인식 범위를 벗어나기에 그녀의 인식 및 담화 행위가 그럴듯함[20]을 잃으며, 그에 따라 두 이야기를 인과적으로 통합하기 위해 필요한 하나의 시간적 맥락과 기점을 설정하기가 곤란해지기 때문이다.

더 자세히 살펴보면, 두 이야기 사이에 괴리나 착종이 있어 보이는 원인이 시간적 문제점에서만 비롯된 것은 아니다. 서술 혹은 초점화의 방식이 일관되거나 통일되지 않은 듯한 점도 원인이다. 남편과 관련된 서술은 정옥을 초점자로 삼은 직접적인 회상과 그렇지 않은 서술로 나뉘는데, 실종 직전의 하루 행적과 관련된 서술(2, 4, 6장)에서는 후자가 지배적이다. 그 서술에서는 정옥이 아니라 남편이 초점자로 보이므로 독자로서는 또 다른 서술자가 별개로 서술하는 듯이 여길 수도 있다. 바꿔 말하면, 매번 현재시제 문장으로 시작되는 그 서술들은, 정옥 이야기와 다른 '또 하나의 서술상황'에서 다른 누군가가 다른 시간과 장소에서 인식하고 서술하는 행위의 산물처럼 보일 수 있다.

이러한 불합리와 괴리 문제를 작가의 실수로 본 연구는 없다. 이 문제를 해결하거나 이러한 양상에 주목하여 이 작품이 '왜 좋은 작품인가' 혹은 '도대체 무슨 이야기인가'를 밝히려 한 연구들이 있을 따름인데, 이제까지 나온 주장은 크게 두 가지로 정리된다. 연구자별로 보면 다음 둘 가운데 하나를 주장하거나, 다소 모순되게 둘을 함께 주장하고 있다.[21]

---

20 그럴듯함verisimilitude은 인과성, 사실성, 박진성 등과 통한다. 여기서는 조녀선 컬러의 다음 논의를 참고하여 모두 내포하는 개념으로 쓴다. Jonathan Culler, *Structuralist Poetics*, Ithaca: Cornell University Press, 1975, ch.7.

21 이 문제를 구체적으로 다룬 연구들을 발표순으로 적는다.
김병익, 「세계에의 비극적 비전」, 『제3세대 한국문학·13 오정희』, 서울: 삼성출판사, 1983; 이

첫째 주장은 남편 실종 사건과 장지에 다녀오는 사건 모두를 '오늘' 얼마 후 시점의 회상이라고 보는 것이다.

우리는 이 지점에 이르기까지 속아왔던 것이다. 전체 맥락은 다음과 같이 추정해야만 제대로 이어진다. 그날 남편이 죽어가고 있을 때 아내는 친정집 묘지를 다녀와서 그 밤으로 P 시의 자기 집으로 돌아오고 있었다. '달을 보면서' 오는 것으로 되어 있다. 이 모든 일은 벌써 <u>얼마 전</u>에 생긴 일로서, 정옥은 남편 없는 홀몸으로 회상하고 있다는 것으로 풀이하지 않으면 안 된다. 그러니까 묘지행 이야기 중간에 끼인 남편의 실종 사건 처리 이야기는 <u>지금의 시점</u>에서 하는 회상의 단편이다.[22]

이러한 주장은 한마디로 이 작품의 서술 기점을 '오늘' 이후의 어느 때로 잡음으로써 장지에 다녀오는 사건과 실종 사건 모두를 스토리시간상 "얼마 전"의 과거이며 정옥에 의한 "회상"으로 간주하는 것이다.[23] 이는 시간의 교란 상태를 정돈할 때 독자가 흔히 취하는 방식인데, 앞에서 지적한 불합리를 다소 해소해준다. 하지만 이렇게 읽으면, 장지에 다녀오는 동안 정옥이 하는 행동이 얼마 전에 남편을 여읜 것 같지 않다는 점, 친정 어머니가 사위의 죽음을 모르고 있다는 점 등이 그럴듯하지 않다는 지적이 있다. 일리 있는 지적이지만, 정옥이 줄곧 강박상태에 빠져 있다는 사실, 서술자가(궁극

상섭, 「오정희의 「별사」 수수께끼」, 『문학사상』 142호, 문학사상사, 1984. 8; 성현자, 「오정희의 「별사」에 나타난 시간구조」, 『동천 조건상 선생 고희기념논총』, 1986; 하웅백, 「자기 정체성의 확인과 모성적 지평」, 『작가세계』 제25호(1995년 여름), 1995. 5; 우찬제, 「'텅 빈 충만', 그 여성적 넋의 노래」, 이남호·이광호 편, 『오정희 문학앨범』, 서울: 웅진출판, 1995; 김경수, 「소설의 인물지각과 서술태도─오정희의 「별사」」, 한국소설학회 편, 『현대소설 시점의 시학』, 서울: 새문사, 1996; 신철하, 「「별사」 연구」, 『한국언어문화』 제18집, 한국언어문화학회, 2001; 김지현, 「오정희 소설의 시간 연구」, 한양대대학원 석사학위논문, 2001.

22 이상섭, 앞의 글을 재수록한 우찬제 엮음, 『오정희 깊이 읽기』, 서울: 문학과지성사, 2007, 100 ~101쪽에서 인용.

23 그렇게 하여 정옥 이야기의 스토리시간을 확대하는 것이라고 할 수도 있다.

적으로 작자가) 독자를 '속여왔다(정보를 감추고, 읽기를 오도해왔다)'고 보는 입장 등을 고려하면 이러한 주장이 아주 불가능하지는 않을 터이다.

이 주장의 가장 큰 문제점은 작품의 기본 서술상황 혹은 그에 따른 독자의 자연스런 인식과 어긋난다는 점이다. 독자는 정옥의 눈으로 보고 그녀가 하는 말을 들으면서, 적어도 두 사건 중 정옥이 장지에 다녀오는 사건만큼은 '지금 여기'의 일로 인식한다. 이때 서술 기점은 스토리 기점인 동시에 초점자 정옥의 인식과 담화 기점인 '오늘 오전'이다. 그런데 '회상'이라는 근거를 충분히 제시하지 않은 채, 또한 문제점들은 그대로 둔 채 서술 기점을 그 이후에 따로 설정하는 것은 자연스럽거나 합리적이지 않다. 오히려 기점을 추가함으로써 혼란을 가중시킨다.

요컨대 이 주장의 문제점은, 서술행위의 일관성과 스토리의 인과성이 깨진 듯한 점을 충분히 해소하거나 설명하지 못한다는 것이다. 앞의 인용문은 또 하나의 서술 기점을 설정하되 "회상"하는 자를 여전히 정옥으로 간주하고 있는데, 남편에 의해 초점화된 실종 직전의 행적이 다시 정옥에 의해 초점화되고, 그것이 다시 정옥에 의해 회상되며, 또 이 작품의 서술자의 중개로 독자에게 전달되는 것은, 독자를 '속이고' 안 속이고를 떠나 매우 혼란스럽다. 서술자까지 더하면 인식과 서술 행위가 네 겹이나 되기 때문이다. 이런 혼란 속에서는 남편과 정옥 이야기가 여전히 따로 놀게 되고, 결국 무엇이 이 작품의 중심사건인지 애매해지기 쉽다. 이는 사건의 배열과 인과관계 설정이 어려운 상황을 이 주장으로는 극복하기 어려움을 뜻한다.

둘째 주장은 남편이 실종되기 직전의 '오늘'에 관한 서술을 정옥의 내면에서 일어난 상상 행동의 결과라고 보는 것이다.

「별사」의 문제성은 남편의 존재 방식에 있다. 이를 알기 위해 우리는 이 소설을 두 개의 텍스트로 나누어 살펴야 한다. 현실의 텍스트와 환상의 텍스트가 그것이다. (중략) 남편을 초점화자로 하고 있는 환상의 텍스트는 허구 공간 내에서조차 실제 상황이 아니다. 다만 정옥의 상상과 의식의 흐름에 따라 직조된 허구적 텍스트일 뿐이다.[24]

이러한 주장은, "남편의 죽음이 아내의 환상 속에서 이루어지고 있"[25]고, 따라서 "남편의 행적은 정옥이 재구해낸 하나의 허구"[26]라는 것, 장지에 다녀오는 사건과 남편 실종 사건은 "모두 과거에 일어난 사건이 아니라 묘원에 간 정옥의 의식 속에서 남편의 실종 사건이 상상되는 것"[27]이라는 뜻이다. 다시 말해 남편의 실종 직전의 하루에 관한 서술을 정옥의 내면에서 '오늘' 이루어진, "정옥의 초점 범위에서 일어난 종속 단위 이야기"[28]로 보는 것이다. 이렇게 정옥 이야기 속에 남편 이야기를 넣어 읽으면 별도의 서술 기점을 설정하지 않아도 되고, 정옥을 초점자로 삼고 '오늘 오전'부터의 사건을 따라가는 이 소설의 기본 서술 상황과도 어울린다.

그러나 이 주장 역시 '또 하나의 서술자'가 다른 시간과 공간 속에서 실종 사건을 서술하는 것처럼 보이는 문제, 정옥 이야기와 남편 이야기 사이의 서술과 인과 관계에 괴리가 있어 보이는 문제를 충분히 설명하고 극복하지 않는다면 설득력을 얻기 어렵다. 앞의 인용에 나오는 "두 개의 텍스트" 운운에서도 간접적으로 드러나듯, 대부분의 연구가 이 서술방식과 인과관계상의 문제를 해결했다고 보기 어려우며, 그에 따라 이 작품 특유의 시간 사용 방식과 의미 형성 기제를 드러내는 데 미흡했다고 본다.

필자는 앞의 둘째 주장에 동의하면서, 시간과 서술 위주의 분석을 통해

---

24 우찬제, 앞의 책, 86쪽.
25 김병익, 앞의 책, 421쪽.
26 김경수, 앞의 책, 506쪽.
27 하응백, 앞의 책, 63쪽.
28 신철하, 앞의 책, 246쪽.

이 문제를 해결하고자 한다. 이는 '시간 기점'이 스토리 구성, 서술방식 분석, 중심사건 설정 등과 어떤 관계가 있으며 이 개념의 설정이 얼마나 해석에 도움을 주는지를 검토하는 하나의 예가 될 것이다. 아울러 그 과정에서 이 소설이 유독 시간적으로 복잡해 보이는 까닭과 그것이 거둔 문학적 효과가 드러나게 될 것이다.

4. 「별사」의 중심사건과 시간

남편의 실종 직전의 하루에 관한 서술(2, 4, 6장)이 정옥의 상상 속에서 이루어진 것이라면, 정옥은 초점자인 동시에 하나의 서술자 혹은 담화자(목소리의 주체)이다. 아울러 남편의 하루 행적에 대한 그녀의 인식 및 서술 행위는, 삼인칭 서술에서 서술자나 초점자가 하는 일반적이고 단순한 '회상'과는 달리 인물로서 행하는 내면적 '행동'이다. 정옥은 거기서 '상상 행동' 혹은 '내면적 인식과 서술 사건'을 수행하는 것이다. 이 사건의 기능이 핵심적이라면, 이 작품은 말 그대로 '내면적 사건' 중심의 이야기인 셈이다.

정옥의 내면에서는 과연 무슨 일이 일어났는가? 정옥은 왜 그런 상상 행동을 하며, 그 의미는 무엇인가? 이러한 물음에 대해 이 작품은 분명하거나 구체적으로 답하지 않는다. 그것은 사건이 내면적인 데다 간접적으로 표현되기 때문이기도 하지만, 앞에서 언급했듯이 스토리시간과 서술시간이 '함께 가기' 때문이다. 즉, 초점자 인물 정옥이 '오늘 여기'에서 인식하고 발언하는 행위의 출발 시점이 '일단' 스토리시간의 기점인 동시에 서술시간의 기점이 되기 때문이다. 그래서 이 작품의 독자는 대부분의 사실을, 이미 다 알고 있는(전지적인) 서술자의 회상이나 기억에 의해서가 아니라 강박상태에 사로잡힌 정옥의 '의식의 흐름' 위주로 이루어지는 다소 혼란스러운 서술을 따라가면서 스스로 파악하지 않을 수 없게 된다. '현재' 연달아 벌어지는 일들을 '안다'기보다 '바라보면서' 수수께끼를 풀듯이 스토리를 짐작하게 되는 것이다. 이런 작품을 시간과 서술방식 중심으로 해석하여 합리적인 해석을 내놓는 것, 이를테면 수수께끼를 풀어서 스토리를 그럴듯하게 재구성하고 그 문학적 장치와 의미를 드러내는 것이 앞으로 할 일이다. 그것은 주로 정옥의 내면에서 일어나는 심리적 사건의 정체와 이 소설의 플롯을 파악하는 일이 될 것이다.

(1) 정옥의 변화

사건이란 상황의 변화이다. 그러므로 정옥의 내면에서 일어난 사건을 파악하기 위해서는 먼저 정옥이 처한 '처음상황'[29]에 주목할 필요가 있다. 그것과 그것이 '끝상황'으로 변하는 과정을 살펴보면 정옥의 성격과 행위 동기가 드러나는 것은 물론 그녀가 수행하는 내면적 사건의 실체가 구체화될 터이다. 정옥의 처음상황을 파악하는 데 중요한 것은 그녀의 성격과 심리 상태, 집을 떠난 충동적 행위의 이유 찾기, 어제 내린 비 등이다.

정옥은 어제 "갑작스런 충동"(192쪽)에 이끌려 P 시의 자기 집을 떠나 친정으로 온다. 그녀는 도착하자마자 노환이 깊은 아버지의 모습에서 "살갗을 차갑게 훑고 지나가는 친근하고 돌연한 느낌"을 받는다. 그리고 '오늘'은 아버지의 "등 뒤로 투명하게 움직이는 어떤 모습"을 본다. 그리고 어머니를 따라 장지를 보러 가는데, 시종일관 그녀가 빠져 있는 심리 상태는 "절박감"과 "습관적인 불안"(210쪽)이 뒤얽힌 강박상태이다. 이 강박상태에서 삶과 죽

---

29 처음상황이란 하나의 사건을 처음상황-중간과정-끝상황의 세 단계로 요약할 때 맨 앞에 놓이는 기본적 상황을 가리킨다. 최시한, 「스토리텔링 교육의 방법 모색―스토리와 그 '처음상황' 설정을 중심으로」, 『대중서사연구』 제24호, 대중서사학회, 2010, 400쪽.

음, 현실과 환상, 과거와 현재 등의 경계가 허물어지는데, 이를 제시하는 삽화, 사물 등은 일일이 예를 들기 어려울 정도로 많다. 그녀가 바라보거나 그녀 주변에 존재하는 사물들은 모두 그녀의 심리에 따라 이를테면 '세계의 자아화'가 이루어진다. 강박적 심리를 제시하고 그럴듯하게 하는 비유적·상징적 기능을 하는 것이다. 대표적인 것이 공원묘원의 풍경과, 거기서 벌어지는 장례 의식이다.

정옥은 왜 강박상태에 빠지게 되었는가? 서술의 약 4분의 1이 진행되고 정옥 일행이 묘원에 도착할 때까지 그 원인은 직접 제시되지 않고, 그와 관련된 "그"(남편) 또한 등장하지 않는다. 다음과 같은 서술로 간접적으로만 제시 혹은 암시될 뿐이다.

> 일정한 보폭을 지키며 묵묵히 걸어가는, 죽은 녹빛의 행군을 보는 사이 가슴속에 드리운 불투명한 막이 점차 두꺼워지며 뭔가 질리는 느낌으로 옥죄어오기 시작했다.
> "부대가 이동하나부죠?"
> 마음속의 불안을 지우기 위해 정옥은 어머니에게 다가가 낮게 속삭였다. 그리고는 대답을 기다리지 않고, 어머니가 결코 알 리 없다는 것을 알면서도 덧붙였다.
> "아마 새벽에 떠났을 거예요. 어디서부터 오는 걸까요?"
> <u>쇠 그물을 드리우고 밤새 해를 따라 나는, 새벽의 미명 속을 숨어드는 거대한 날개의 새. 새벽마다 눈뜨기 앞서 묵묵히 가슴을 밟고 지나가는 발자국.</u>
> 검은 구름이 해를 가리며 지나고 있다. 파헤쳐진 붉은 흙과 녹빛의 행군과 산의 골짜기, 헝클어진 잡목 숲을 어둡게 적시며 흘러갔다.
> "좀 걷자, 착하지?"
> 등에 달라붙은 아이의 몸이 질퍽히 땀이 차기 시작하자 정옥은 아이를 등에서 내려놓았다. (202~203쪽)

원인은 과거에 있다. 그러나 과거에 관한 정보는 대개 스토리시간 순서대로가 아니라 '현재 여기'의 장면과 서술 속에 흩어져 제공되므로 그것들을 종합해야 스토리 전개를 파악할 수 있다. 인용문의 "어머니가 결코 알리 없"는 "새벽"은 플롯상 나중의 서술에서 드러나는, 남편에게는 "제의祭儀와도 같은" 산책을 하던 때이자, 나갈 적마다 "이제는 다시 그를 보지 못하려니 하는 절박한 느낌에 사로잡히곤 했"(214쪽)던 때, 그리고 남편이 마지막으로 집을 나서던 때이다. 그렇다면 정옥은 '오늘' 이전부터 강박상태에 사로잡혀 있었던 셈이다. "죽은 녹빛의 행군"이 군사독재의 환유물임을 고려하면, 그녀의 "질리는 느낌"은 남편의 실종, 나아가 남편을 금치산자로 만든 군사독재 권력 때문에 생긴 것이다. 그 느낌에 사로잡힌 상태에서, 지나가는 군부대는 남편을 억압해온 권력이 되며, 그에 구속된 병사들은 남편이 되고 그녀 자신이 된다. 그러므로 밑줄 친 "쇠 그물을 드리우고…… 발자국" 부분의 서술은 정옥의 내적 독백이므로 일차적으로는 정옥의 것이지만, 동시에 남편의 독백(을 정옥이 대신하여 함께 하는 것)일 수도 있다. 그다음의 "검은 구름", "파헤쳐진 붉은 흙", "녹빛의 행군", "헝클어진 잡목 숲" 등은 온통 죽음을 둘러싼 불안과 절박감에 사로잡힌 그녀의 심리의 상관 객체objective correlative[30]이다. 아울러 그것들은 정옥이 잠시 동안의 상상 혹은 환상에서 빠져나와 공원묘지의 현실로 돌아오는 과정의 중간 단계를 제시한다.

이러한 서술들은 반복되고 다른 정보와 결합되면서 정옥이 아주 내성적이고 예민한 성격이며, "만성적인 피해의식"(198쪽)에 짓눌린 강박상태에서 현실과 상상을 오가며 이성적 경계가 위태로운 상황에 놓여 있음을 보여준다. 무엇보다, 계속되는 "전화 목소리"의 감시 속에서 남편을 걱정하며 그녀 자신까지 남편과 비슷한 상태에 빠져 있음을 보여준다. 그녀도 일종의 금치산 상태에 빠져 있지 않고는 앞에서와 같이 바라보고 행동할 리 없기

---

30 이 용어는 흔히 '객관적 상관물'로 번역되는데, 그보다는 '객체적 상관물'이, 다시 '상관 객체'가 더 적합해 보인다.

때문이다. 이러한 그녀가 죽음이 임박한 아버지를 모실 장지에 다녀오는 도중에 '죽음에 젖은' 온갖 사물과 만나는 이 소설의 기본 설정 속에 놓임으로써, 작품의 분위기는 죽음에 포박된 강박적 심리 상태가 지배하게 된다. 이 소설의 시간과 플롯이 복잡해진 이유는, 이렇게 강박상태에 빠진 인물이 초점자이고 그의 의식의 흐름에 따라 서술이 이루어졌기 때문이다.

요컨대 독자가 서술시간 기점으로 삼는 '오늘 오전'의 오래 전부터 이미 정옥은 남편과 함께 권력의 억압과 감시에 시달리며 강박상태로 살아왔다. 특히 얼마 전 낚시하러 간다고 떠난 후 귀가하지 않는 남편이 죽거나 죽임을 당했을지 모른다는 예감 때문에, 아이를 키우는 그녀는 더욱 심한 불안과 강박상태에 빠져 있다.

정옥은 이런 상태에서 어제 "갑작스런 충동"에 이끌려 집을 떠나 친정에 오고, 오늘 장지에 가기로 한다. 이것이 정옥의 처음상황이자 이 작품의 처음상황에서 일어난 사건이다. 그러므로 도입부에 제시된 이 충동의 정체가 무엇이고 왜 일어났으며 어떤 결과를 낳는지가 중요하다. 이것을 알면, 처음상황과 그것이 다음 단계로 전개되는 과정을 깊이 파악할 수 있기 때문이다.

이와 관련된 것 가운데 하나가 '어제 내린 비' 혹은 어제 소나기가 내릴 때 생겨난 어떤 심리나 내면적 사건이다. 그것 또한 충동이 일어난 어제 생긴 것으로서 무덤과 관련 있으며, 역시 무덤 앞에서 정옥이 '현재' 하는 생각이나 독백으로 두 번 서술된다. 다음은 두 번째 서술이다. 정옥은 묘원에서 어느 봉분 앞에 놓인 시든 꽃다발을 본다.

처음에는 향기롭고 탐스러웠을 꽃은 뜨거운 햇빛으로 어쩔 수 없이 시들었지만 꽃을 싼 셀로판 종이 안쪽에는 물방울이 괴어, 잎은 푸르고 싱싱해 보였다. 어제 내린 한차례 소나기의 흔적이었다. 눈여겨보니 봉분 앞의 좁은 빈 터에도 하이힐의 굽 자국이 움푹움푹 파여 굳어져 있었다.

어제 P 시의 자기 집 마루에서 보던 비의 흔적을 이곳에서 발견한 것이, 자신이 아이를 안고 잠재우며 바라보던 빗속을 크림빛 장미를 든 젊은 여인은 정다운 이의 묘지를 찾아왔으리라는 통속적인 추리가 정옥에게 뭔가 불가사의한 느낌을 주었다. 그러나 여름날의 비란 항다반사가 아니냐, 정옥은 고개를 흔들었다. (230쪽)

앞에서 인용한 "쇠 그물을 드리우고…… 발자국" 대목과 이 대목에서 정옥이 "추리", 즉 상상하는 습관이 있음을 알 수 있는데, 어제 비가 내릴 때도 그녀가 어떤 상상을 하거나 심리적 체험을 했으며 그것이 충동과 관련 있으리라는 추측을 할 수 있다. 그것이 어떤 충동인가는 이 작품에서 끝내 공백으로 남지만, 다른 사건(7장의 세탁소 다녀온 날의 사건)이 그것을 다소 채워주며, 정옥 자신이 계속 그 '충동(적 행위)의 이유 찾기'를 하므로 이를 더 살펴본 후 '추리'해보기로 한다. 장마가 "근 한 달째 계속되고 있"(230쪽)고, 비가 오는 도중에 끝이 나는 이 소설에서 '어제 내린 비'는 놓쳐서는 안 될 기능을 맡고 있다.

강박상태의 정옥은 '오늘' 한나절 내내 여러 심리적 혼란을 겪으며 자기가 왜 충동적으로 집을 떠나 친정에 왔고, 어머니가 장지에 가자고 했을 때 어째서 얼른 따라나섰는가를 거듭 생각한다. 이제까지 줄곧 그녀는 "한 가닥 풍문에라도 기대고 싶었던 마음"에 사로잡혀 남편한테서 "올지도 안 올지도 모를 몇 자의 소식을 기다리느라 (집을) 떠나기 어려웠"(210쪽)기 때문이다.[31] 여기서 하나의 연속된 사건—정옥으로 하여금 집을 떠나게 한 충동의 이유 찾기라는 사건—이 형성된다. 이 사건은 정옥이 분명하지도 않은 '과거'의 자기 마음속에서 스스로 원인을 찾는 일일 뿐 아니라 주로 그녀가 '현재' 하는 의문형 독백 형태로 서술되므로 독자에게는 그야말로 수수께끼이다.

---

31 정옥이 친정에 무슨 볼일이 있었던 것 같지는 않다. 충동의 정체가 무엇이냐에 따라 달라질 수 있지만, 일단 어디로 갔든 집을 떠난 것 자체가 중요하다고 본다.

작품의 도입부에서 결말부까지 이와 관련하여 나타난 것으로 보이는 서술들을 플롯 순서대로 나열하면 다음과 같다.

> 정옥은 그때 문득 자신을 이곳으로 이끈 갑작스런 충동의 실체를 본 느낌이었다. (192쪽)

> 때때로 예기치 않은 순간에, 그러나 친숙하게 찾아오는 이 느낌의 정체는 무엇일까. (193쪽)

> 그렇다면 자신은 망자의 세계, 떠도는 혼들을 보려 했던가. 이제껏 경험한 적이 없는 다른 빛깔, 냄새, 형태의 고요로움을 감지하려 했던가. (206~207쪽)

> 이것이었나, 정옥은 속으로 중얼거렸다. 아침 식사를 하면서 어머니가 지나가는 말처럼 묘원에 가볼래, 했을 때 뜨거운 날씨에 아이를 이끌고 나설 일이 엄두가 나지 않으면서도 쉽게 고개를 끄덕였던 것은 죽은 자의 절대적 평화와 외로움을 만나리라는 환상 때문이었던가. (217쪽)

> 사랑이었나? 빗속을 뚫고 더욱 낭랑히 들려오는 독경 소리와 징 소리를 들으며 정옥은 멍하니 생각했다. 무엇이 자신으로 하여금 이곳으로 이끌었을까. (242쪽)

이 인용문들을 자세히 보면, 정옥이 느끼고 생각하는 것들은 남편이나 남편의 죽음과만 관련 있지 않다. 거기에는 그녀 자신의 문제, 스스로 죽음에 가까이 가려는 심리도 내포되어 있는 듯하다. 따라서 그녀의 '충동의 이유 찾기'는 그녀 스스로 결말을 보기 어려운 성격의 것이다. 마지막 인용문은 결말부에 제시되는데, 이를 보면 정옥의 이유 찾기는 분명한 결과를 얻지 못한 듯하며 수수께끼 상태, 곧 공백으로 남는다. 이는 그 행동의 성격이 그럴 수밖에 없는 것이기도 하지만, 의도적으로 공백gap 상태로 남겨둠으로써 독자가 해결하도록, 그러면서 정옥의 내면에서 일어난 일에 계속 관심을 집중하도록 유도하는 기법적 장치이다.

정옥은 자신이 충동적으로 집을 떠난 이유를 찾지는 못했으나, 그 행동의 결과로 그녀의 '처음상황'은 변한다. 결말부에서 장지에서 내려오는 정옥은 친정이 아니라 자기 집으로 돌아"갈 일이 바쁘게 생각"된(240쪽)다. 이제 그녀에게는 집을 비우지 못하던 때의 강박상태가 별로 느껴지지 않는다. 다음은 이 소설의 마지막 서술이다.

> 빗속에도 향내가 희미하게 풍겼다. 칠월 보름, 백중인 것이다. 우란분재, 망자亡者의 날. 밤은 밝아 만월. 정옥은 잠든 아이 등에 업고 이미 추억으로 떠오르는 P시의 가파르고 어두운 길을 가게 되리라. (242쪽)

정옥의 강박상태는 풀렸다. 이것이 '끝상황'이다. 그렇다면 강박상태−풀림이 정옥의 내면에서 일어난 핵심적 변화이자 중심사건이 되는 셈이다. 여기서 그 변화를 가능케 한 매개 사건이 바로 2, 4, 6장에 제시된 실종 직전의 남편의 행적을 '상상하는 행동' 혹은 사건이라고 가정할 수 있다. 과연 그러한지를 확인하고 그 행동의 실체와 의미를 파악하면, 심층의 중심사건을 주제적 의미가 내포된 말로 진술할 수 있을 것이다.

(2) 상상의 실체와 중심사건

앞에서 실종 직전의 남편에 관한 서술이 정옥의 상상이라면, 정옥은 거기서 내면적 인식과 서술행위를 하는 인물이자 서술자라고 했다. 이는 남편의 행적이 '오늘 여기' 이야기로 서술되는 2, 4, 6장에서, 정옥이 그녀가 초점자인 이 소설의 기본 서술상황과는 '다른 서술상황'의 서술자 혹은 담화자임을 뜻한다. 이 다른 서술상황에서 서술된 것은 다름 아닌 정옥이 꾸며낸 상상의 세계이다. 따라서 거기서의 시간은 정옥 이야기의 스토리시간에 얽매

이지 않고 그야말로 '상상'의 자유가 허용되는 시간이다. 백중날에 백중날 당일은 물론 그 다음 날 일까지 벌어질 수 있는 것이다. 바로 이 점이 이 작품에 두 '오늘'이 동시에 존재할 수 있는 근본 이유이다.

정옥의 '상상 행동'은 이 '다른 서술상황'을 만들고 꾸며내는 행동이다. 이 행동이 장지에 도착하여 점심을 먹는 시간부터 본격화되므로, 이 내면적 서술의 시간기점은 '오늘 점심때'가 된다. 이 서술상황에서 어떤 일이 일어났는지, 그것이 정옥의 강박상태−풀림을 포함한 핵심적 사건들과 어떤 관계가 있는지 따위를 구체적으로 살피려면, 이 작품의 복잡한 플롯을 그에 초점을 맞추어 더 분석할 필요가 있다. 그 작업은 그것이 어떻게 그럴듯함을 얻는가를 분석하는 작업과 하나이기 때문이다.

정옥 이야기와 남편 이야기 가운데 여기서의 논지 전개에 중요하다고 생각하는 것만을 서술의 순서에 따라 간추리면 다음과 같다.

1장
① (정옥의 '오늘' 오전) 정옥은 아이를 데리고 어머니와 함께 장지로 떠난다.
② 정옥은 묘원 근처 가게에서 길을 묻고 아이에게 아이스크림을 사 먹인다.
③ 정옥은 길가에서 젖을 먹이는 아낙네와, 아기에게 장난을 치며 웃는 소녀를 본다.
④ 정옥은 묘원 입구의 가게에서 아이를 씻긴다.
⑤ (얼마 전 새벽) 남편은 "하눌재 신들내"로 낚시질을 떠난다.
⑥ 정옥은 향, 양초 따위를 파는 가게 옆의 묘원 사무소에서 안내를 받는다.
⑦ (과거에 자주) '전화 목소리'는 남편의 행선지를 물으며 감시하곤 했다.
⑧ (얼마 전) 정옥은 '전화 목소리'에게 (그곳이 지도에 나오지 않는 곳임을 알면서도) 남편이 "하눌재에서도 한참 들어간다는 신들내"로 낚시질을 갔다고 말한다.
⑨ (과거에 자주) 정옥은 남편의 발자취를 따라가보고 싶어 했다.
⑩ 정옥은 "그(남편)는 어디로 가고 있는 걸까" 생각하곤 했다.

⑪ 정옥은 장지에 도착하여 새 봉분 옆의 쓰레기를 보며 "여름철의 소나기란 새
삼스러울 것이 없는 법"이라고 생각한다.
⑫ 정옥은 점심 요기를 하며 바람결에 징과 북 소리를 듣는다.

2장

① (남편의 '오늘' 낮) "그(남편)는 (저수지를 찾아) 걷고 있다."
② (오전 10시쯤) 그는 여인숙의 처녀한테 저수지를 안내받는다.
③ (오후 2시) 그는 영화를 보면서 자기 아들을 생각하며 운다.

3장

① (정옥의 '오늘' 낮) 정옥은 여전히 들려오는 (재를 올리는) 징 소리, 바라 소리
를 듣는다.
② 정옥은 묘원에서 장례 의식이 벌어지는 것을 본다.

4장

① (2장과 같은 날 오후) 그(남편)는 저수지를 향해 걷고 있다.
② 그는 허기를 느끼고 절 안내 팻말이 있는 삼거리의 가게에 들어가, 젖을 먹이
고 있던 주인 여자에게 국수를 시켜 먹는다.
③ 그는 가게 여자가 노파, 사내아이, 소복 입은 아낙네 일행에게 (저수지에 빠져
죽은 애 아버지의 재를 올리는 데 쓸) 물건을 팔며 "오늘이 백중날"이라고 하
는 말을 듣는다.

5장

① 정옥 일행은 탈관을 하고 흙을 덮는 장례 의식을 계속 본다.
② 정옥은 징 소리, 바라 소리를 다시 듣는다.
③ 정옥은 어느 무덤 앞의 꽃다발에서 어제 내린 소나기의 흔적을 보고 "불가사
의한 느낌"을 받는다.
④ (보름 전) 정옥은 남녘의 한 소도시 경찰서로부터 남편의 실종을 통보받는다.
⑤ 정옥은 남편이 갑작스런 비에 사고를 당했다는 큰 냇물 한가운데의 모래섬에
가본다.

⑥ 정옥은 실종 전날 저녁때의 남편의 행적에 관해 목격자들의 진술을 듣고 유류품을 받는다.

⑦ 정옥은 근처에 "하눌재 신들내"라는 곳이 없다는 말을 듣고, "그럴 것이라는 짐작이 있던 터라" 놀라지 않는다.

⑧ ('오늘' 오후) 정옥은 장례 행사가 끝나가는 것을 본다.

6장

① (2, 4장과 같은 날 저녁때) 그(남편)는 저수지를 찾아 걷다가 냇가에 앉아 쉬면서 가족과의 일, 기관원과의 대화 등을 생각한다.

② 그는 일어나서 다시 저수지를 향해 걷는다.

7장

① 정옥은 장례 의식이 끝나는 것(봉분이 하나 새로 생겨나는 것)을 본다.

② 정옥은 크고 다급하게 울리는 징 소리, 바라 소리를 듣는다.

③ (어제? 며칠 전?) "겨울 지나면서 맡겨둔 세탁물"을 찾으러 잠시 밖에 나갔다 돌아온 정옥은, 남편이 돌아온 흔적을 "용의주도하게" 살피며 허기를 느낀다.

④ (과거에 자주) 정옥은 남편의 옷을 빨기 전에 주머니를 뒤져, 극장표, 유원지 입장권 등에서 "불안한 행려行旅"의 흔적을 살피곤 했다.

⑤ 정옥은 "더 이상의 추리와 탐색이 부질없는 짓임을 깨닫"고 "그(남편)는 아주 가버린 것"이라고 생각한다.

8장

① 정옥은 장례 의식이 끝나고 새 봉분이 솟은 것을 본다.

② 정옥은 오늘 집으로 돌아가겠다고 하면서 "고작 하루를 떠나 있었을 뿐인데도 굉장히 오래 비워두었던 듯"이 생각한다.

③ 정옥은 내려오는 길에 절에서 징과 북을 울리며 재를 올리는 것을 본다.

④ 정옥은 비가 내리는 것을 보며 "무엇이 자신으로 하여금 이곳으로 이끌었을까"를 생각한다.

정옥은 어제 P 시의 자기 집을 충동적으로 떠났다가 오늘 다시 거기로 돌아간다. 그동안 그녀를 사로잡았던 강박상태가 풀린다. 집이 전과는 다른 곳이 된 것이다. 그중 서술 기점인 '오늘 오전'부터 오후 사이에 정옥이 행한 사건이 장지 다녀오기인데, 도중에 일어난 삽화로 중요한 것은 장례 의식 (3-②, 5-①, 5-⑧, 7-①, 8-①)과, 징과 바라 소리 듣기(1-⑫, 3-①, 5-②, 7-②, 8-③)이다. 이들은 여러 번 반복되고 진전되면서 현재 이야기에 긴장과 일관성을 부여하며 정옥의 내면적 변화를 돕고 또 표현한다. 즉, 이들과 함께 나란히 진행됨으로써 정옥의 내적 변화가 주검을 땅에 묻거나 죽은 자의 영혼을 위무하기 위해 의식을 행하는 일과 관련되었음이 환기된다.

앞의 요약문을 보면, 의문으로 남겨져 있는 '어제 내린 비'(1-⑪, 5-③)가 정옥이 이미 알고 있는, 남편을 실종시킨 비(5-⑤)와 연관 있다고 추리할 수 있다. 어제 비가 내릴 때, 정옥은 역시 빗속에서 실종된 남편에 관한 어떤 상상이나 심리적 체험을 한 듯하다. 어쩌면 그것은 '오늘' 상상된 2, 4, 6장의 장면이나 그 일부를 '미리 본' 것일 수도 있다. 하여튼 이는 어제의 일이므로 당연히 어제의 충동과 연결되는데, 그것이 충동을 낳은 원인이 된 듯하다. 어제 내린 비로 인한 "불가사의한 느낌"은 봉분 앞에서 일어나며(5-③), 장례 의식이 끝나고 새 봉분이 만들어지는 때에 정옥의 심리가 절정부를 넘어 변하는(7-① → 8-①) 것으로 미루어, 어제 비가 내릴 때의 체험은 남편의 죽음을 받아들이는 일과 직접 관련되거나 그러고 싶은 충동을 낳은 듯하다. 만약 그것이 '현재'와 "불가사의"하게 비슷한 또 하나의 상상이라면, 정옥은 남편의 무덤 앞에 서 있는 자신의 모습을 상상으로 미리 보았을 수도 있다.

이런 점들을 결합하면, 어제 집을 떠나게 했던 정옥의 충동은 남편의 죽음과 관련된 강박상태에서 어떻게든 벗어나고 싶은 심리, 남편 위주로 말한다면 그를 단념함으로써 떠나거나 떠나보내려는 심리와 관련 있다고 할 수 있다. 이러한 해석을 뒷받침하는 것은 앞에서 언급한 것 외에도 많다. 정옥의 '충동의 이유 찾기'가 미결 상태로 남은 이유는 그것이 미결되기 쉬운 성격의 행위이기 때문임을 앞에서 지적했는데, 이 또한 간접적으로 이러한 해석을 뒷받침한다. 정옥이 남편과 함께 빠져 있던 강박상태는 스스로 죽음으로써 그것을 끝내고 싶은 욕망, 곧 자살 욕망을 내포한다. 그녀가 도처에서 죽음을 보고 자기 아이에게 줄곧 간절한 시선을 보내는 원인이 남편의 죽음 때문인 것만은 아니다. 하지만 그녀는 아이의 어머니이므로 이제 그만 남편을 떠나거나 떠나보내지 않을 수 없게 된다. 이러한 복합적인 심리 혹은 충동은 정옥 자신의 것이지만 스스로 받아들이고 인정하기 어렵다. 남편과 자신을 죽이는 일인 동시에 한편으로는 자기만 살리는 행동일 수도 있기 때문이다. 정옥이 자꾸 되물으며 '충동의 이유 찾기'를 하는데도 결국 명확한 답을 찾지 못하는(8-④) 것은 앞에서 살핀 기법적 필요의 결과이기도 하지만, 그런 상황적 원인 때문이기도 하다.

이러한 해석은 정옥의 강박상태와 불안, 혼돈 등이 남편의 죽음에 대한 '예감' 때문에만 생긴 것은 아님을 드러낸다. 사실 시간을 볼 때 서술 기점 이전에 이미 남편은 죽은 것이 거의 확실하다. 남편이 실종되는 '오늘' 이야기(2, 4, 6장) 뒤에 제시되지만, 이미 "보름 전"에 정옥은 경찰과 목격자를 만나고 현장에 갔으며 유류품까지 받았다(5-④~⑦).

객관적 사실이 그렇더라도 정옥은 쉽게 단념하기 어렵다. 하지만 며칠 전인지는 알 수 없어도 분명 실종 현장에 다녀온 후의 가까운 과거에 정옥은 현실을 받아들이기로 했다.[32] 잠시도 집을 비우지 못하는 데다 헛것까지 볼 정도로 강박상태가 아주 심각해졌음을 의식한 정옥은 아이의 뺨에서 남편

---

[32] 거기에 이르는 과정을 제시하는 7장의 '세탁소 다녀오는 사건'(7-③~⑤)은 독자에 따라 다르게 읽을 가능성이 있다. 남편의 담배꽁초, 빨랫거리 등이 그대로 있고, "아이의 뺨에 남아 있는 분명한 그의 입맞춤"까지 정옥이 눈으로 보기 때문에 정말 남편이 다녀간 것처럼 여겨질 수 있기 때문이다. 그러나 물건들은 정옥이 치우지 않고 그대로 두었기 때문이며, 입맞춤은 정옥의 상상 혹은 착각일 뿐이다.

의 입맞춤 자국을 보자마자 "더 이상의 추리와 탐색이 부질없는 짓임을" 깨닫고 "그는 아주 가버린 것"(238쪽)이라고 마음먹는다. 남편의 죽음을 '예감'하는 데서 나아가 사실로 받아들이고 있었던 것이다. 그렇다면 정옥이 오늘 하는 상상 행동은, 죽은 것도 아니고 죽지 않은 것도 아닌 남편을 위한 마지막 몸부림이요 하나의 의식儀式, 즉 묘원에서 벌어지는 장례 의식, 하산 길의 절에서 벌어지는 백중재 등과 같은 의식이라고 볼 수 있다. 이 상상 의식은 결국 남편과 아내가 각각 죽음과 삶의 세계로 나뉘는 헤어짐의 의식인 것이다.

요컨대 정옥의 상상 행동은 남편을 떠나보내는 행동이며, 그 결과가 고별의 말인 별사別辭이다. 차마 할 수 없지만 하지 않을 수 없는 이 '고별의 말하기', 곧 남편 떠나보내기 의식이 이 작품의 끝상황—강박상태에서 벗어나 삶의 현실로 돌아가는 변화—을 낳는다. 그 결과 강박상태라는 것이 권력의 억압과 함께 그 때문에 실종된 남편을 단념하지 못하고 정옥이 '붙들고 있음'을 뜻하게 되면서, 남편을 붙들고 있음—떠나보냄이 이 소설의 중심사건이 된다. 그것은 권력 앞에 무력한 한 여인이 자기 속에서 벌이는 한풀이요 굿이다. 폭력을 직접 당한 남편보다 그 아내의 애끓는 내면에 중심사건을 놓는 방법, 이것이 이 작품이 현실을 드러내고 비판하는 방식이다.

(3) 그럴듯함의 창출과 그 의미

정옥의 상상 행동은 이 소설의 심리적 강박상태—풀림이라는 표층사건의 전개를 그럴듯하게 만든다. 그리고 남편을 붙들고 있음—떠나보냄이라는 심층의 중심사건을 형성한다.[33] 그 과정을 도우며 주제적 의미를 형성하는 요

---

33 성현자는 이 작품을 하강, 곧 좌절의 이야기로 보았다(성현자, 앞의 책, 473쪽). 그러나 이와 같이 본다면 좌절의 이야기라기보다 '맺힘을 푸는' 이야기이다.

소와 장치는 앞에서 언급한 것 외에도 많다. 먼저 서술방식 측면을 본다.

이 작품에 제시된 남편의 실종, 엄밀히 말하면 실종에 관한 인식과 서술은 두 가지 방식으로 이루어진다. 하나는 1-⑤, 1-⑦ 및 실종 현장에 가보는 일(5-④~⑦)에서처럼 정옥을 초점자로 삼은 직접적인 방식이다. 이는 인물시각적 서술의 일반적인 방식이다. 2, 4, 6장에서 사용된 방식은 이와 다르다. 거기서 남편은 그녀가 장지에 가고 오는 길 위에 있듯이 계속 저수지를 향해 '가고 있다'. 그것은 하나의 커다란 연속 장면처럼, 그리고 불쑥 제시된다. 저수지가 아니라 "큰 냇물"에서[34] 죽었다는 남편의 유류품을 받거나 세탁소에 다녀오는 '과거' 사건들, 남편의 실종을 죽음으로 확인하고 받아들이는 그 사건들은, 이 '오늘' 이야기 한참 후에 일종의 설명이나 보충처럼 제시될 따름이기 때문이다.[35]

다음은 정옥 이야기의 중간, 그녀와 어머니가 장지에 도착하여 쉬면서 요기하는 장면에 삽입된 남편(에 관한 정옥의 상상) 이야기이다. 따로 장(2장)이 구분된 서술의 첫머리이다.

그는 먼지 이는 길을 뜨거운 햇빛, 희디희게 한입 가득 물고 걷고 있다. 뜨거운 햇빛은 가슴속의 불이 되어 탄다. 갈증에는 면역이 없다. 그는 이런 갈증에서 해방되어본 기억이 없다. 입 가득 달아오르는 열기를 헹구고 불이 이는 발을 담그고 싶어 어딘가 흐르고 있을 차가운 냇물을 찾아 헛되이 두리번거린다.

그는 걷는다. 인적 없는 들길, 벼 청청히 자라고 영글지 않은 알갱이 무심히 차

---

34 이것은 작자의 실수일 수도 있고, 저수지 가는 중간에 있는 냇물로 볼 수도 있다. 남편이 낚시질을 자주 다녔는데도 낚시 도구가 새것인 점도(220쪽) 사실과 어긋난다. 그러나 별로 문제 삼을 것은 못 된다. 모두 상상 속에서 일어난 일인 까닭이다. 어쩌면 오히려 그런 점이, 그것이 어디까지나 상상임을 보여준다고 볼 수도 있다.

35 보충적인 것이기는 하나 7장과 5장의 기능과 중요성은 다소 다르다. 7장의 대부분을 차지하는 '세탁소 다녀오는 사건'(7-③~⑤)은 이 작품이 너무 난해해지는 것을 막기 위한 '덧붙임'이라고 본다. 이에 비해 5장에 나오는 목격자들의 진술은 6장에 나오는, 남편의 '저녁때' 행적을 미리 제시함으로써 6장의 내용을 한층 비장하고 극적으로 만드는 기능을 한다.

오르는 소리, 아직 남은 물기 불볕에 말리며 이삭 패는 소리.

저수지는 어디쯤일까, 멜빵을 해서 걸친 낚싯대의 무게가 만만치 않았다.

새로 만든 멜빵은 길이 들지 않아 땀 흐르는 어깻죽지를 뻣뻣하게 파고들어 살갗이 쓰라렸다.

분명 여인숙의 처녀는, 20리쯤만 가면 저수지가 있다고 말했다. (219~220쪽)

이 서술의 시적인 앞부분은 현재시제이다. 이 부분의 초점자는 "쇠 그물을 드리우고…… 발자국" 대목에서 보았듯이 추리와 상상에 빠지곤 하는 정옥이지만, 인식 주체와 담화 주체 모두가 정옥은 물론 남편일 수도 있다. 거기서 정옥과 남편(의 눈)은 하나이며, 시간(시제)은 별 의미가 없다. 이 중간 단계를 거쳐 "저수지는 어디쯤일까"라는 독백을 경계로 시제가 과거형으로 바뀌는데, 여기서부터 (제1차) 초점자가 남편이 된다. 4장과 6장의 서두도 비슷한 과정을 밟는데, 이러한 정옥→남편의 단계를 거치며 도입되는 것이 앞에서 언급한 '다른 서술상황'이요 남편의 마지막 날 모습이다. 따라서 실종 사건 서술을 '또 하나의 서술자'에 의한 괴리된 서술처럼 여기는 것은, 이러한 초점 전환 과정을 눈여겨보지 않았거나 '다른 서술상황'에 대해 오해한 결과이다. 현재시제로 일관되며 전체가 하나의 장면인 6장에서 남편이 냇물에 발을 담그고 앉아 과거를 회상하다 "무심히 흘려버렸던 아이의 작은 몸짓 표정 따위가 가슴을 비통하게 쑤시"(235쪽)는 그 광경은 2장과 4장에서 확립된 서술방식, 정옥과 남편이 하나가 되는 중간 단계 서술방식이 낳는 긴장감과 밀도를 최대한 활용하고 확대한 것이다. 이런 서술은 "서술의 물리적 시간을 심리적 시간으로 치환"[36]하여 의식의 흐름 위주의 질서를 형성함으로써 정옥의 상상 행동을 그럴듯하게 제시한다.

정옥의 상상 행동은 그녀의 성격이나 다른 행동들과의 관계 측면에서 볼

---

36 권오룡, 「원체험과 변형의식」, 권오룡 외 편, 『문학, 현실, 상상력』, 서울: 문학과지성사, 1985, 213쪽.

때 우연이 아니다. 정옥은 강박상태에서 줄곧 남편이 "어디로 가고 있는 걸까" 생각한다(1-⑩). 그 생각이 본격화되어 2, 4, 6장의 '길을 가고 있는 현재' 이야기를 낳는다. 그것은 남편의 발자취를 따라가보고 싶다고 전부터 느꼈던 욕망(1-⑨)의 실현이요, "하눌재 신들내"가 지도에 없는 곳인 줄 알면서도 지도를 샅샅이 뒤지는 행동(5-⑦)의 연장이다. 또한 기관원에게는 남편이 '하눌재에서도 한참 들어가는 신들내'로 낚시질을 갔다고 꾸며서 말하는 사람다운 행동이자, 성격이 예민하며 상상하고 추리하는 습관이 있는 사람다운 행동이기도 하다. 무엇보다도 앞에서 살폈듯이 강박상태에서 자꾸 상상과 현실을 혼동하거나 오가며 남편을 걱정하다가 자신도 남편처럼 금치산 상태에 빠져버린 그 심리 상태가, 남편의 마지막 날을 '지금 여기'의 일로 상상하는 행동을 그럴듯하게 만든다.

정옥은 남편처럼, 남편과 '함께' 상상한다. '오늘 점심때'가 그 행동 및 서술의 기점이다. 그런데 그 상상의 재료는 놀랍게도 바로 그녀가 체험하고 안 것들이다.[37] 아내가 아이에게 동화를 읽어주는 소리를 듣는 일(6-①), 허기를 느끼는 일(4-②) 등은 정옥의 경험(가족으로서 공유한 경험, 7-③)을 바탕으로 한 것이지만, 남편이 극장에서 영화를 보는 장면(2-③)은 전에 남편 옷의 주머니에서 나온 극장표(7-④)를 가지고 정옥이 순전히 상상한 것으로 보인다.[38] 상상의 재료에 과거의 것만이 아니라 '오늘 여기'의 체험도 포함됨으로써 상상 행동은 더욱 이 작품의 중심적인 서술 대상 혹은 사건이 된다. 남편이 길가의 가게에서 국수를 사먹는 장면(4-③)의 '가게', 아기에게 젖을 먹이는 '주인 여자', '소복을 입은 여인'과 '사내아이' 등은 '오늘' 그녀가 경험한 것들(1-①~④, 1-⑥, 3-①)의 혼합이다. 즉, 정옥 일행이 장지

---

37 이 사실에 처음 주목한 연구자는 김경수이다. 김경수, 앞의 책, 506쪽.
38 여인숙 처녀와의 대화 따위는 구체적인 근거가 제시되지 않지만, 경찰이나 목격자들의 증언을 가지고 이루어진 것으로 짐작할 수 있다.

에 오면서 겪었고 플롯상 앞에 배열된 것들의 변형이며, 소복 입은 여인과 아이는 정옥 모자의 분신이다. 여기서 드러나는 중요한 사실은, 결말에서 "아, 오늘이 7월 보름이구나"(242쪽)라고 말하는 이는 정옥의 어머니이고, 정옥은 징과 바라 소리를 들을 때 이미 '오늘'이 백중날임을 알고 있다는 점이다.[39] 남편이 가게 주인 여자로부터 "오늘이 백중날"이라는 말을 듣는 광경을 상상하고 있기 때문이다.[40] 재를 올리는 징과 북, 바라 소리를 앞에서 여러 번 들었기에(1-⑫, 3-①) 그녀는 그럴 수 있었다. 이는 남편의 이야기와 정옥의 이야기를 연결하기 위해 '오늘' 얼마 후로 서술 기점을 따로 설정하는 것이 부적절하다기보다 잘못되었음을 말해준다.

작품 속의 상상 행동은 그 재료뿐 아니라 내용도 정옥이 상상할 만한 것이었다. 남편은 자식을 생각하며 울고(2-③), 또한 자기를 짓눌러온 권력의 하수인에게 "자신이 시인이기보다 상식의 옹호자이기를 바랐"(235쪽)다고 입장을 분명히 한다(6-①). 이는 정옥이 알고 있고 또한 남편이 그랬으면 하고 바랄 만한 것들이다.

정옥의 상상 행동은 '오늘 오전'부터 스토리시간과 서술시간이 '함께 가는' 시간 질서 속에서 '오늘 점심때'부터 남편과 하나가 되어 저수지를 향해 '함께 가는' 내용을 '함께 인식하고 서술하는' 행동이다. 그것이 제시되는 '다른 서술상황'의 시간은 정옥 이야기의 스토리시간 속에 있으면서 그것을 초월한다. 거기서 시간은 현재이자 과거이고, 과거이자 현재이다. 서술시간이 정옥의 현재인데 스토리시간은 남편의 현재나 과거가 될 수도 있고, 서술시간이 남편의 현재인데 스토리시간은 정옥의 과거일 수도 있다. 따라서

---

39 어제 무엇을 상상하고 충동을 느낄 때 이미 알고 있었을 수도 있다. '내일이 백중날이니까 남편을 떠나보낸다면 내일이 좋지 않을까……' 따위의 생각을 할 수 있었다는 말이다.

40 이는 장례 의식, 징과 바라 소리 듣기 등에 관한 서술의 반복이, 앞에서 언급한 기능에 더하여 정옥의 상상 행동을 돕거나 합리화하는 기능도 하고 있음을 말해준다.

플롯 역시 역진적인 동시에 순진적이게 된다. 무엇보다도 이러한 시간 사용 방식이 강박적 '의식의 흐름' 속에서 벌어진 '남편 떠나보내기'라는 심리적 사건을 그럴듯하게 표현하는 데 이바지한다.

이 작품은 단순한 이야기를 복잡하게, 분명한 내용을 에둘러서 서술한 것일까? 그렇지 않다고 본다. 이 소설은 내용이 단순하거나 분명하지 않고, 수수께끼 놀이도 아니다. 이 작품은 흡사 소설가처럼 자기 체험을 가지고 상상하여 스토리를 산출하는 사람을 인물로 삼고 그의 상상 행동 자체를 사건으로 그려 보여줌으로써, 양심적 지식인이 권력에 억눌리고 고통당하는 모습을 폭로하고 '체험시킨다.' 그냥 들려주는 것이 아니라 판단을 유보한 채 보여줌으로써 독자 스스로 그 비인간적 상태를 느끼고 상상하며 자기 일처럼 체험하도록 하는 것이다. 서술이 간접적이고 내면 중심이어서 그것을 체험하기는 쉽지 않지만, 이 소설은 1970년대~1980년대 초의 민주화운동을 리얼리즘적으로 다룬 여느 소설 못지않게 권력이 "목소리"(하수인)(211쪽)를 앞세워 온 사회를 죽음의 강박상태로 몰아넣은 당대의 정치적 폭력을 고발하고 있다.[41]

5. 맺음말―시간 기점과 플롯 분석

이 글은 소설에서 시간을 읽어내고 그것을 작품 해석에 활용할 방법을 모

---

41 김윤식은 이 소설이 "오정희 문학의 꼭지점이자 시금석"이라고 하면서, "현실적인 측면과 기억 (회상)의 측면이 동일한 비중"으로 되어 있고, "회상(창조적 기억)의 형식이 퇴화"되어 소설의 본령에서 멀어진 작품이라고 봤다(김윤식, 「창조적 기억, 회상의 형식」, 『소설문학』, 1985. 11, 248쪽). '기억의 측면'이란 주로 2, 4, 6장의 서술을 염두에 둔 말로 보인다. 이 작품의 초점을 정옥의 상상 '행동'에 두고, 그것이 기억 혹은 회상이 아니며, 혹은 그런 의미의 기억 또는 회상이라고 해도 제3 형태의 것으로서 '현실적 측면'을 지니고 있다고 본다면 이 작품의 개성과 가치를 새롭게 평가할 수 있을 것이다.

색하기 위한 시론이다. 이를 위해 시간 기점이라는 개념을 설정하고 오정희의 단편소설 「별사」 해석에 원용하여 그 쓸모를 검토했다. 그 과정에서 자연스럽게 논의가 플롯에 집중되었다.

시간 기점이란 스토리와 서술의 각 층위에서 기준이 되는 시간적 지점을 가리킨다. 스토리시간 기점은 독자가 스토리를 재구성할 때 기준으로 삼는 사건의 시점 혹은 출발점이다. 그리고 서술시간 기점은 서술자가 서술을 한다고 여겨지는 기본적인 시점이다. 이들은 작품의 서술방식과 중심사건 파악에 따라 다르게 설정되는데, 모든 형태의 소설에서 두 시간 기점 모두를 구체적으로 설정할 수 있는 것은 아니다.

「별사」는 정옥 이야기와 그녀의 남편 이야기가 교차되는데, 두 이야기가 같은 '오늘'(백중날) 일어난 사건을 그리므로 스토리를 구성할 하나의 시간적 맥락을 설정하는 데 혼란을 겪기 쉽다. 남편의 실종 전날을 제시하는 2, 4, 6장의 서술은 초점자가 남편이어서 다른 서술상황이 낳은 또 하나의 서술처럼 보이기도 한다. 이 문제를 해결하기 위해 서술 기점을 '오늘' 이후의 어느 시점에 설정하여 모든 서술을 회상으로 간주한 연구가 있었으나, 이는 혼란을 가중시킬 뿐 아니라 작품의 서술방식과 구조에 충실하지 않다.

이 문제는 남편의 실종 사건에 관한 서술을 정옥의 '상상 행동'의 결과로 보면 해결된다. 정옥이 장지에 다녀오는 사건의 시간 기점인 '오늘 오전'부터 스토리시간과 서술시간이 '함께 가는' 것으로 해석하는 것이다. 스토리 전개 과정에서 정옥은 권력의 폭력에 짓눌리다 실종된 남편 때문에 빠지게 된 강박상태에서 풀려난다. 이 내면적 변화를 가능하게 하는 것은 바로 남편의 마지막 행적을 상상하는 행동인데, 스토리 내의 그 '다른 서술상황'은 정옥이 꾸며낸 것이므로 스토리시간을 초월한다. 그래서 정옥과 남편은 하나가 되어 함께 인식하고 서술할 수 있으며, 두 가지 '오늘'이 존재할 수 있다.

'오늘 점심때'를 기점으로 이루어진 정옥의 상상 행동은, 두 층위의 시간이 '함께 가는' 질서 속에서 죽음에 포박된 그녀가, 죽은 것이 거의 확실한 남편과 하나가 되어 저수지를 향해 '함께 가는' 내용을 '함께 인식하고 서술하는' 행동이다. 이 심리적 행동은 죽음의 세계로 남편을 떠나보내는 의식이며 그 결과가 바로 '별사'이다. 이 상상 의식은 남편을 단념하지 못하고 붙들고 있음−떠나보냄이라는 중심사건을 형성한다. 이 작품은 죽는 남편보다, 자기 역시 죽고 싶지만 그럴 수 없는 아내 정옥의 내면에 중심사건을 두고 독자 스스로 그 애끓는 심리적 과정을 상상하고 체험하게 함으로써 인간을 황폐화하는 정치적 폭력을 폭로하고 비판한다.

이러한 해석은 초점 전환을 비롯한 서술방식, 그럴듯함을 조성하는 플롯의 여러 요소와 기법 등을 종합하여 고려한 결과인데, 기점을 설정하여 시간 사용 방식과 플롯을 구체적으로 분석함으로써 보다 합리적인 결과에 이를 수 있었다고 생각한다.

제4장 공간, 인물 그려내기

근대소설의 형성과 '공간'

1. 근대소설의 내면성과 공간성

한국 소설사에서 공간의 기능이 획기적으로 변화하고 사건이나 인물처럼
중요한 요소로 활용되기 시작한 시기는 근대소설 형성기[1]인 20세기 초의
약 20년 동안으로 여겨진다. 이는 근대소설이 이전의 소설과 구별되는 점
으로 배경의 기능 변화, 장면적 서술의 등장, 서술구조 전반의 '공간화' 현상
등을 지적한 여러 연구들[2]에서 확인된다. 또한 소설 제목이 인물의 이름이

---

1 이재선, 『한국현대소설사』, 서울: 홍성사, 1979, 48쪽; 조동일, 『한국문학통사 5』, 서울: 지식산업
  사, 1988, 13쪽. 이재선은 "근대소설로의 결정적 전환은 20세기의 첫 10년 전후"에 이루어졌다
  고 보았으며, 조동일은 근대문학의 출발을 1919년으로 잡았다. 여기서는 이들을 참고하고 이 연
  구의 목표에 따라 20세기 초의 약 20년, 좁게는 『혈의 누』(1906)부터 『무정』(1917)까지의 12년
  을 '형성기'라 부르며 집중적으로 살피고자 한다.
2 이재선, 앞의 책, 25~29, 46쪽; 이재선, 『한국개화기소설연구』, 서울: 일조각, 1972, 210~212쪽;
  주종연, 『한국근대단편소설연구』, 서울: 형설출판사, 1982, 132쪽; 권영민, 『서사양식과 담론의
  근대성』, 서울: 서울대학교출판부, 1999, 221쪽. 유사한 양상을 공간의 문제라기보다 묘사적 혹
  은 장면적 서술의 문제로 다룬 연구들도 많은데, 이 장의 제3절에서 따로 언급하기로 한다.

아니라 '혈의 누', '치악산', '쓰러져가는 집' 등의 공간 또는 사물로 바뀐 현상에서도 짐작할 수 있다. 이언 와트Ian Watt도 주장했듯이,[3] 소설의 근대성이나 근대화 과정을 살필 때 공간은 매우 중요한 항목이다.

그런데 기존 연구들은 공간을 서술양식의 변화를 보여주는 사실 중 하나로 지적하는 데 치중했다. 이에 따라 공간 자체에 초점을 두거나 그 구체적 양상과 기능, 변모 과정 등을 충분히 살피지는 않은 듯하다. 이는 공간에 관한 이론적 관심이 적고, 작가의 세계관이나 그가 그린 세계의 모습에 비해 작가가 세계를 형상화하는 미적 원리나 기법 등을 소홀히 취급하는 연구 경향 때문이다. 근대소설 형성기에 공간이 획기적 중요성을 차지한 게 사실이라면, 그 구체적 양상과 의미 기능을 면밀히 살필 필요가 있다. 이러한 작업은, 개별 작품의 해석은 물론 근대소설의 근대성을 작품 자체의 미적 원리를 바탕으로 좀 더 근본적으로 밝히기 위해서도 필요하다.

이야기(서사)에 관한 논의에서 '공간'은 작품에서 서술된 공간과 그것을 서술하는 공간,[4] 혹은 스토리공간story-space과 서술공간discourse-space[5]을 아울러 가리킨다.[6] 스토리공간은 사건이 벌어지는 장소는 물론 허구세계를 이루며 거기서 재현되고 구성되는 물질적 사물 전반을 가리킨다. 이는 사건, 인물, 시간 등과 함께 이야기의 스토리층위를 이룬다. 물론 이들은 한 덩어리인데, 시간이 사건과 밀접하다면 공간은 인물과 더 밀접하다. 공간과 인물은 소설 속에서 '구체적인 형상을 띠고 존재하는 사물'이며, 소설을 읽

---

3 이언 와트, 전철민 역, 『소설의 발생』, 서울: 열린책들, 1988, 37~39쪽.

4 장일구, 「소설 공간론, 그 전제와 지평」, 한국소설학회 편, 『공간의 시학』, 서울: 예림기획, 2002, 14쪽.

5 Seymour Chatman, *Story and Discourse*, Ithaca: Cornell University Press, 1978, p.96.

6 층위를 셋으로 나눔에 따라 주제공간 혹은 미적공간을 따로 분리할 수 있다. 필자는 『소설, 어떻게 읽을 것인가』, 서울: 문학과지성사, 2010, 176쪽에서 그와 같이 공간을 셋으로 분류했는데, 본래 이 논문이 나온 후의 일이다. 여기서는 스토리공간 안에 주제공간 논의가 들어 있는데, 본래대로 둔다.

는 독자는 그 형상을 내면에서 보다 구체적, 직접적으로, 또한 동시적, '공간적'으로 떠올리며 반응하기 때문이다. 그러므로 소설 연구, 특히 인물 연구에서 공간의 모습과 그 기능은 매우 중요하다.

서구에서는 G. E. 레싱G. E. Lessing의 주장 이후로 이야기 문학을 시간예술로 여겨온 데다, 이야기 작품에서 공간은 단순한 '배경'에 불과할 뿐 별 기능을 하지 않는다고 오랫동안 인식해왔기 때문에 큰 관심을 두지 않았다.[7] 한국의 경우도 비슷한데, 이야기의 미적 원리에 대한 관심이 적은 연구 경향까지 더해져 체계적 연구가 진행되지 못했다. 이러한 현실에는 공간 자체의 특성도 작용했다. 공간은 인물과 함께 허구세계에 존재하는 사물이지만, 독자적이라기보다 다른 요소들과의 관계 속에서 의미 형성에 작용한다. 그리고 서술공간까지 합하여 볼 때, 미하일 바흐친Mikhail Bakhtin의 크로노토프chronotope 개념[8]에 내포되어 있듯이, 단지 다른 요소들과 관련되는 정도를 넘어 시간과 함께 작품의 근원적 의미 생성 원리로 기능한다. 그래서 따로, 또 명료하게 다루기가 어려운 것이다.

이 글에서는 먼저 공간의 개념과 특성, 서술방식, 의미 기능 등에 관한 논의를 정리하여 이론적 토대를 마련하고자 한다. 그리고 이를 바탕으로 20세기 초 근대소설 형성기 소설들의 공간 또는 공간성을 인물 그려내기 중심으로 살핌으로써 근대소설의 특성 혹은 그 미적 근대성[9]이 확립되는 과정의 일면을 밝히려 한다.

여기서 인물 그려내기 혹은 인물형상화란 인물의 특질을 '그려서 보여주고 표현하여 성격을 구축, 형성하는' 서술행위 또는 기법을 가리킨다. 사건

---

7 David Herman·Manfred Jahn·Marie-Laure Ryan, eds., *Routledge Encyclopedia of Narrative Theory*, London: Routledge Ltd., 2005, p.551.

8 김병욱, 「언어서사물에 있어서의 공간의 의미」, 한국서사연구회, 『내러티브』 제2호, 2000. 9, 160~162쪽.

9 이광호, 『미적 근대성과 한국문학사』, 서울: 민음사, 2001, 68쪽 참고.

의 서술 형식이 플롯이라면, 인물의 서술 형식은 인물 그려내기라고 본다. 여기서 공간을 인물 그려내기를 중심으로 살피는 까닭은 첫째, 이처럼 공간과 인물 사이의 관계가 긴밀하여 공간의 주된 기능 중 하나가 인물의 성격 형상화, 즉 내면 표현이 되기 때문이다. 둘째, 한국 근대소설의 형성 과정에서 주목되는 변화가 개인의 탄생 혹은 그 개성과 내면 중시 경향[10]이기 때문이다. 이 경향을 다른 말로 표현하면, 등장인물의 성격을 어떤 유형이나 관습적 서술에 의존하기보다 사건을 포함한 '상관 객체'로써, 또한 그것을 제시하는 구체적 서술로써 '형상화하는' 경향인데, 구술성이 퇴조하고 문자성이 강화되는 당대의 언어현실에서 "쓰기에 의해 열려진 세상이 내면화를 증가시킨"[11] 결과이다. 이렇게 볼 때 앞의 두 가지 이유는 사실 하나이다. 인물의 성격이란 이른바 개인의 개성과 내면이 핵심이며, 공간의 주된 기능 중 하나가 인물의 성격적 특질 형상화이므로, 인물의 내면을 중시하는 근대소설에서는 공간의 표현적 기능이 중요해지기 마련이고, 그것에 대한 연구 또한 인물의 성격이 중심이 되기 마련인 것이다. 여기서 공간성과 내면성, 즉 공간의 대두와 개인의 내면 중시라는 형성기 근대소설의 두 특징은 사실 긴밀히 연관되었음이 드러나고, 공간 연구의 중요성이 다시 확인된다. 개인을 환경과 관련된 주체적·사회적 존재로 인식하고 그것을 인물과 사건으로 형상화하여 표현하는 것이 근대소설의 주된 특징이자 진화 방향이라면, 공간의 기능과 비중 변화, 나아가 그것의 토대인 '공간의 지각양태'[12] 자체의 변화에 초점을 맞추어 형성기 근대소설의 양상과 변모 과정을 파악할 수도 있을 것이다.

---

10 김윤식, 『한국근대소설사연구』, 서울: 을유문화사, 1986, 157쪽; 김현실, 『한국근대단편소설론』, 서울: 공동체, 1991, 164쪽; 김영민, 『한국근대소설사』, 서울: 솔, 1997, 492쪽; 권보드래, 『한국근대소설의 기원』, 서울: 소명출판, 2000, 264쪽.
11 월터 J. 옹, 이기우·임명진 역, 『구술문화와 문자문화』, 서울: 문예출판사, 1995, 227쪽.
12 가라타니 고진, 박유하 역, 『일본근대문학의 기원』, 서울: 민음사, 1997, 35쪽 참고.

한국 근대소설 형성기의 대표적 산문 갈래는 역사·전기류, 몽유록, 문답·토론체, 신소설, 그리고 일본 유학생들이 주로 창작한 초기 단편소설[13] 등인데, 이 가운데 인물의 형상화를 거론할 수 있는 것은 신소설과 초기 단편소설이다. 역사·전기류, 몽유록, 문답·토론체는 1910년의 경술국치로 인해 주체적 민족주의 세력의 문학 활동이 궤멸되자 생산이 거의 중단되었으며, 본래 논설적 성격이 강하여 형상성이 약했기 때문이다. 따라서 여기서는 신소설과 초기 단편소설을 대상으로 삼고, 당시의 공간 활용 노력이 총결산된 작품이라 할 수 있는 이광수의 장편소설 『무정』(1917)도 필요한 범위에서 살피고자 한다.

2. 공간의 특성과 기능

앞에서 이야기의 공간을 스토리공간과 서술공간으로 나누었다. 스토리공간은 흔히 '공간적 배경'[14]이라고 불리는 지리적 환경만이 아니라 물리적 공간에 존재하거나 그것을 이루는 사물들을 모두 포함한다. 예를 들면 거리·농촌·길·집 등의 장소, 거기에 내리는 눈·비 등의 기후현상, 인물의 복장과 장신구, 인물이 있는 방, 자동차나 선물 같은 물건 등이다. 경우에 따라 공간소空間素[15]라고 해야 자연스러운 이들은 스토리를 요약할수록 생략되며, 설

---

13 초기 단편소설은 단편소설 갈래가 형성되는 과정에서 나타난 초기적 형태의 짧은 근대소설을 가리킨다. 이는 20세기 초 주로 신문, 잡지 등에 실린 허구성, 형상성, 근대적 문체 등을 지닌 단형 서사체이다.

14 여기서는 배경背景이라는 용어를 되도록 피한다. '뒤에 있는 것'만 가리키는 것처럼 오해하기 쉽고, 서술공간을 함께 다루는 데 적절하지 않기 때문이다. 또한 배경은 이른바 시간적 배경과 공간적 배경을 모두 포함하기 때문에, 시간과 공간을 나누어 다루는 근래의 경향과 맞지 않기 때문이다. 사실 '시간적 배경'에서의 '배경'은 '공간적 배경'의 그것과는 다른 비유적 표현이다.

15 '공간'은 다소 추상적이므로 공간을 이루는 사물의 경우 '공간소'가 보다 자연스러울 수 있다.

화나 고소설처럼 구술口述이나 낭독을 고려하여 스토리 위주로 서술되는 경우 그리 중시되지 않는다. 스토리공간은 소설이 허구의 예술로 인식되고 글말로 지어져 묵독을 하는 근대에 이르러 의식되고 발견되었으며, 이야기의 사실성과 예술성을 형성하는 요소이다.

스토리공간은 역사적 공간인 경험세계의 공간을 모방한 환영幻影이지만, 물리적 형상이 있고 경험세계를 바탕으로 이해되므로 물리적 공간성을 지닌다고 볼 수 있다. 이것은 허구세계를 경험세계와 연결하여 인물과 사건이 존재하는 환경 및 시기를 알려줌으로써 그럴듯함을 조성하고 이해의 맥락을 환기하며 분위기를 형성하는 기능, 한마디로 사실적 기능을 한다.[16] 이것이 공간의 일차적이고 기본적인 기능이다.

사건이 스토리를 이루는 동적動的인 것이라면, 공간은 인물과 함께 스토리를 이루는 정적靜的인 사물 혹은 존재물existents[17]이다. 주인공이 걷고 있는 거리를 가득 메운 인파처럼 움직이는 것도 공간에 포함되지만, 다시 비교해보면, 같은 사물이라도 인물에 비해 공간은 동적이지 않다. 따라서 독자적으로 기능한다기보다 인물 및 사건과의 관련 속에서 간접적으로 의미 기능을 한다. 허구세계를 경험세계와 연관 짓는 사실적 기능과 함께, 허구세계 속 인물의 성격, 사건의 분위기, 주제 등을 드러내는 표현적 기능을 하는 것이다. 이때 표현된 내용은 그것이 어떤 제재나 인물과 관련되며 어떤 상황에 존재하느냐에 따라 좌우된다.

그런데 어떤 공간이 작품 속의 요소와 어떤 관련을 맺는가는 매우 애매하고 복합적인 문제이다. 공간은 그저 거기 있기만 하는 듯이 보일 수도 있고,

---

16 여기서 환상적 이야기의 환상성 혹은 초현실성은, 무엇보다 공간을 일반 경험세계와 아주 다르게 설정함으로써 얻어짐을 상기할 필요가 있다. 한편 공간의 기능에 관한 논의는 최시한, 앞의 책, 182~194쪽을 바탕으로 한다.

17 Seymour Chatman, 앞의 책, p.96.

인물의 행동에 동반되어 사건 전개와 의미 형성의 도구, 목표, 지표[18] 등이 될 수도 있다. 또한 다른 것과 맺는 관계가 인과적일 수도 있지만 대조적일 수도 있으며, 장작불이 그 옆에 있는 연인들의 내면을 표현할 때처럼 일종의 '감정적 오류'[19]에 바탕을 둔 은유, 환유로 쓰이는 경우도 많다. 사건이 수평적, 인과적으로 관계를 맺는 데 비해 공간은 주로 수직적, 비유적으로 관계를 맺으며 '시적詩的으로' 의미작용을 한다.[20]

이러한 특성 때문에 관습적이거나 상투적[21]인 이미지, 상징 등으로 그 의미가 굳어져 사용되기도 하지만, 기본적으로 공간의 의미는 주관성과 중층성을 띠기 쉽다. 본래 공간은 문화적 맥락 속에 존재한다. 게다가 소설의 일부가 된 공간은 단순한 지리적 처소에 그치지 않는 "조직된 의미세계"[22], 즉 '장소'화된 공간이므로, 그것이 작품에서 다른 요소들에 대해 지배적으로 기능하면 그 의미는 더욱 넓고 근원적이 된다.[23] 공간의 이미지나 상징성이 지배적·주제적 기능을 하는 '농촌'소설, '도시'소설 등을 예로 들 수 있다.

한편 스토리공간은 단순히 하나의 정보를 알려주는 형태로 서술될 수도 있으나 대개 묘사의 형태로 서술된다. 이야기에서 대상을 인식하거나 서술하는 주체는, 대상을 드러내는 동시에 그 행위를 통해 주체 자신을 드러낸

---

18 예를 들어 인물의 옷소매에 묻은 흙은 그가 농부라는 사실을 알려주기도 하지만, 앞서 일어난 암매장 사건과 연관되면 그가 용의자임을 보여주는 지표가 된다.

19 패트릭 오닐, 이호 역,『담화의 허구』, 서울: 예림기획, 2004, 82쪽.

20 최시한,『소설의 해석과 교육』, 서울: 문학과지성사, 2005, 157~159쪽.

21 마이클 J. 툴란, 김병욱·오연희 역,『서사론』, 서울: 형설출판사, 1993, 153쪽.

22 이-푸 투안, 구동회·심승희 역,『공간과 장소』, 서울: 대윤, 1995, 287쪽. 이-푸 투안이 자신의 문맥에서 "조직된 의미세계"라고 한 것은 "공간space"과 구별되는 "장소place"에 대해서이다. 여기서는 '공간'을 그와 같은 의미로 사용하지 않는데, 그 이유는 이 글이 어떻게 '공간'이 '장소'가 되는가, 혹은 '장소'화된 '공간'은 어떤 본질과 양태를 띠고 있는가에 관심을 두기 때문이다.

23 바흐친의 크로노토프 개념과 함께 문학주제학literary thematics, thematology 연구가 다루는 제재, 모티프, 주제 등이 대부분 공간적인 것이라는 사실은, 공간의 의미 기능이 얼마나 심층적이며 또 그 해석이 얼마나 문화적·심층심리적 맥락과 연관되어 있는가를 말해준다.

다. 앞에서 공간은 인물, 사건 등과의 관련 속에서 간접적으로 의미기능을 한다고 했는데, 이는 공간이 서술자나 인물이 하는 인식, 행동, 서술 등의 바탕이자 객체로 존재함을 뜻한다. 따라서 공간을 제시하는 묘사적 서술은 초점화 방식에 따라 앞에서 언급한 '관련성' 혹은 표현적 관계와 그 의미가 규정되며,[24] 거기서 그것을 지각하거나 서술하는 주체의 성격, 태도, 사상 등이 그려지기도 한다. 공간이 스토리층위에서의 비유적 관계 측면은 물론, 서술층위 혹은 서술행위 측면에서도 인물 그려내기에 기여하는 것이다.[25]

한편 공간 서술은 공간에 대해 들려주기telling보다 보여주기showing를 할 때 흔히 '장면'을 낳는다. 그 장면이 행동이나 사건과 관련이 적어 정적靜的인 경우에는 서술된 시간이 줄어들고 서술하는 시간이 팽창하여 서술에 리듬을 부여한다. 독자는 그 공간에서 벌어지는 서술자와 대상, 혹은 내포작자와 내포독자 사이의 담화를 상상하게 된다. 여기서 논의는 스토리공간에서 서술공간에 관한 것으로 넘어간다. 서술공간은 서술로 생성되는 의미의 질서, 혹은 서술을 지배하는 미적 원리를 공간적으로 나타낸 것이다. 그것은 작가가 세계를 인식하고 표현하는 기제 혹은 공간의식에서 비롯되며, 독자가 읽는 과정에서 미적 체험으로 구체화된다. 이는 공간의 미적 기능에 해당한다.

서술공간은 여러 측면에서 논의할 수 있다.[26] 미적 원리를 공간화한 용어들, 예를 들어 '내적/외적' 조망, '상승적/하강적' 구조,[27] '닫힌/열린' 결말,

---

24 미케 발, 한용환·강덕화 역, 『서사란 무엇인가』, 서울: 문예출판사, 1999, 169쪽. 미케 발은 행위 혹은 조망의 대상으로 초점화된 이 공간만 공간space이라 부르면서 장소place와 구별하고 있다.

25. 공간을 인식하고 서술하는 행위를 통해 그 주체의 성격이나 행동이 형상화될 때, 그것을 공간 문제로 다룰 수도 있지만 인물의 행동이나 성격 문제로 다룰 수도 있다.

26 장일구, 「한국근대소설의 공간성 연구」, 서강대학교 박사학위논문, 1998, 9~17쪽; 명형대, 『소설 자세히 읽기』, 마산: 경남대학교출판부, 1998, 107~266쪽 참고.

27 신동욱, 『우리 이야기문학의 아름다움』, 서울: 한국연구원, 1981, 4쪽; 서종택, 『한국 근대소설

'고리식/계단식' 구성,[28] 주네트의 기호론적 '사변형', 구스타프 프라이타크 Gustav Freytag의 '삼각형' 등에 나타나 있듯이, 작품의 미적 원리는 앞에서 언급한 리듬처럼 서술 언어 자체의 측면은 물론 서술상황, 사건의 전개, 플롯, 스토리공간의 이동, 의미 생성 구조, 주제의 전개, 독자의 정서 등 여러 측면에서 살필 수 있는 까닭이다.

여기서 유의해야 할 점은, 서술공간의 '공간'은 비유적 성격을 지닌 말이라는 것이다. 스토리공간이 물리적 공간성을 지니고 있는 데 비해 서술공간은 엄밀히 보면 물리적 공간과 거리가 있고, 의미의 질서 혹은 이야기의 미적 원리가 그림으로 '공간화되는' 추상적 공간, 말하자면 의식의 그림판이다. 그러므로 서술공간은 첫째, 스토리공간을 포함한 모든 요소의 총체적·미적 기능이 발휘되며 스토리공간과는 다른 차원의 것이다. 둘째, 단순히 서술의 문제가 아니라 소설 활동의 여러 주체들―작자, 독자, 서술자, 인물 등―의 '서술행위' 및 그 해석 행위의 영역에 가깝다. 따라서 서술공간은 서술된 공간과 대조되는 '서술하는 공간'이며, 엄밀히 말해 '공간적 형태spatial form'[29]이다.

하지만 스토리공간도 객관적 실재가 아니라 작품에 구성된 환영이고 서술공간의 미적 형상도 그 환영을 낳는 의미 작용 질서가 독자의 의식 공간에서 그려지고 구성된 것이므로, 하나의 장에서 함께 공간성을 논의할 수 있다. 서술공간과 스토리공간의 엄격한 구분이 어느 면에서는 불가능하거나 불필요할 수 있으므로, 반영론에 기울어 스토리공간 중심으로만 생각할 필요는 없다고 본다. 사실 두 공간의 구분만 문제를 안고 있는 것은 아니다.

의 구조』, 서울: 시문학사, 1982, 150~151쪽.

28 빅토르 V. 슈클롭스키, 「단편소설과 장편소설의 구성」, 김치수 편저, 『구조주의와 문학비평』, 서울: 홍성사, 1980, 61쪽.

29 Jeffrey R. Smitten·Ann Daghistany, eds., *Spatial Form in Narrative*, Ithaca: Cornell University Press, 1981, p.7.

논리적 필요 때문에 해온 것이지만, 공간과 시간 사이의 구분 역시 문제이다. 시간은 사건이나 공간의 변화를 통해 파악되고, 공간 또한 시간적 질서 속에서 의미를 지닌다. 이 때문에 '시간적 배경'이라는 말이 보여주듯이, 소설에서 시간은 공간화되고 공간 또한 시간화된다. 공간에 관한 논의에서는 이 사실을 늘 염두에 둘 필요가 있다. 공간과 시간의 관계 측면만이 아니다. 공간과 현실의 관계 측면에서, 공간 논의가 서술 형식 혹은 기법의 차원에 국한되어 그것을 낳은 세계와 그에 대한 인식의 변화를 놓쳐서는 안 될 것이다.[30]

3. 형성기 근대소설의 공간 분석

(1) 장면화와 공간화

20세기 초의 약 20년 동안 한국에서 나타난 이야기들이 이전의 대표적 형식이었던 "일대기 형식에서 벗어나는 것은 장면화에 의해서"[31]였다. 장면은 요약의 대립어로, 서술하는 시간의 길이가 서술된 시간에 가깝거나 그보다 긴 서술을 의미한다. 판소리계 소설에서 다소 나타나지만 대체로 고소설을 비롯한 이전의 이야기들에서는 찾기 어렵다. 장면화는 낭독을 염두에 둔 들려주기 위주의 서술이, 묵독을 전제하며 필요한 대목에서 보여주기를 하는 서술로 변화하는 데서 비롯된다. 아울러 서술 대상이 주인공의 일생에서 특정 사건 중심이 됨으로써 서술하는 시간은 늘어나는 데 반해 서술된 시간은 짧아지고 다층화되면서 생긴 것이다. 이러한 양상은 근본적으로

---

30 김종욱, 『한국소설의 시간과 공간』, 서울: 태학사, 2000, 38쪽 참고.
31 최시한, 『현대소설의 이야기학』, 서울: 프레스21, 2000, 28쪽.

이야기가 서술자의 중개성을 제한하고 "관념 위주의 서술보다 사실 위주의 서술을 지향"[32]한 결과이며, 문학이 독자적 미학을 추구하면서 현실에 대한 모방을 중시하게 된 역사적 변화의 결과이다.

삶을 총체적, 극적으로 형상화하여 제시하려 한 이 변화의 핵심에 공간이 있다. 장면화는 곧 공간화를 뜻할 수도 있기 때문이다. 장면 서술은 대부분 공간에 대한 서술이거나 공간을 포함한 서술이기에 그렇다. 또한 들려주기 위주의 서술을 지양하여 '그려진 세계 자체가 말하게끔', 즉 독자 스스로 상상하고 해석하게끔 보여주기를 함으로써 공간을 재현하고 그 환경 속의 존재로 인간을 그리는 것이기에 그러하다. 또한 장면은 시간적 혹은 선적線的으로 전개되는 이야기에 공간적 혹은 면적面的 특성을 부여하므로 장면화는 곧 공간화일 수 있는 것이다. 앞에서 형성기 근대소설에서 내면성과 공간성은 관계가 밀접하다고 했는데, 장면화는 서술의 공간성 문제이므로 그 점이 다시 확인된 셈이다.

장면화는 경술국치 이전에도 성했던 신소설에서부터 본격적으로 추구된 듯하다. 이 점은 형성기 근대소설의 공간에 주목한 연구들과, 신소설 도입부에 으레 등장하는 장면적 서술에 주목한 연구들[33]에서도 지적되었다. 그러나 장면화는 비슷한 시기에 발표된 초기 단편소설에서도 추구되었다. 사건과 인물을 장면 중심으로 그려내야 한다는 생각은, 20세기 초에 일본을 통해 서구 근대소설을 접하고 새로운 형태의 이야기를 쓰려 한 이들의 강박관념 중 하나였던 듯하다. 신소설이 조금 먼저 신문을 통해 고소설 비슷한 장편 형식으로 발표되고 상업적으로 성공한 데 비해, 진학문, 현상윤, 이광

32 최시한, 『가정소설 연구—소설 형식과 가족의 운명』, 서울: 민음사, 1993, 180쪽.
33 이재선, 『한국개화기소설연구』, 서울: 일조각, 1972, 210~212쪽; 조동일, 『신소설의 문학사적 성격』, 서울: 서울대학교출판부, 1973, 120쪽; 전광용, 『신소설 연구』, 서울: 새문사, 1986, 17쪽; 김교봉·설성경, 『근대전환기소설연구』, 서울: 국학자료원, 1991, 286쪽.

수, 양건식 등이 쓴 초기 단편소설은 주로 잡지에 '새롭고' 짧은 형식으로 발표되고 상업성과 거리가 멀었으며, 경술국치 후 몇 년 동안 적게 생산되고 점진적으로 형성되었다. 이에 따라 장면화가 주로 신소설에서만 추구된 것처럼 보일 뿐이다.

(2) 지리적 위치와 감정의 제시

당시 발표된 각 작품의 서두에는 장면화에 대한 강박관념이 잘 나타나 있다. 주인공의 가계家系 요약으로 시작되는 이전의 고소설과 달리, 당대의 소설(을 지향하는 글) 대부분은 곧장 특정 상황이나 사건 한가운데로 뛰어드는 방식이어서, 그것만으로도 새로운 소설인지 아닌지를 구분할 수 있을 정도이다.[34] 1906년 발표되었으며 최초의 신소설로 일컬어지는 이인직의 『혈의 누』와, 1907년 발표되어 초기 단편소설 가운데서도 시기가 앞선 작품인[35] 몽몽夢夢 진학문의 「쓰러져가는 집」의 도입부를 보겠다.[36]

---

34 도입부를 장면적으로 서술한 후 그 장면이 일어나게 된 원인과 등장하는 인물들의 과거에 관한 긴 요약적 서술이 잇달아 나오기 마련인데, 이 두 부분을 어떻게 균형 있게 처리하느냐, 혹은 뒷부분을 어떻게 처리하느냐가 장면화 때문에 발생하는 기법적 문제이다. 단편소설에서 이 점을 해결하여 안정된 플롯과 서술에 도달한 획기적인 작품으로 이광수의 「어린 희생」(1910)과 나혜석의 「경희」(1918)가 주목된다. 서술과 플롯을 함께 고려하면서 따로 살펴볼 과제이다.

35 주종연은 이인직의 「빈선랑貧鮮郞의 일미인日美人」(『매일신보』, 1912. 3. 1)을 높이 평가하여 "사건의 요약적 서술에서 구체적 묘사로의 변이는 이인직에서 비롯된다"라고 했다(주종연, 앞의 책, 132쪽). 한편 김현실은 이광수의 「어린 희생」(1910)을 "우리 근대소설사의 첫 장에 놓이는 극적·유기적 단편 서사구조의 작품"이라고 했다(김현실, 앞의 책, 163쪽). 굳이 근대 단편소설의 첫 작품을 꼽는다면, 필자는 김현실과 같이 「어린 희생」(작자 표시가 "고주 역"으로 되어 있다)이라고 본다. 하지만 이인직과 이광수의 글보다 먼저 발표된 진학문의 「쓰러져가는 집」(1907)과 「요조오한四疊半」(1909)도 주목해야 한다고 본다.

36 인용문은 중요한 작가와 작품의 전형적인 대목을 뽑아 발표순으로 제시하려 한다. 모두 정서법을 오늘날에 가깝게 손보았다.

㉠ 일청전쟁의 총소리는 평양일경이 떠나가는 듯하더니 그 총소리가 그치매 사람의 자취는 끊어지고 산과 들에 비린 티끌뿐이라.

평양성의 모란봉에 떨어지는 저녁 볕은 뉘엿뉘엿 넘어가는데 저 햇빛을 붙들어 매고 싶은 마음에 붙들어 매지는 못하고 숨이 턱에 닿은 듯이 갈팡질팡하는 한 부인이 나이 삼십이 될락말락하고, 얼굴은 분을 따고 넣은 듯이 흰 얼굴이나 인정 없이 뜨겁게 내리쪼이는 가을볕에 얼굴이 익어서 선앵둣빛이 되고, 걸음걸이는 허둥지둥하는데 옷은 흘러내려서 젖가슴이 다 드러나고 치맛자락은 땅에 질질 끌려서 걸음을 걷는 대로 치마가 밟히니 그 부인은 아무리 급한 걸음걸이를 하더라도 멀리 가지도 못하고 허둥거리기만 한다.

(중략)

기다리는 사람은 아니 오고 인간 사정은 조금도 모르는 석양은 제 빛 다 가지고 저 갈 데로 가니 산 빛은 점점 먹장을 갈아 붓는 듯이 검어지고 대동강 물소리는 그윽한데 전쟁에 죽은 더운 송장 새 귀신들이 어두운 빛을 타서 낱낱이 일어나는 듯 내 앞에 모여드는 듯하니 규중에서 생장한 부인의 마음이라 무서운 마음에 간이 녹는 듯하여 숨도 크게 쉬지 못하고 앉았는데 홀연히 언덕 밑에서 사람의 소리가 들리거늘, 그 부인이 가만히 들은즉 길 잃고 사람 잃고 애쓰는 소리라. (『혈의 누』[37])

㉡ "전생차생 무슨 죄로 너나 나나 이 고생을 한단 말이냐. 내 몸이 귀찮으니 자식도 귀찮고 아무것도 귀찮다." 하면서 다 쓰러져가는 초가집 다 빠진 마루 위에 쪼이는 볕을 화롯불 삼아 남향하여 앉아 무릎 위에 조그만 어린아이를 누이고 두렁이를 둘러주는 부인은 나이 삼십밖에 못 되었는데 이마에는 벌써 주름살이 잡히고 얼굴은 쪽박같이 오그라진 것을 보면 천 가지 만 가지 온갖 시름을 다 겪은 듯하며, 다시 그 집을 살펴보면 집이 간수는 오륙 간 되는 모양이나 그 집 헛간 한 간은 반이나 쓰러졌으니 지난해 장마 그 몹쓸 장마가 이 불쌍한 사람의 집까지 해를 입힌 듯하고 안방은 동으로 기울어지고 건넌방은 서로 물러나며 마루라고 널마루가 억결이 다 되었는데 하남 촌구석이라 터는 널쩍하여 앞뒤 뜰이 훤칠하니 그 역시 다행이라. (「쓰러져가는 집」[38])

---

37 이인직, 「혈의 누」, 『만세보』, 1906. 7. 22~10. 10. 『혈의 누』, 한성: 광학서포, 1907, 3~5쪽.

38 몽몽(진학문), 「쓰러져가는 집」, 『대한유학생회학보』 제3호, 1907. 5, 60쪽.

이 인용문들의 시간, 공간은 고소설이나 설화에 나타난 것과 본질적으로 다르다. 추상적, 관념적이지 않고, 사건이 벌어지는 서사적 '지금 여기'의 위치가 특정한 역사적 시간과 지리적 공간으로 명시되며, 그와 인물의 모습이 자세히 묘사되어 있다. 공간 중심으로 볼 때, 인용문에서 명시되고 묘사된 공간은 그냥 사건을 말하다가 따라 나온 것이 아니라, 이야기의 사실감을 북돋우고 이해와 해석의 맥락을 제공하기 위한 것이다. 즉, 독자가 청일전쟁 당시의 평양성, 대한제국 말엽 어느 시골의 가난한 초가집 등과 관련된 정보와 경험을 동원하여 인물과 사건을 받아들이고 판단하도록 사실적으로 기능한다. 또한 '저녁 볕'과 '쓰러져가는 집'은, 인접성과 이미지의 유사성 때문에 인물의 심리와 처지를 '형상으로 보여주'며 분위기를 형성하는 표현적 기능을 한다.[39]

이처럼 공간의 정체가 변하고 새롭게 활용되기 시작하던 초기에 흔히 사용된 공간 서술은 ㉠, ㉡에 나타난 것 같은 자연 공간(풍경, 날씨 등) 및 거주 공간에 대한 묘사와 인물의 외모 묘사이다. 한편 인물의 내면 형상화에서 나타난 '상투적인' 양상은, ㉠에서와 같이 외모와 날씨로 인물의 마음, 특히 격한 감정 상태를 제시하고 강화하는 것이다. 김동인은 이인직을 "조선 근대소설 작가의 祖"라고 하면서 그 근거 중 하나로 "자연 배경의 활용"[40]을 들었다. 이인직에 대한 평가는 유보하더라도, 공간에 주목한 김동인의 지적은 매우 적절하고 날카롭다. 구체적으로 적시하지는 않았지만, 김동인이 주요 논의 대상으로 삼은 『귀의 성』(1906~1907)에서의 "자연 배경의 활용"은 강동지와 그의 부인이 비 내리는 한밤의 숲속에서 '귀신 울음소리'를

---

39 「쓰러져가는 집」(㉡)은 술과 노름에 빠진 가장이 아내를 때리는 이야기인데, 결말부에서 그 부부의 집이 일본인 손에 넘어간다. 한말 현실의 맥락에서 볼 때, 쓰러져가는 집은 망해가는 조선의 상징으로 읽을 수 있다. 그것이 표현적 혹은 주제적 기능까지 한다고 볼 수 있는 것이다.

40 김동인, 「조선근대소설고」, 『조선일보』 1929. 7. 28~8. 16. 『김동인전집 16』, 서울: 조선일보사, 1988, 18쪽.

들으며 딸과 손자의 주검을 발견하는 장면처럼, 자연 공간으로 인물의 감정 상태를 표현하는 기법을 가리킨다.

(3) 복합적인 내면 표현

짧은 기간 동안의 변화를 통시적으로 살피는 데는 무리가 따른다. 하지만 앞에서 살핀 초기의 양상 이후 공간 자체의 양상과 서술방식이 다양화하고 그 기능이 사실적인 차원에서 더욱 표현적, 미적인 차원으로 나아가는 현상이 엿보이는 것은 사실이다. 그러한 모색은 스토리 중심의 신소설보다 초기 단편소설, 그중에서도 비교적 내면 서술에 접근한 작품들에서 주로 나타난다.

> ⓒ 2층 위 남향한 '요조오한'이 함영호咸映湖의 침방, 객실, 식당, 서재를 겸한 방이라. 장방형 책상 위에는 산술 교과서라 수신 교과서라 중등외국지지 등 중학교에서 쓰는 일과책을 꽂은 책가가 있는데, 그 옆으로는 동떨어진 대륙 문사의 소설이라 시집 등의 역본이 면적 좁은 게 한이라고 늘여 쌓였고 신구간의 순문예지도 두세 종 놓였으며 학교에 다니는 책보자는 열십자로 매인 채 그 밑에 버렸으며, 벽에는 노역복을 입은 고리키와 바른손으로 볼을 받친 투르게네프의 소조小照가 걸렸더라.
> 저녁밥을 갓 먹은 뒤라 식후 40분 이내에는 공부를 사색함이 좋지 않다는 섭생법을 지키는 버릇이 있으므로 각색만 있는 난간을 가로타고 앉았더니 한 눈 구진 50가량 된 여인이 권련공장의 제복을 입고 바닥만 남은 '게다'를 다악다악 끌면서 몇 집 건너 있는 골목통이로 돌아가더니 어디서 달아 왔는지 거지 다 된 대여섯 살 된 두 아이가 맨발로 달려들어 "옥가, 오맘마구레" 하고 울고부는 모양을 보고 여러 가지로 생각이 나는 모양이라, 이때 "영호 있소" 하고 서슴지 않고 들어오는 사람이 있어…… (후략). (「요조오한」[41])

---

41 몽몽(진학문), 「요조오한四疊半」, 『대한흥학보』 제8호, 1909. 12, 23~24쪽.

ⓔ 11월 3, 5일은 흐르는 듯한 찬 빛을 더러운 유리창으로 들여보내며, 비분하는 두 사람을 몽롱히 비치고 살을 베는 듯한 북빙양으로서 오는 찬 바람은 마당에 나무를 잡아 흔들어 창에 그린 나무를 동요하는데, 노인과 소년은 아무 말도 없이 앉아서 속절없는 눈물과 한숨만 지운다. 골수에 사무친 적개심이 이따금 발동하여 이를 사려 물고 신체를 떤다. (「어린 희생」[42])

ⓒ에 나타난 방의 모습, 특히 문호들의 초상은 인물의 신분과 관심사를 드러낸다.[43] ⓔ에서 창밖의 풍경은 창 안의 인물이 처한 극한 상황과 분위기를 보여주고 강화한다. 이 작품들에서도 자연 공간과 거주 공간이 활용되고 있다.

그런데 ⓔ에 나타난 창밖의 풍경은 창 안의 인물들이 처한 상태, 즉 아들(아버지)이 외세에 저항하다 죽은 처지에서 무력감과 적개심에 '이를 사려 물고 신체를 떠는' 감정 상태와 유사하면서 대조적이다. 그들이 처한 '차가운' 외면적·역사적 상황과는 유사하나 '격렬한' 내면적 상황과는 대조된다고 할 수도 있다. 대조된다고 볼 경우, 내면을 외면과 대조시킴으로써 오히려 강화하는 기법이 사용된 셈이다. 앞의 ⓐ이 유사성만을 토대로 감정 상태를 제시한 것에 비해 복합적이고 세련되었다.

한편 ⓒ에서는 방 이외의 공간도 활용되고 있다. 함영호가 바라보는 골목이라는 공간(의 모습과 거기서 벌어진 작은 사건)도 장소가 일본이라는 사실, 바라보는 그가 고향을 떠나온 조선인 유학생이라는 사실, 심리적 동요를 겪고 있는 상태 등을 간접적으로 보여준다. 골목은 인물 함영호와 인접 관계이고 그의 내면과는 유사 관계인데, 여기서 주목할 점은 비록 본격적인 형태는 아니지만 그것이 함영호의 눈으로 초점화되어 서술되었다는 점이다.

---

42 이광수, 「어린 희생」, 『소년』 14~17호, 1910. 2~5. 『이광수전집 1』, 서울: 삼중당, 1962, 521쪽.
43 막심 고리키의 사진은 양건식의 「슬픈 모순」(1918)에도 나온다. 모두 유행처럼 걸어두지만 현실은 동떨어져 있음을 비판적으로 제시하는 데 이용되고 있다.

서술자가 자기의 눈과 목소리로만 바라보고 서술하는 이전의 작가적 서술 상황이 아니라 인물시각적 서술상황에서 공간이 인물–초점자가 바라보는 '행위'의 대상으로 동기화되어 주체의 내면 형상화에 이바지한 것이다. 여기서 공간은 본래 내포된 정보, 이미지, 상징 등을 바탕으로 하되 주체의 행동의 객체로서 사실과 상태를 제시한다. 이런 양상은 서술자의 개입이 약화되는 변화와 맞물린 것으로서, 공간의 기능과 의미가 인물, 상황 등에 따라 매우 다양해지고 복합적으로 변할 가능성이 열린 셈이다.

(4) 내면의 상징화, 작품 구조의 공간화

⑪ 간유리磨硝子와 같은 희미하고 한가한 겨울 하늘에, 껌벅껌벅하고 졸던 엷은 해가 진 후에, 습하고, 누른, 숨이 막힐 듯한 안개가 시가를 잠갔다. 집이나 나무나 전주나, 다 쌔우고, 다만 헌등과 정류장의 붉은 전등의 빛이, 깊은 안개를 통하여 위태히 흔들릴 뿐이라. 길에는 사람의 왕래가 적고, 가끔 가다가 맹수와 같은 전차는 요란하게 경종을 울리면서 깊은 안개를 뚫고 살같이 달아난다. (중략)

장순범이는 낡고 더러운 하숙 사첩 반 방에 앉아 희미한 전등의 붉은 전선을 우두커니 처다보고 앉았다. 미닫이에 박은 작은 유리를 통하여 깊은 안개의 포위는 힘세게 에워싼 것이 느껴졌다. 순범은 그 슬인, 음울한 안개가 무서운 팽창력을 가지고 방 전체를 점점 축소시키고, 나중에는 그 유리를 뚫고 방 안에까지 틈입하여, 찾던 포로를 잡은 듯이 자기 약한 몸을 굳세게, 용신 못하게, 답답하여 숨이 막히게, 단단히 싸맬 것같이 생각났다. 이 깊은 포위를 파破하고, 가끔 아래에서 애처로운 여인의 신음하는 소리가 들렸다. 그 소리가 들릴 때마다 순범은 눈을 감고 얼굴을 찡그렸다. 그것은 하숙집 여주인의 신음하는 소리였다. (「부르짖음」[44])

---

44 순성瞬星(진학문),「부르짖음」,『학지광』제12호, 1917. 4, 57쪽.

ⓗ 하루는 볼일이 있어서 정주성내定州城內에를 들어가다. 남제교南濟橋를 건너서니 발 벗은 이 구두 신은 이 샐쭉경鏡을 쓴 이 양복 입은 이 칼 찬 이 수건 동인 이…… 여러 사람이 좌로 우로 가며 오고 파래고 여윈 당나귀 지축지축 가는 소 통발로 통통 가는 말…… 여러 가지 짐승이 이리저리로 달아난다…… 지날 때마다 달아날 때마다 나를 뚫어질 듯이 본다…….

오리장五里場 거리를 지나 남문南門 밖에 이르니 가고 오는 사람이 더욱 많다. 따라서 건너다보는 눈도 많다. 저 편으로 긴 칼 늘인 보조원도 심상치 않게 나를 본다. 그러나 내가 일찍이 강도나 사기취재 같은 범과가 없거니 아무 경관에게 포박될 일도 없다. 그러나 그가 나를 본다. 나를 꾸짖는 듯하다. 나를 잡으려는 듯하다. 발을 내놓을 때마다 그가 바싹바싹 다가드는 듯하다.

나는 다시 걸을 수가 없다. 나는 땀이 흐른다. (「핍박」[45])

묘사가 아주 섬세하고 치밀한 ⓗ은 앞의 ⓛ, ⓒ을 지은 진학문의 글이다. 이들을 통해 근대소설의 형성에 진학문이 크게 기여했음을 알 수 있다. ⓗ의 주된 공간은 안개 낀 거리 혹은 거리의 안개와, ⓒ에서도 본 하숙생의 방이다. ⓒ과 달리 여기서는 방이 인물과 인접 관계일 뿐 아니라 유사 관계이다. 방은 문화적 혼란과 ⓗ의 "칼 찬 이"가 우글거리는 식민통치 아래서 답답하기만 한 인물의 내면 자체이다. 그리고 점차 인물 장순범의 눈으로 제한하여 초점화되는 서술에 등장하는, 방 밖의 거리에 가득하며 "유리를 뚫고 방 안에까지 틈입"할 듯한 안개 역시 그러하다. 방과 안개는 단절되고 고독한 내면의 상징[46]인 것이다.

현상윤의 단편소설 「핍박」의 일부인 ⓗ의 공간에는 방과 함께 초기 단편소설에 빈번히 보이는 거리[47]가 나타난다. "일인칭 서술 형식을 최초로 시

---

45 현상윤, 「핍박」, 『청춘』 제8호, 1917. 6, 88쪽. 현상윤은 당시 진학문, 이광수와 함께 작품 활동을 했다. 하지만 이 작품을 제외하면 대부분 신소설과 초기 단편소설의 중간 형태에 머물렀다. 최시한, 「현상윤의 갈래의식」, 『현대소설의 이야기학』, 서울: 프레스21, 2000, 129~131쪽.

46 김현실, 앞의 책, 199쪽.

47 이상춘의 「기로」(1917), 양건식의 「슬픈 모순」(1918) 등도 거리를 헤매는 이야기로, 자기고백

도"[48]하고, "1920년대 본격적인 사실주의 소설의 출현을 예비한"[49] 작품으로 평가되는 이 소설에 등장하는 모든 대상은 초점자이자 서술자인 '나'의 심리적 핍박 상태를 고백하고 형상화하는 질료이자 심리 상태 그 자체이다. 따라서 공간도 '나'에 의해 주관화되어 그 자체의 사실성과 물질성이 약화된다. 여기서 '나'는 거리의 일부인데, 나의 내면은 그 거리와 같다. 혹은 '나'의 내면은 나가 존재하는 외면적 공간과 같다.

요컨대 공간이 인물의 내면을 단순히 제시하는 차원을 넘어 인물의 내면이 돼버린다. 이러한 인물의 내면 혹은 성격의 공간화는 서술을 공간적으로 만들고, 작품 전체를 공간화한다. ⓞ, ⓗ이 들어 있는 「부르짖음」과 「핍박」은 내면 심리에 집중하여 사건의 규모가 작아진 작품들이다. 특히 ⓞ에 등장한 하숙집의 주인은 뒤에 세상을 떠나는데, 이 죽음은 장순범의 친구의 실연 및 죽음과 함께 나의 내면적 격동과 병치된다. 사건의 시간적 변화보다 그 이미지의 공간적 반복과 병치를 통해 작품이 구조화된 것이다.

공간 활용의 가능성을 수준 높게 보여주는 이러한 양상이 양식적으로 보다 완성된 구조로 실현된 첫 단편소설은 「부르짖음」과 「핍박」보다 1년 후에 발표된 나혜석의 「경희」(1918)이고, 장편소설은 이광수의 『무정』(1917)으로 여겨진다. 『무정』은 문장의 근대적 면모는 물론 공간의 사용 면에서도 지금까지 살핀 모색의 총결산이요 한 단계의 도약이다.

다음 인용문에서는 인물의 심리와 그가 처한 상황이 유사와 대조 관계의 공간으로 형상화된다. 영채를 걱정하는 두 인물의 심리와 '파리통에 빠진 파리'는 유사하며, 하품을 하는 '얼룩고양이'는 대조된다. 이 형상화를 통해 한여름의 숨막히는 짧은 시간이 공간화되고 있다.

적 소설들이다.

48 주종연, 앞의 책, 89쪽.

49 양문규, 『한국근대소설사연구』, 서울: 국학자료원, 1994, 214쪽.

형식과 우선 두 사람의 눈은 노파가 없어지던 문으로 몰렸다. 두 사람은 무슨 큰 사건이 발생하기를 기다리는 듯이 숨소리를 죽였다. 여름 볕이 모닥불을 퍼붓는 모양으로 마당을 내리쪼여, 마치 흙에서 금시에 불길이 피어오를 듯하다. 기왓장에 볕이 비치어 천장으로 단김이 확확 내려온다. 형식의 오늘 아침에 새로 입은 모시 두루마기 등에는 땀이 두어 군데 내어비친다. 우선도 이마에 땀방울이 솟건마는 씻으려 하지도 아니하고 대팻밥 모자로 부치려 하지도 아니한다. 함롱 밑 유리로 만든 파리통에는 네다섯 놈 파리가 빠져서 벽으로 헤어 오르려다가 빠지고 헤어 오르려다가는 빠지고 한다. 어디로서 얼룩고양이 하나가 낮잠을 자다가 뛰어나오는지 영채의 방 앞에 와서 하품을 하고 기지개를 하면서 형식과 우선을 본다.

이윽고 노파가 봉투에 넣은 편지를 하나 들고 나오며 우선을 향하여,

"월향이가 정거장에서 바로 차가 떠나려는데 이것을 주면서……"(후략).[50]

4. 맺음말―소설의 근대화와 공간화

한국 소설사에서 공간이 새로이 발견되고 활용되기 시작한 것은 근대소설 형성기였던 20세기 초의 약 20년 동안의 일이다. 이 글에서는 소설 연구에서의 공간 개념을 정리하고 이를 바탕으로 당시의 신소설과 초기 단편소설의 공간을 인물 그려내기 중심으로 분석하여 근대소설의 특성과 그 형성과정의 일단을 밝히고자 했다. 그 과정에서 초기 근대소설 작가들, 특히 진학문의 역할이 크다는 점이 드러났다.[51]

여기서 언급한 작품들의 공간은 고소설과는 달리 '지금 여기'의 특정한 역사적 공간으로 명시되고, 구체적으로 비중 있게 묘사되며, 사건, 인물, 주제

---

50 이광수, 『무정』, 서울: 동아출판사, 1995, 153~154쪽.

51 일반적으로 알려진 바와 달리 김동인, 현진건 등의 작품 이전에 이광수의 「어린 희생」과 나혜석의 「경희」가 근대적 단편소설로서 완성된 모습을 갖추고 있음도 알게 되었다. 하지만 그것은 이 글의 초점이 아니므로 깊이 다루지 않았다.

등의 형상화에 의식적으로 활용된다. 이를 위해 자주 등장하는 스토리공간은 산, 날씨, 집과 방, 거리, 인물의 외모 등이다. 그것들은 초기에는 사건이 벌어지는 시간과 장소를 알려주고 이해의 맥락을 정해주는 사실적 기능을 한다. 인물 그려내기에는 인물의 감정 상태를 외모와 자연적 공간을 통해 제시하는 방식이 상투적으로 사용된다. 오락성과 상업성이 강한 신소설은 이 수준에 머물고 말았지만, 초기 단편소설들은 공간의 표현적 기능과 미적 기능을 발전시켜 서술공간을 입체화해갔다. 공간을 활용하여 심리와 주제를 형상화하고 작품을 미적으로 구조화한 것이다. 여기서 근대소설의 징표 가운데 하나인 개인의 내면성은 공간의 기능 발전, 나아가 소설의 공간화와 밀접함을 알 수 있다. 이와 같은 모색과 변화를 종합하고 한 단계 발전시켰다고 할 수 있는 작품이 이광수의 장편소설 『무정』이다.

공간에 대한 이러한 인식과 미적 사용은, 서술의 장면화와, 서술자의 기능을 제한하거나 일인칭 서술을 도입하여 인물의 시각으로 공간을 초점화하는 서술방식이 도입되면서 가능해졌다. 공간은 소설이 '듣는 소설'에서 '읽는(보는) 소설'로, 낭독을 염두에 둔 들려주기 위주에서 묵독을 전제한 보여주기 위주로 바뀌는 과정을 드러내는 핵심 항목이다.

시야를 넓혀 보자면, 공간에 대한 인식과 사용 기법의 진화는 지각 양태의 근대적 변화, 즉 인간을 역사적 환경 속에서 독자적 내면을 지닌 개인으로 인식하게 된 변화의 결과이다. 공간은 소설이 추상적 시공의 사건 중심 이야기에서 구체적 시공의 사회적 인물 중심 이야기로, 또 이데올로기의 합리화 도구에서 개인과 환경의 상호작용을 형상화하는 예술로 변화하도록 이끌었고, 따라서 그 과정과 수준을 가늠하는 잣대가 된다. 리얼리즘 혹은 현실의 객관적 재현과 형상화가 문학적 근대화의 방향이라고 볼 때, 소설의 근대화는 곧 공간화라고 할 수 있다.

제5장 시점

김동인의 시점과 시점론

1. 서술 형식과 상상력

김동인은 여러 평론에서 소설의 표현 형식과 예술적 특성에 관해 논의함
으로써 근대소설이 확립되는 데 선구적으로 기여했다. 이는 그가 비평가로
서 평가를 받는[1] 이유 중 하나이다.

그런데 한 작가가 남긴 작품 이외의 글은 작품 연구에 중요한 단서나 근
거를 제공하기도 하지만, 연구자를 잘못에 빠뜨리기도 한다. 그 글에 담긴
논리나 의도가 작품으로 실현되었으리라는, 적어도 그 글과 작품이 긴밀한
관계라는 생각을 불러일으키기 쉬운 까닭이다. 김동인처럼 나름의 논리를
가지고 지속적으로 창작과 비평을 병행한 경우에는 작자의 비평적 논의가
작품 해석을 좌우할 가능성이 더욱 커진다.

물론 작가의 발언은 모두 작품 연구에 쓸모가 있다. 하지만 주장이 곧 실

---

1 "김동인은 소설가보다 비평가로서 더욱 중요한 위치를 차지한다." 조동일, 『한국문학통사 5』, 서
  울: 지식산업사, 1994, 227쪽.

천은 아니며, 이론적 추구가 항상 창작으로 직결되지도 않는다. 특히 김동인이 활동을 시작한 20세기 초와 같이 전통적인 문학적 관습이 해체되고 외부의 강한 영향 아래 새로운 관습이 형성된 격변기에는 작자가 안정적이고 일관된 작업을 하기 어려웠다. 자신의 주장이나 지식 자체부터 착종되기 쉬울 뿐 아니라, 그에 따라 쓰려 해도 써지지 않을 수 있는 상황인 것이다.

그러므로 김동인의 소설 작품, 나아가 문학 활동 전체의 실상을 살피고자 한다면 일단 그의 비평적 발언과 거리를 둘 필요가 있다. 비평과 작품 사이의 관련성을 살피기 이전에 각각의 양상 및 전체 모습을 조감하고 객관적 시각으로 분석하는 것이 바람직하다.

이 글에서는 '인형 조종술', '참인생', '힘의 예술' 등의 주장과 함께 주목을 받아온 시점론[2]에 초점을 두고 김동인의 비평을 살피려 한다. 그리고 그의 작품에 나타난 시점의 양상을 단편소설 위주로 살핀 다음, 이와 시점론의 관계를 분석하여 김동인 문학의 일면을 문학사적 맥락에서 평가하고자 한다. 이러한 작업이, 작가의 작품을 작품 이외의 진술과 관련지어 분석하는 단순하지 않은 일에 대해 방법론적으로 시사하는 점이 있기를 기대한다. 아울러 시점 연구가 서술 형식을 살피는 데 그치는 것이 아니라, 작품의 구조, 작자의 상상력 등과 밀접히 연관됨을 드러낼 수 있기를 바란다.

오늘날 소설의 서술상황 혹은 서술방식에 대한 논의에는 시점과 초점화라는 두 용어가 함께 사용된다. 초점화 이론이 말하는 자와 보는 자를 구별함으로써 기존 시점론의 문제점을 극복한 것은 두루 알려진 사실이다. 여기서는 시점이라는 용어를 주로 쓰려 하는데, 그 이유는 김동인이 이 용어를 썼기 때문도 아니고, 시점이라는 용어가 상대적으로 문제점이 적기 때문도 아니다. 초점화 개념의 폭이 너무 좁아 보이므로, 김동인의 모색을 포괄적

---

2 "퍼어시 러보크보다 먼저 알아차리고 그 자신이 이를 실천했다." 김윤식·정호웅, 『한국소설사』, 서울: 예하, 1993, 86쪽.

으로 다루는 데는 낯익은 '시점'이 더 적합하다고 생각하기 때문이다.

2. 시점론의 양상

김동인은 1925년 4월부터 7월까지 『조선문단』(제7~10호)에 연재한 「소설작법」의 마지막 부분에서 시점론에 관해 집중적으로 서술했다. "작법"이라고 하였으나 소설일반론에 가까운 이 선구적인 글에서 김동인은 "문체"를 일원묘사체一元描寫體, 다원묘사체多元描寫體, 순 객관적 묘사체의 셋으로 나누고, 일원묘사체를 다시 A 형식과 B 형식으로 나누었다. 여기서 "문체", "묘사체"는 서술의 방식 혹은 양식의 뜻으로 쓰이고 있으므로, 이 논의는 오늘날의 시점론, 서술상황론, 초점화론 등과 관련된다. 이 글에는 주목할 점과 함께 문제점도 있다.

먼저 김동인은 다음과 같은 그림을 그려놓고 일원묘사에 대해 풀이했다.[3]

일원묘사 A 형식

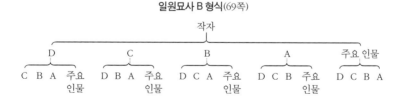

일원묘사 B 형식(69쪽)

---

3 김동인, 「소설작법」, 『조선문단』 제10호(1925. 7) 수록분을 대상으로 하고, 이하 본문에서 직접 인용한 경우 쪽수만 표기한다.

일원묘사란 "경치든 정서든 심리든 작중 주요 인물의 눈에 비친 것에 한하여 작자가 쓸 권리가 있지, 주요 인물의 눈에 벗어난 일은 아무런 것이라도 쓸 권리가 없는 그런 형식의 묘사"(70쪽)이다. 또한 "'나'라는 것을 주인공으로 삼은 일인칭 소설의 그 '나'에게 어떤 이름을 붙인 것"이며, 반대로 "주요 인물을 '나'라는 이름으로 고쳐서 일인칭 소설을 만들 것 같으면 조금도 말썽 없이 완전한 일인칭 소설로 될 수가 있는 것"(71쪽)이다. A 형식과 B 형식의 차이는 다만 B 형식이 "주요 인물을 바꾸어가며 쓴다"(72쪽)는 점이다. 요컨대 일원묘사는 서술자가 인물의 눈을 빌리거나 인물의 체험 범위 안에서 이야기하는 서술방식으로, F. K. 슈탄첼F. K. Stanzel의 인물적 서술상황figural narrative situation의 서술,[4] 혹은 이른바 삼인칭 제한적 시점 서술의 일종에 해당한다. 초점화 이론의 인물−초점자 서술이라고 할 수도 있다.

이 논의는 당시 일본의 이론으로부터 영향을 받은 듯하지만,[5] 거론 자체만으로도 뜻 깊을 뿐 아니라 매우 중요한 사실을 내포하고 있다. 오늘날의 이야기 이론은 이야기의 서술을 작자(창작 주체)−감상자(감상 주체, 독자) 사이에 놓인, 말하는 자(서술 주체, 서술자), 보는 자(시각 주체 또는 인식 주체, 초점자), 행위자(행위 주체, 인물)의 담화 구조물로 보는데, 주네트가 근래에 이룩한 중요한 이론적 진전—말하는 자와 보는 자의 구별—과 연관된 내용을 담고 있기 때문이다. 김동인의 설명에서 말하는 자는 '작자'이며, 그 바로 밑층의 '주요 인물'(A 형식) 및 그와 인물 A~D(B 형식)는 보는 자에 해당한다. 이처럼 둘을 구별함으로써 결과적으로 말하는 자와 보는 자의 기능과 화법이 다양하게 선택, 조절되는 것임을 드러낸 점은 높이 평가할 만하다. 서술

---

4 F. K. Stanzel, 김정신 역, 『소설의 이론』, 서울: 문학과비평사, 1990, 12쪽 참고.
5 강인숙은 김동인의 기술이 일본 자연주의파의 한 사람인 이와노 호메이岩野泡鳴의 '일원묘사론'과 공통점이 있다고 했다(강인숙, 『자연주의문학론 Ⅰ』, 서울: 고려원, 1987, 314~321쪽). 또한 김상태는 "추측건대, 당시 일본에서 발간된 문학입문서 중에서 발췌 첨삭하여 집필된 것"이라고 봤다(김상태, 「김동인의 소설이론과 그 실제」, 이재선 편, 『김동인』, 서울: 서강대출판부, 1998, 128쪽).

자가 아니라 작자라는 말을 쓰고 있으므로 서술자와 작자의 분리(서술자의 객체화)[6]가 미흡하여 서술이 일관적이거나 안정되지 않았던 당시의 상황에 서 크게 벗어난 성싶지 않고, 따라서 두 존재의 구별 정도, 혹은 소설의 말하 고 보는 '행위'에 대한 인식 상태도 철저하다고 보기 어렵다. 그럼에도 불구 하고, 김동인은 소설은 "사진이 아니라 회화"[7]로서 허구적이고 구성적인 창 조물이라고 지속적으로 주장하여, 일단 경험세계와 허구세계를 구별하고 서술자의 기능 조절에 대해 인식함으로써 소설의 미적 형식에 관한 하나의 이론적 바탕을 마련했다고 볼 수 있다.

그러나 다원묘사와 순 객관적 묘사에 이르면 논리가 흐트러지기 시작한 다. 먼저 다원묘사는 다음과 같이 설명된다.

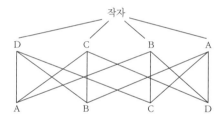

작자는 작품 중에 나오는 모든 인물의 심리를 통관通觀하며, 일동일정을 다 그 려내는 것을 다원묘사라 한다. 주요 인물이 보도 듣도 못한 일이라도 그 사건에 관련되는 일일지면 작자는 쓸 권리가 있으며 심한 경우에는 그 작품의 주인공이 누구인지 얼른 알아보지 못하게까지 불필요한 인물의 관점이며 심리를 그려낼 권리까지 작자는 가졌으니, 톨스토이의 『전쟁과 평화』며 이전의 모든 장편은 이 부류에 속한다. (72, 74쪽)

---

6 최시한, 『현대소설의 이야기학』, 서울: 프레스21, 2000, 35, 61쪽.
7 김동인, 「조선근대소설고」, 『조선일보』, 1929. 7. 28~8. 16. 『김동인전집 16』, 서울: 조선일보사, 1988, 20쪽.

말하자면 다원묘사란 삼인칭 주권적 서술 혹은 이른바 삼인칭 전지적 시점의 서술인데, 앞의 그림에는 문제가 있다. 이 그림을 앞에서 살핀 일원묘사 관련 그림과 비교하면, 인물 가운데 '주요 인물'이 없고 선의 모양이 바뀌었다는 점을 제외하고는 일원묘사 B 형식과 유사하다. 그리고 일원묘사에 관한 그림에서 작자와 대상 사이에 놓인 중간 존재들은 인식 주체, 곧 보는 자였는데, 앞에서 인용된 설명에 따르면 다원묘사에서 보는 자와 말하는 자는 별도의 존재가 아니다. 이른바 작자가 보는 자이자 말하는 자여서(서술자-초점자 서술) 보는 자가 따로 없다. 그렇다면 이 그림 중간층에 놓인 A~D는 일원묘사 B형식의 그들과 다르다.

물론 다원묘사의 상황에서도 말하는 자는 인물(중간의 A~D)이 다른 인물(밑의 A~D)에 대해 '보고' 생각하는 것을 다시 자기 관점에서 자기 '목소리'로 서술할 수 있으므로 그런 양상이 나타난다고 볼 수도 있다. 그러나 이것은 이른바 '다원묘사'의 일반적 양상이 아니다. 논리를 일관되고 명료하게 제시하려면 그림에서 중간이나 밑의 A~D 한 층이 사라져야 한다고 본다. 필요 없는 존재인데도 끼어들어 중간의 A~D가 보는 자처럼 여겨지고, 일원묘사 B 형식에 가까워지는 혼란만 일으키기 때문이다. 김동인이 그림을 그리면서 일원묘사에서 설정했던 보는 자의 개념을 여기서는 고려하지 않아 일관성이 깨졌다고 할 수도 있고, 체계 자체에 문제가 있다고 할 수도 있다.

이러한 문제점은 용어 자체에도 내재한다. 일원묘사와 다원묘사의 '일원', '다원'은 무엇을 가리키는가? 무엇이 하나이고 여럿이란 말인지 분명하지 않다. 그것이 보는 자라면 다원묘사보다도 일원묘사 B 형식이 더 다원적이다. 보이는 대상을 가리킨다면 일원묘사는 용어 자체가 성립하기 어렵다. 그저 김동인이 세 형식의 설명에서 '주요 인물'이라는 용어를 거듭 사용하는 점으로 미루어 주요 인물의 수를 가리킨다고 할 수도 있다. A 형식이든 B 형식이든 주요 인물은 하나이므로 '단원'이고, 다원묘사는 앞에서 인용했듯이 "주인공이 누구인지 얼른 알아보지 못하게까지" 될 수 있는 서술법이 므로 '다원'이다. 이 풀이가 가장 그럴듯하지만, 각 형식에 대한 김동인의 설명과 부합하지 않기는 마찬가지이다. 그의 설명은 주요 인물의 존재 여부나 수보다는, 대상 인물의 내면을 누가 어느 정도까지 알고 말하느냐, 곧 대상을 보고 서술하는 주체와 그 앎의 정도를 중시하고 있기 때문이다.[8]

그 점은 셋째 형식인 순 객관적 묘사에서도 확인된다. 순 객관적 묘사란 "작자가 절대로 중립지에 서서 작중 인물의 행동만을 묘사하는 것으로서, 작중에 나오는 인물의 심리는 직접 묘사하지 못하며, 다만 그들의 행동으로 심리를 알아내게 하는 것"(74쪽)이라고 한다. 이는 이른바 삼인칭 관찰자 시점의 서술에 해당한다. 여기서 다원묘사와 순 객관적 묘사의 구분 기준은 서술자가 대상에 관해 아는 정도임을 미루어 알 수 있는데, 그렇다면 두 유형의 구분에서 서술자가 대상에 관해 아는 방식의 문제, 혹은 보는 자의 존재 여부의 문제는 중요하지 않다고 볼 수도 있다.

김동인이 구분한 세 형식 가운데 다원묘사와 순 객관적 묘사가 그런 기준으로 나눠졌다면, 용어야 어떻든 일원묘사란 말하는 자가 보는 자를 통해 안 것을, 보는 자가 본 범위 내에서 이야기하는 것이다. 그렇다면 결국 김동인은 무엇보다 '서술자가 대상에 대해 아는(인식하는, 말하는, 관여하는) 방식과 정도'를 기준으로 분류했다고 할 수 있다.[9] 어쨌든 그는 서술자의 기능과 종류, 인식 방법 등에 관심이 있었는데, 이 점이 김동인 시점론의 핵심이요, 문학사적으로 가치 있는 측면이다. 말하는 자와 보는 자의 구별은 그 과정

---

8 김동인이 막연하게 '주요 인물'을 보는 자로 여기면서 그 인물의 수와 존재 여부에 따라 종류를 나눠놓고 설명은 그렇게 하지 않아 혼란이 일어났을 가능성도 있다.

9 주요 인물이 있느냐 없느냐(일원/다원), 주요 인물이 보느냐 다른 인물이 보느냐(A 형식/B 형식 (및 다원묘사)) 등의 구별은 이 기준에 종속되거나 착종되어 있다고 보는 것이다. 한편 최병우는 "삼분의 기준을 동인은 작자가 글을 쓸 때 작중 인물에 대해 어떠한 위치에 서는가에 두고 있다"(최병우, 『한국 현대소설의 미적 구조』, 서울: 민지사, 1997, 56쪽)고 봤다.

에서 부분적으로 고려된 것으로 보이지만, 이 또한 중요한 일이다.

여기서 김동인이 삼인칭 서술만을 분류하고 있다는 사실을 놓쳐서는 안 된다. 앞의 인용문에 나타났듯이, 그는 '일인칭 소설'이라는 말을 쓰고는 있지만, 가령 '일인칭 묘사체' 같은 것은 설정하지 않았다. 말하는 자가 허구세계 내에 존재하느냐 밖에 존재하느냐와 같은 구분 기준을 의식하면서도 활용은 하지 않은 것이다. 활용을 했다면 일인칭 서술에도 앞에서와 같은 기준을 적용하여 분류할 수 있었을 것이다. 그리고 나아가 그 일인칭 '나'의 구별, 곧 경험적 존재로서의 나(작자)와 허구적 존재로서의 나(서술자)에 대해서도 구체적인 관심을 갖게 되었을 것이다. 당시로서는 무리였겠지만, 김동인이 서술자의 허구적 존재성에 대한 인식이 미흡했고 서술방식을 체계적, 본격적으로 논의하지 못했음을 알 수 있다.

요컨대 김동인의 시점론은 사물을 어떤 관점에서 중개함으로써 특정한 의미와 형상을 만들고 체험시키는 소설의 예술적 서술 원리에 접근하여 서술자의 기능과 서술방식의 종류에 주목하고, 그 과정에서 서술자와 보는 자를 구별한다. 이는 고소설은 물론 신소설에서도 지배적이었던 권위적이고 경험적인 서술에서 벗어나 제한적이고 허구적인 서술로 나아가던 당대의 지향을 이론으로 뒷받침했다는 의의를 지닌다. 소설 형태로 사물을 인식하고 서술하는 행위가 미적으로 선택, 조작되는 것임을 밝혔기 때문이다.[10] 하지만 그의 시점론은 서술자가 대상을 인식하는 정도와 방식을 기준으로 삼인칭 서술 형식 한 가지만 분류했을 뿐, 용어의 적절성, 체계성 등은 결여하고 있다. 이론적으로 작자와 서술자의 구별이 모호하며,[11] 말하는 자와 보는 자의 구별 또한 선명하고 체계적이라고 하기 어렵다.

---

10 최시한, 앞의 책, 23, 35쪽.
11 여기에는 일대기 형식으로 대표되는 전통적 이야기 방식과 함께 김동인의 독존적 기질, 당대 일본 사소설의 서술방식 등이 작용했을 것이다.

이론 자체가 착종되어 있으므로 김동인의 이론과 작품의 관계는 단순한 대응관계가 아니다. 여기서 두 가지를 새로운 차원, 작가의 내면 혹은 상상력의 차원에서 관련짓고 재구성하는 방법이 필요하다. 그러기 위해서는 작품 자체의 실상을 살펴야 한다.

3. 작품의 시점 양상

한 작가의 작품 전체를 염두에 두면서 시점과 같은 형식적·기법적 측면을 연구할 때 직면하게 되는 어려움이 있다. 우선 그런 측면은 엄밀히 말해 작품마다 다르고 그 효과도 일정하지 않으므로, 모든 작품의 시점을 일정한 기준 아래 분류하고 통계를 내는 것과 같은 방법은 별로 소용이 없다. 그렇다고 해서 완성도 높은 작품의 특징을 밝히고 그것을 전체로 일반화하는 것도 합리적이지 않다. 게다가 기법이라든가 형식은 개인적인 동시에 관습적인 것이므로 어떤 양상을 한 작자나 작품의 특징이라고 한정하여 단정 짓기 어렵다.

이러한 문제들을 넘어서는 방법 가운데 하나는, 작품 전반의 특징적 양상을 포착하여 그것 중심으로 분석하되, 작자의 지향, 문학사의 전개 등 심층의 맥락에서 해석하는 방법이다. 여기서는 김동인의 소설에서 빈번히 나타나는 시점의 특징적 양상을 분석하되, 근대소설 형성기에 새로운 주제와 서술법을 모색하는 과정에서 직면한 문제들에 그의 상상력이 어떻게 대응했는지에 주목하고자 한다.

(1) 서술방식의 세 가지 특징

김동인은 「조선근대소설고」[12]와 앞에서 검토한 「소설작법」에서 자신의 첫 작품 「약한 자의 슬픔」(1919)이 일원묘사 A 형식이라고 했다. 그러나 이 작품에는 엘리자베트의 눈을 벗어나는 서술들이 많으므로 실제로는 그 형식을 취했다고 보기 어렵다.[13] 어느 작품이든 하나의 시점으로 일관하거나 통일되어 있어야만 하는 것은 아니지만, 이 작품은 김동인 자신의 설명과는 거리가 멀다. 김동인이 자신의 시점론에 철저하지 못했음을 드러내는 사실인데, 이는 이른바 '주요 인물'이자 주로 보는 자가 엘리자베트이지만 그녀 자신에 대해 보고 말하는 자가 권위적 태도를 지녔기 때문에 빚어진 결과이다. 말하자면 서술자가 자기 존재를 감추지 않는 개입적 존재—이전의 일대기 형식에서 흔히 볼 수 있는 권위적이고 규범적인 존재—여서, 그의 말이 엘리자베트의 인식 범위를 자주 벗어나버린 결과 나타난 현상이다.

서술방식 측면에서 드러나는 김동인 소설의 특징적 양상 가운데 하나는 이처럼 서술자가 매우 권위적이거나 작자적이라는 점, 즉 김동인의 용어로는 이른바 다원묘사가 많다는 점이다.[14] 그의 소설에서 서술자는 때로 냉소적이거나 고압적이며 독선적이기까지 한데, 이는 그의 독존적獨尊的 성격과 '인형 조종술', '힘의 예술' 등으로 요약되는 문학 사상과 관련이 있다. 하지만 앞에서 언급했듯이, 이를 한국의 이야기 전통의 맥락에서 보면, 정도가 심하기는 해도 김동인만의 특성은 아니다. 고소설, 신소설 같은 이전의 이야기물들은 물론 당대의 이광수와 염상섭의 소설 역시 마찬가지였다. 그러

---

12 김동인, 「조선근대소설고」, 『조선일보』 1929. 7. 28~8. 16.

13 장수익, 「1920년대 초기 소설의 시점 연구」, 서울대학교 박사학위논문, 1998, 58쪽.

14 김상태, 앞의 글, 1998, 141쪽. 송하춘도 김동인의 서술이 "전단적인 설명에 의존"한다고 봤다. 송하춘, 『1920년대 한국소설연구』, 서울: 고려대학교민족문화연구소, 1985, 60, 63쪽.

한 특성은 들려주기 위주의 이야기 관습에 내재된 것이었다. 이야기를 새롭게 하려 했던 당시의 작자들은 그것을 혁신하여 독립되고 완성된 세계로서의 작품을 형상화하고 이를 통해 인생을 구체적으로 그려 보여주는showing 문제와 씨름하지 않을 수 없었다.[15]

「약한 자의 슬픔」은 자신이 약한 자임을 알게 된 주인공이 강한 자가 되는 길을 '깨닫는 과정'을 그리고 있는데, 그 깨달음은 결말부에서 주인공의 길고 극적인 독백 형태로 제시된다. 그런데 이 행동은 작품 속에 그려진 그녀의 성격과 행동에 걸맞지 않아 필연성을 띠지 못한다. 이는 주로 서술자의 권위적 기능에 의지하여 의미를 생성하다가 사건과 성격을 충분히 조형하지 못함으로써 사건과 상황 자체가 의미를 생성, 전달하지 못하여 일어난 사태이다. 소설이 예술이 되는 이유를 형식 쪽에서 본 김동인은 그 같은 소설적 형상화 문제를 누구보다 심각하게 궁리했기에 시점에 관해 논의하고 작품을 통해 모색과 실험을 거듭한 듯하다. 아이로니컬하게도, 이는 전통적 화법을 오히려 강화하는 데 어울리는 자신의 성격과 대결하는 일이기도 했다.

서술자의 권위적 경향과 함께 지적할 수 있는 김동인 소설의 또 다른 특징은 서술이 묘사적이지 않다는 점이다. "김동인은 묘사를 처음부터 배척하였다. 묘사를 거부하고 직설법을 사용함으로써 어떤 묘사법의 효과보다도 더 크고 많은 효과를 얻고자 하는 방식이야말로 김동인식 문체이다."[16] 이런 특징의 한 극점이 바로 「감자」이다.

서술자가 권위적인데 묘사마저 적으면 서술은 사건 중심이 되며, 주제가 형상화된 세계를 통해 간접적으로 체험되는 것이 아니라 직접적, 평면적으

---

15 최시한, 앞의 책, 23쪽.
16 김윤식, 『김동인연구』, 서울: 민음사, 2000, 263쪽. 이는 김동인이 거듭 주장한 "힘 있는 예술"을 추구했기 때문으로 볼 수 있다. 자신의 언어능력에 관한 고백들을 참고할 때, 김동인은 묘사를 거부하거나 그게 체질에 맞지 않았다기보다 할 수 없기도 했다. 초기작 가운데 묘사가 많은 성공작이 없지는 않다. 「눈을 겨우 뜰 때」(1923)가 그것이다.

로 전달되기 쉽다. 실제로 김동인의 소설은 서술이 풍부하지 않고 당대 현실 묘사가 빈약하다. 또한 사건과 사건이 제대로 연결되지 않고 도막 나며, 서술된 시간이 지나치게 긴 데다, 주제가 생경하게 노출되는 경우가 많다. 그리고 시간의 흐름에 따라 사회적 관계가 변화하고 성격이 발전한다기보다 정해진 운명이 확인되는 데 불과한 경향이 있다. 현실과 인물, 나아가 사회 현실과 작품 사이의 교섭이 부족하여 결국 사회성이 빈약하고 설화성은 큰 경향을 띤다.

이런 문제점을 극복하기 위해 김동인이 택한 방법은 크게 두 가지였던 듯하다.[17] 우선, 인물과 사건을 매우 충격적이고 의미심장한 것으로 설정한다. 김동인의 소설에서는 살인, 자살, 간통 등이 자주 일어나며, 인간의 추악하고 어리석고 나약한 본성, 그래서 운명과 우연, 환경에 지배되는 비극적이고 반어적인 삶이 빈번히 등장한다.[18] 제재의 힘으로 독자를 사로잡는 방법이다.

다른 하나는 액자적 이야기 방식을 취하는 것이다. 김동인의 작품 가운데는 액자소설은 물론이고, 말하는 자와 경험하는 자가 다르거나 그 행위의 수준이 시간적, 공간적으로 여러 겹이어서 액자소설적인 작품이 많다. 바로 이 점이 서술방식의 세 번째 특징인데, 높은 평가를 받아온 단편들은 대부분 이런 특징을 지니고 있다. 일반적으로 '나'가 남의 이야기를 하거나 전하고, 이야기의 기본 상황이 서술상황으로 작품에서 그대로 재현되는 담화 방식을 통틀어 '액자적'이라 부르고, 이를 중점적으로 살펴보려 한다. 김동인

---

17 김동환은 「김동인의 창작 방법론과 그 내적 형식화」(『한국 소설의 내적 형식』, 서울: 태학사, 1996)에서 김동인 소설의 창작 방법론이 두 가지 양상─부정적 인물 설정과 액자 형식 사용─으로 실행되었다고 봤다. 필자의 주장과 통하는 부분이 있는데, 김동환은 그 양상이 인형 조종술이라는 창작 방법론이 실현되는 과정에서 나타난 것으로 본다. 김동인 소설 서술의 권위적 성격과 그것의 극복 방법은 근대적 서술방식의 모색이라는 문학사적 맥락에 놓여 있다.

18 그 역도 가능하다. 당대의 가치 체계와 충돌하는 그런 제재가 권위적이고 비묘사적인 서술을 요구했다고 할 수도 있다.

의 시점론에는 언급되지 않은 이 유형이야말로 창작을 통한 그의 모색을 가장 잘 보여주고 있다.

(2) 액자적 서술의 양상과 기능

김동인의 두 번째 작품 「마음이 옅은 자여」(1919~1920)는 염상섭의 등단작 「표본실의 청개구리」(1921)와 같이[19] 중편 분량이며, 일인칭 서술과 삼인칭 서술이 착종되어 있다. 이 작품은 '나(K)'가 애인 Y와 멀어져 아내에게 돌아가는 과정, 혹은 마음이 옅은 자가 다름 아닌 자기 자신임을 깨달아가는 각성 과정을 금강산 여행 '길 위에서' 제시하고 있다. 그런데 나가 C에게 보낸 편지 및 거기에 첨부된 일기의 일인칭 서술,[20] 그와 C의 금강산 여행을 제시하는 삼인칭 서술이 공존하여 혼란을 일으키고 있다. 나의 내면적 고백과 나를 포함한 여러 인물에 대한 외면적·전지적 서술이 뒤섞여 있는 것이다.

김동인은 나의 고백을 들어주며 의견을 말해주는 친구 C를 설정하고, 또한 C를 자신과 매우 닮은 존재로 정하여[21] 일종의 거리 두기를 꾀하고 있다. 서술자이자 인물로서의 '나'와 작자 자신을 구별하고, 그의 형상화를 통해 주제를 표현하려 한 셈이다. 하지만 그것은 거의 무의식적 시도에 그치며, '나'가 남이 아니라 바로 자신이 마음이 옅은 자임을 깨닫는 과정을 '나'의 고백만으로 표현하는 데 한계를 느껴, 후반부에 전지적 서술자를 끌어들인다. '나'의 외부에서 내면까지 들여다보고 또 평가할 수 있는 존재가 있으면

---

19 최시한, 앞의 책, 58쪽.
20 편지 내용에도 착종이 있다. 애인 Y에 관한 부분이 삼인칭적이며, 편지 투가 아닌 일반 서술 투로 이야기된다.
21 직업이 '문학가'이고 생김새는 얼굴이 길다. 그는 당시의 문단을 비판하는데, 김동인이 평소에 하고 싶었던 말로 보인다.

'나'의 내적인 혼돈, 환상 등의 의미를 제시하는 데[22] 편리하기 때문이다. 혼란을 줄이기 위해 그 서술자의 말 앞에 줄표를 넣어 구별하고 있지만, 그 때문에 화법의 일관성이 깨지고 만다.

일관성을 깨는 그 전지적 서술자는 김동인 자신이나 다름없다. 결국 김동인은 이 작품을 통해 제시하려는 '나'—한국 근대소설사에서 근대적 개인의 출현 그 자체를 나타내는—의 내면 고백 혹은 자아 각성 과정에 어울리는 서술자를 설정하거나 일관된 서술방식을 창출하는 데 이르지 못하고 자신이 나서서 말해버린다. 혹은, 경험적 자아로서의 '나'와 허구적 자아로서의 '나'를 충분히 구별하지 못한 채 전통적 화법에 따르고 만다. 그리하여 사건 및 인물을 그려 보이는 작업과 그것을 통해 주제를 형성하는 작업을 중편 분량으로 끈질기게 추구했음에도 불구하고 예술적으로 통합하지 못한다.

이런 상황에서 어떻게 하면 사건과 인물이 자연스럽게 주제를 형성, 전달하도록 할 수 있을까? 문제는 이전의 소설에서는 중요시되지 않았던 내면 묘사와 그 의미 제시인데, 어떻게 하면 그것을 효과적으로 수행할 수 있을까? 김동인은 이야기 행위의 기본 상황, 즉 누가, 누구 혹은 무엇에 대해, 누구에게 이야기하는 자연적 상황을 그대로 노출하되,[23] 앞의 「마음이 옅은 자여」의 착종 상태에서 나아가 말하는 자와 그 대상(행동하고 경험하는 자)을 별도의 존재로 분리하여 '나'가 남의 이야기를 하도록 한다. 이것이 바로 액자적 서술방법이다. 이렇게 하면 '나'가 권위적이며 김동인 자신과 분리되지 않거나, 혹은 서술자가 주권적 기능을 그냥 지니고 있더라도 앞에서와

---

22 지금이라면 내면을 그냥 그려 보이기만 해도 된다. 하지만 당시로서는 '내면적 혼돈의 모습'이 무슨 가치를 지니기는커녕 '이야기'조차 되지 못하는 것으로 여겨졌을 수 있다.

23 김동인의 소설에는 서술자가 '~습니다' 투의 입말로 청자에게 이야기하는 '자연스러운' 화법의 작품이 많다. 「X 씨」, 「명문」, 「명화 리디아」, 「벗기운 대금업자」 등이 그것인데, 액자적은 아니지만 이야기의 기본 상황을 서술에 활용한다는 점에서 통한다. 그런 화법을 쓰면서 액자적이기도 한 작품으로는 「발가락이 닮았다」가 있다.

같은 문제가 일어날 가능성이 줄어든다. 다시 말해 화법, 나아가 전체 이야기 질서가 도중에 바뀌어도 그럴듯함이 훼손될 가능성이 적다. 자신에 대해 고백하거나 사건을 전해주는 자는 최종 서술자로서의 '나' 혹은 외부 액자에서의 '나'가 아니기 때문이다. 이런 방법은 결국 '나'라는 존재와 서술자의 권위적 기능은 유지하면서 기법적 문제를 해결하기 위한 것이다. 그 양상을 구체적으로 살펴보자.

액자적 방법을 쓴 소설에서 최종적으로 말하는 자는 액자 부분의 서술자 '나'이다. '나'는 때로 사건에 참여하여 행위자가 되기도 하지만, 대개 사건의 주요 인물에 대해 목격하고 들으며 진술하는 데 그친다. 거기에 적합한 '나'는 주요 인물의 친구이거나 직업인인 경우가 많다(「목숨」, 「거칠은 터」, 「딸의 업을 이으려」, 「죄와 벌」, 「발가락이 닮았다」, 「붉은 산」). 그리고 아예 작자로 설정된 경우도 많은데, 「배따라기」(1921)에서는 작자처럼 보이며, 「광염소나타」, 「광화사」, 「대탕지 아주머니」, 「송 첨지」 등에서는 아예 '작자'라고 명시된다.

'나'가 남에 대해 서술하여 초점이 그에게 모이므로, 이런 작품에는 흔히 부제가 붙는다. '어떤 부인 기자의 수기'(「딸의 업을 이으려」), '어떤 사형수의 이야기'(「죄와 벌」), '어떤 의사의 수기'(「붉은 산」) 등이 그 예이다. 그리고 '나'는 내부 이야기를 자기 목소리로 말할 수도 있지만 대상 인물의 목소리나 그에 대해 들려주는 자의 목소리를 그대로 전달만 할 수도 있으므로, 내부 이야기에는 편지, 일기, 기사, 유서, 수기, 대화 등의 양식이 흔히 차용된다.

이러한 액자적 방식은 우선 외부 이야기가 내부 이야기를 보증함으로써 사실성을 높인다. 그리고 내부 이야기가 윤리적으로나 사실적으로 문제점을 지니더라도 최종 서술자의 것이 아닐 수 있으므로 독자의 저항감이 완화된다. 또한 둘 이상의 서술 수준, 즉 시간 차원이 존재하여 외부 서술자의 말이 내부 이야기와 별도의 시간과 공간에서 수행되므로 화법과 플롯의 통일성이 깨질 가능성이 적다. 김동인은 이러한 효과, 특히 이 세 번째 효과 때문에 액자적 방식을 선택한[24] 것으로 보인다. 요컨대 그는 경험적 자아와 허구적 자아가 뒤섞인 '나'가 마음대로 개입해도 화법적·구성적 통일성을 유지하기 쉽고, 고백과 논평이 자연스럽게 공존할 수 있으며, 서술에 입체성도 부여할 수 있기에 액자적 서술방식을 취한 듯하다. 이는 서술자가 권위적으로 서술하면서도 그럴듯함을 확보하기 위한 장치이다.

김동인이 「소설작법」에서 구분한 서술방식은 모두 삼인칭 서술이다. 그가 1925년에 이 글을 발표하기 전까지 초기 약 6년 동안 발표한 14편[25] 가운데 '나'가 등장하는 작품은 7편(「마음이 옅은 자여」와 액자적인 것 3편, '나'가 자기 이야기를 하는 것[26] 3편)이다. 나머지 절반은 삼인칭 서술인 셈인데, 이들은 「약한 자의 슬픔」이 그렇듯이 '보는 자가 한 사람인 서술'이라기보다 권위적 서술자에 의해 '대상 인물이 하나인 서술'에 가깝다. 따라서 초기 작품과 관련지어 말한다면, 김동인은 주요 인물에 대해 일원묘사보다 다원묘사를 주로 했다. 그가 일원묘사를 설명하며 부분적으로 말하는 자와 구별한 듯한 그 '보는 자'가 작품에서 적극적으로 고려되었다고 하기 어렵다.

어떻든 김동인은 「소설작법」 발표 이전에 여러 서술방식을 사용하고 각기 성공작도 얻었다. 일인칭 서술로는 「태형」, 삼인칭 서술로는 「눈을 겨우 뜰 때」, 그리고 액자적 서술로는 「배따라기」가 그것이다.[27]

김동인은 「조선근대소설고」(1929)에서, 「유서」(1924)를 쓰다가 "동인적 문체를 스스로 자각했다"라고 언급했다. 이 말이 뜻하는 바를 짐작하기 위

---

24 이재선이 『한국단편소설연구』(서울: 일조각, 1977)에서 밝혔듯이, 액자 형식은 이전부터 있었다.
25 「유서」(1924)까지를 가리킨다.
26 「태형」(1922~1923), 「어지러움」(1923)(독백 투의 콩트), 「유서」(1924)('나'가 탐정소설의 탐정에 가까운 인물).
27 어린 기생의 죽음을 그린 「눈을 겨우 뜰 때」는 묘사가 많고 일원묘사에 가까운 삼인칭 서술이며 심리를 탁월하게 그려낸 성공작인데, 제대로 평가받지 못하고 있다.

해 이후의 작품들을 살펴보면, 「유서」 다음의 「X 씨」(1925)부터 「명화 리디아」(1927)까지 약 3년 동안 발표된 7편에서[28] 김동인은 삼인칭 서술로 일관한다. 이 작품들 또한 서술자가 권위적이지만, 「감자」가 그렇듯이 개입은 비교적 제한되어 있다. 또한 제목이 대부분 인물 이름인 데서 알 수 있듯이 주요 인물 한 사람에 초점을 두고 서술한다. 이를 놓고 볼 때 그가 자각했다고 하는 "동인적 문체"란, 「유서」의 일인칭 서술과는 다른 형식이지만 서술자의 기능이 제한되는 삼인칭 서술방식, 그중에도 이른바 일원묘사 A 형식보다는 순 객관적 묘사를 지향한다. 또한 내면의 제시보다는 외면의 서술 위주이다.

이러한 양상을 종합하면, 김동인은 일인칭 서술, 삼인칭 서술, 둘의 결합 등을 고루 시험하다가 삼인칭 서술 쪽으로 옮아간 듯하다. 그런데 일인칭 서술 자체가 새로이 시험되던 때이고, 김동인의 액자적 형식이 일인칭 서술에 가까움을 고려하면 다른 분석도 가능하다. 즉, 김동인은 권위적인 '나'가 자유로이 내면을 고백하거나 제시하는 방법을 모색하다가 액자적 형식을 취하게 된다. 그리고 한편으로는 삼인칭의 전통적 서술방식을 계속 사용하며 서술자의 기능을 제한하고 행동을 통해 제시하는 방법을 모색하다가, 내면의 제시를 떠나 객관적 묘사 쪽에 관심을 갖고 약 3년간 그 방향으로만 창작을 하게 된다.

이 두 가지 모색의 공통된 목표 가운데 하나는 전통적인 권위적 서술자의 기능을 제한하는 것이다. 하지만 객관적 묘사를 지향한 듯한 「감자」의 서술자가 여전히 권위적, 고압적인 데서 드러나듯이, 결과가 의도와 같지는 않다. 이것이야말로 전통적인 이야기 관습의 완강함, 계몽적 이성의 시혜적 성격 등과 함께[29] 김동인의 개성을 거론하게 되는 대목이다. 그는 항상 서술

---

28 「X 씨」, 「감자」, 「명문」, 「정희」(미완), 「시골 황 서방」, 「원보 부처」, 「명화 리디아」.
29 염상섭의 경우에도 비슷한 양상이 벌어진다. 최시한, 「염상섭 소설의 전개」, 앞의 책, 47~98쪽

자가 아니라 작자 김동인으로서 말하기를 고집하는 듯한데, 그 김동인은 이광수의 계몽주의를 비판하면서도 자신 역시 계몽적일 수밖에 없는 근대 초기의 지식인이자 독존적 기질의 소유자이다.

김동인은 「명화 리디아」(1927)에 이어 액자소설 「딸의 업을 이으려」(1927)와 「광염 소나타」(1929)를 발표한다. 이때부터 서술 형식이 다시 다양해지고 장편을 발표하여 작품도 많아진다. 삼인칭 서술 쪽에서는 「감자」처럼 사회적 맥락이 강조된 「송동이」(1929), 「김연실전」(1939) 등이 형상성을 얻는다. 액자적 형식은 계속 사용되지만 다소 변하는데, 여기서는 이것에 주목하려 한다.

「딸의 업을 이으려」와 「광염 소나타」 이후의 액자적 작품은 「죄와 벌」(1930), 「발가락이 닮았다」(1932), 「붉은 산」(1932), 「광화사」(1935), 「대탕지 아주머니」(1938), 「송 첨지」(1946) 등이다. 이 작품들이 이전의 액자적 작품과 다른 점은 첫째, 외부 서술자인 '나'가 자신을 소설가라고 드러내 밝히는 경우가 많다는 것이다. 「송 첨지」의 경우에는 아예 "나 김동인"이라고까지 한다. 둘째, '나'의 역할이 확대되는 경향을 보인다는 것이다. 「발가락이 닮았다」의 경우에는 대상 인물 M에 버금가는 등장인물이다. 이 작품들에서 김동인은 '나'의 존재에서 자신의 모습을 지우거나 서술자로서의 기능을 억제하기는커녕 오히려 드러내며 강화했다. 작자의 개입과 서술자의 기능을 제한하는 길에서 벗어난 셈인데, 그만큼 긴장이 풀어졌다고 할 수도 있고, 실험정신이 더 강해졌다고 할 수도 있다.

이러한 경향을 모두, 그리고 독특한 형태로 지닌 작품이 「광염 소나타」와 「광화사」이다. 이 작품들은 예술가가 살인에 이르는 사건을 통해 예술적 광기와 세속적 욕망, 예술적인 것과 인간적인 것의 갈등을 탐미적으로 다루

을 참조할 것.

었다는 점이 유사하다. 이 작품들에서는 작자라고 하는 '나'가 독자에게 터놓고 말을 하면서 자기 이야기가 허구임을 폭로한다. 또 「광염 소나타」에서는 K와 사회 교화자 사이의 대화와 그 대상인 백성수 이야기를 교차시키고, 「광화사」에서는 나의 상상 행위에 대한 서술과 그 상상 속의 화가 솔거에 대한 서술을 교차시킨다. 그리하여 서술 수준을 다층화하고 이야기 행위 자체를 이야기 대상으로 삼는 동시에, 인물에 대한 논평을 입체적, 개방적으로 제시한다. 김동인은 이 작품들에서 "다양한 서술양식과 서사 소통의 새로운 참여자들을 생산해 보이고"[30] 있다.

하지만 필자가 보기에, 그가 이전부터 추구한 방향과 반대되는 이러한 서술자의 기능 강화 및 정체 폭로는 그리 큰 효과를 거두지 못했다. 우선 그러한 모색이 작품의 사회성과 사실성을 증대시키지 못했기 때문이다. 김동인은 예술 혹은 미美의 초월적 가치라는, 당대로서는 지나치게 탈현실적이고 생소한 주제를 가지고 형식적 실험에 몰두했다. 또한 그 형식이라는 것은 플롯만 봐도 허술한 점이 많다.[31] 이 작품들에 나타난 서술방식의 실험적 양상은 일정한 의의가 있지만, 예술적인 것에 대한 집착이 그때까지 해온 예술적 억제, 곧 서술자의 기능 제한 의지를 무너뜨린 반어적 결과라고 본다.

4. 맺음말—인식과 실천의 괴리

김동인은 자신의 작품과 이론적 논의를 통해 소설의 근대적 서술방식을

---

30 김종구, 『한국 현대소설의 시학』, 대전: 한남대학교출판부, 1999, 121쪽.
31 앞에서 지적했듯이 김동인의 소설은 사건 위주인데도 플롯이 허술한 경우가 많다. 그것을 극복하거나 감추기 좋은 것이 액자 형식임을 언급했는데, 그런 작품 가운데 대표적인 것이 「붉은 산」이다. 「붉은 산」의 결말부에서 동포를 위해 싸운 정익호가 붉은 산이 보고 싶다면서 죽는 장면은 필연성이 부족하다.

모색하고 시험했다. 그 핵심적 국면 가운데 하나가 시점인데, 그가 「소설작법」에서 펼친 시점론은 서술자의 기능과 종류에 대해 주목하고, 그와 보는 자를 구별하는 선구적 인식을 보여준다. 아울러 이야기 행위가 다양하고 중층적임을 드러내어 소설의 미적 형식을 부각시킴으로써 전통적인 주권적 서술방식을 혁신하는 데 기여했다. 하지만 체계성이 부족하고 삼인칭 서술형식만을 다루었으며, 작자와 서술자 혹은 경험세계와 허구세계의 구별이 미흡했고, 그 자신도 자신의 이론에 투철하지 못했다.

김동인의 소설에는 그가 말한 '다원묘사'가 많다. 서술자가 매우 권위적, 작자적인 것이다. 또한 묘사가 적으며, '나'가 다른 인물의 이야기를 하는 액자적 서술방식이 많이 사용된다. 액자적 서술방식은 김동인의 시점론에는 언급되지 않은 것으로, 특히 여기서 창작을 통한 그의 모색을 엿볼 수 있다. 그는 경험적 자아와 허구적 자아가 뒤섞인 '나'가 권위적으로 개입해도 화법과 플롯의 통일성이 깨질 위험이 적으며 서술도 입체성을 지닐 수 있기 때문에 지속적으로, 나중에는 매우 안이하게 이 형식을 사용했다. 바꿔 말하면, 서술자의 기능을 제한하지 않고도 그런 효과를 낼 수 있으며, 구성상의 무리를 감추면서 비교적 쉽게 박진성을 얻을 수 있기 때문에 액자적 형식을 많이 쓴 것이다. 이는 그가 근대적 서술방식을 모색하기 위해 노력했으나 결국 이야기의 기본 서술상황을 다소 변형하는 데 그쳤으며, 궁극적으로 특정한 세계관이나 이야기 대상, 가령 당대 사회 현실과 그것이 요구한 사상에서 산출된 어떤 형태를 얻지 못했음을 보여준다.

김동인은 소설 속에서 항상 자기 자신의 목소리로 서술을 하고자 했던 것 같다. 이는 그의 귀족주의적이고 독존적인 성격, 인형 조종술로 집약되는 문학 사상, 전통적 이야기 관습 등에서 기인한 것으로, 권위적 서술을 낳는다. 그런데 이러한 지향이 강한 만큼 다른 한편으로는 이를 억제하고 작품의 형상성을 해치지 않기 위해 힘쓴 듯하다. 이광수의 계몽적 서술에 부정적이었던 그는, 시점 논의에서 여실히 드러나듯이 근대소설의 서술 형식을 이해하고 있었기 때문이다. 그가 시점론을 펴고, 이른바 객관적 서술을 지향하는 삼인칭 서술에 한때 몰두하며, 액자적 서술을 지속적으로 사용한 이유는 기질적 욕망과 예술적 상상력 사이, 개인적 취향과 문학사적 소명 사이, 그리고 전근대적 관습과 근대적 지향 사이의 긴장 때문이었다.

서술방식 중심으로 볼 때, 그 긴장은 점차 약화되며 부정적인 방향으로 해소되었고 발전적 과정을 보여주지 못했다. 예술적 상상력과 문학사적 소명이 약화됨으로써 소설의 형상성과 주제가 빈약해진 것이다. 서술자의 기능을 선택하고 조정하는 데 이바지한 시점론은 김동인 자신에게 일정한 긴장을 유발했다. 하지만 이 글에서 살핀 작품들을[32] 놓고 볼 때, 그는 처음부터 유독 강화된 형태로 지녔던 전통적 서술방식, 곧 주권적 서술을 효과적으로 조절하거나 벗어나지 못했다. 인식과 실천, 의지와 기질 사이에 괴리가 있었던 것이다.

김동인의 작품들은 비극적 현실의 원인을 개인의 악덕이나 환경에서 찾으며, 시간의 흐름이 상황의 변화가 아니라 운명의 확인에 이르는 경향이 강하다.[33] 사건과 인물이 사회적 관계 속에서 형성, 발전되는 이야기가 아닌 것이다. 삶의 비극적 모습을 폭로하고자 한 정신 자체는 근대적이었으나 서술이 미적 한계를 안고 있었고, 이는 그의 주권적 서술 태도와 긴밀한 관련이 있었다. 그리고 다시, 그 서술 태도는 김동인이 충분히 극복하지 못한 전근대성, 즉 사회 속에서 개인을 보고 개인을 통해 사회를 형상화하는 데 이르지 못한 상상력의 한계에서 비롯된 것이었다.

---

32 이 글은 후반기의 작품을 소홀히 했으며, 신문 연재소설 혹은 통속소설의 한 유형을 세운 것으로 보이는 장편소설들의 서술방식은 살피지 않았다.

33 이에 관하여는 최시한, 「허공의 비극」(김동인, 『감자』, 서울: 문학과지성사, 2004의 해설)을 참조할 것.

제6장 서술

이문구 소설의 서술 구조—연작소설을 중심으로

1. 이문구 소설의 연구 방법

이문구의 이야기 작품은 연구자를 곤혹스럽게 한다. 제목에 전傳, 수필, 만필, 유사遺事 등의 옛말이 붙은 경우가 많고, 이문구 자신이라고 간주하게 되는 서술자가 등장하여 입에서 나오는 대로 늘어놓듯 서술하므로, 전집[1]에 '산문'으로 분류된 글과 다르지 않아 보이는 '소설'이 많은가 하면, 「김탁보전」, 「암소」, 「추야장」, 「우리 동네 김씨」, 「장곡리 고욤나무」 등과 같이 '잘 만들어진 소설'도 있다. 한마디로 이문구의 이야기 작품은 서구의 개념을 바탕으로 형성되고 오늘날 일반적으로 통용되는 근대소설의 기준을 충족하기도 하지만, 거기서 벗어나거나 이전의 갈래를 이어받은 특징도 많이 내포하고 있다. 이는 물론 이문구가 의식적으로 창출한 결과지만, 이미 사라졌다고 생각한 과거의 존재가 당당히 눈앞에 나타난 것 같은 느낌, 혹은 근

---

1 이 글은 주로 이문구 전집(전26권)(서울: 랜덤하우스중앙, 2004~2006) 수록분을 대상으로 한다.

대소설의 양식적 규범이 안정되지 않고 경험적 자아와 허구적 자아가 뒤섞인 경우가 많았던 20세기 초 근대소설 형성기의 양상[2]을 다시 보는 듯한 기이한 느낌을 갖게 한다. 그래서 이문구의 작품을 적절히 해석하고 평가하기 위해서는 일단 '학교에서 배운 것'을 제쳐놓고 있는 그대로 '이해'하는 절차가, 어떤 면에서는 자기가 자기를 타자로 만들었음을 확인하는 그 부끄러운 과정이 필요하다.

이문구의 작품이 지닌 이러한 특징은 그에 관한 논의에 문제를 일으킨다. 기존의 연구들은 이문구의 작품이 자본주의화 혹은 산업화 과정에서 소외된 민중, 그중에서도 특히 자기 나라 안에서 타자화되고 식민화된 농민의 삶을 탁월하게 그렸다고 하면서도 구성이 산만하다고 비판하거나, 한국 문화의 기층에 뿌리박은 사상과 정서를 감동적으로 묘사했다고 하면서도 서사성이 빈약하다고 평가했다. 말하자면, 내용은 좋으나 형식이 문제라는 다소 불합리한 평가를 내려왔다. 또한 기존의 연구들은 이문구의 작품이 문학적으로 감동적이고 문학사적으로 가치 있다고 하면서도, 왜 그러한가에 대해서는 충분히 해명하지 않았던 듯하다. 예를 들어 흔히 그의 대표작으로 일컬어지는 연작소설 『관촌수필』의 경우, 오늘날 일반적으로 생각하는 바와 분명 다른 점이 있는 '문학'이요 '소설'인데, 무엇을 근거로 높이 평가하는가를 합리적으로 밝히지 못한 면이 있는 것이다. 문체가 탁월하다거나 한국 농어민의 삶과 언어를 완벽하게 재현했다는 지적은, 이문구의 소설미학에 대한 찬사로는 적절하거나 충분하지 못한 면이 있다.[3]

---

2 최시한, 「현대소설의 형성과 시점」, 『현대소설의 이야기학』, 서울: 프레스21, 2000, 35쪽.

3 이문구의 문학을 긍정적으로 평가하면서 이러한 문제점을 극복하려 한 연구들 중 단행본으로는 고인환의 『이문구 소설에 나타난 근대성과 탈식민성 연구』(서울: 청동거울, 2003), 구자황의 『이문구 문학의 전통과 근대』(서울: 역락, 2006) 등이 있다. 특히 "이문구 소설의 구술적 서사 전통과 그 변용의 양상, 그것이 갖는 근대적 의미와 소설사적 위상"(279쪽)에 초점을 둔 구자황의 연구는, '이야기'라는 용어를 너무 구술성 위주로만 사용하고 있지만 매우 의미 있는 진전을 이루었다. 이들에 앞선 독창적 논의는 임우기, 「'매개'의 문법에서 '교감'의 문법으로—'소설 문체'에 대

이러한 문제점을 넘어서기 위해서는 우선 연구의 대상과 국면을 달리할 필요가 있다. 문제를 야기하는 '소설'이라는 용어를 되도록 유보하고, '이문구가 지은 이야기' 전체로 대상을 넓혀 역사적 갈래보다 이론적 갈래 위주로, 또 개별 작품과 문학/비문학의 경계를 넘어 현상을 총체적, 근원적으로 바라보는 것이다. 아울러 관심의 초점을 서술층위, 즉 사물을 이야기 양식으로 재현하고 구조화하는 방식과 그에 내포된 작가의 지향, 그와 관련된 서술의 관습과 질서 등에 두고 살필 필요가 있다. 서술의 산출 혹은 소통 기제를 밝히기 위해서이다.

이러한 방법은 다음 몇 가지 이유 때문에도 필요하다.

첫째, "이문구의 소설은 사건이나 인물의 성격이 후경화하고 서술과 묘사가 전경화하는 특이한 체질을 가지고 있기"[4] 때문이다.

둘째, 이러한 특징을 논의하기 위해 자주 사용된 용어가 문체인데,[5] 이 용어가 자의적으로 사용되거나 대상이 평면적으로 분석되는 경향이 있기 때문이다. "이문구 소설에서 '말'은 다양한 이데올로기가 서로 충돌하고 길항하는 '공간'인 동시에 일종의 '사회적 사건'으로 존재한다."[6] 따라서 토박이말과 충청도 방언의 '예술적' 구사, 구어체와 의고체의 기묘한 결합, 풍자성과 해학성 등을 지적하는 데서 나아가 서술행위의 기제와 그것이 여러 맥락

한 비판적 검토」(『문예중앙』 제16권 2호(1993년 여름), 1993. 5)에서 이루어졌다. 그에 따르면 이 글 역시 이른바 '매개의 문법'으로 이문구의 문학을 논하는 오류를 떨치지 못한 면이 있다.

4 장영우, 「산책과 수록隨錄」, 이문구, 『다가오는 소리』(이문구 전집 6), 서울: 랜덤하우스중앙, 2004, 333쪽.

5 이문구 작품의 특성을 말할 때는 거의 언제나 문체가 거론된다. 본격적인 연구로는 앞에서 언급한 임우기의 글과 함께 다음이 있다.
김상태, 「이문구 소설의 문체」, 『작가세계』 제15호(1992년 겨울), 1992. 12, 82~94쪽; 진정석, 「이야기체 소설의 가능성」, 문학사와비평연구회, 『1970년대 문학 연구』, 서울: 예하, 1994(구자황 편, 『관촌 가는 길』, 서울: 랜덤하우스코리아, 2006, 183~237쪽 재수록); 전정구, 「이문구 소설의 문체 연구」, 『현대문학이론연구』 제9집, 현대문학이론학회, 1998.

6 한수영, 「국가와 농민」, 이문구, 『우리 동네』(이문구 전집 12), 서울: 랜덤하우스중앙, 2005, 421쪽.

에서 하는 의미기능에 대한 분석이 필요하다.

셋째, 이문구의 모색을 문학사적 맥락에서 논의할 때 안게 되는, 갈래 체계의 변화에 따른 혼란을 줄일 수 있기 때문이다. 이문구의 소설이 "근대소설의 초월이거나 미달일 수밖에 없는 이 나라 소설계"에서 "진짜 소설"로 나아가기 위한 "기묘하고도 거창한 싸움"[7]을 보여준다고 할 때, 그것이 과연 어떤 싸움인가를 구체적, 합리적으로 기술하기 위해서는 앞에서와 같은 접근법이 필요하다.

여기서는 장편소설을 제외한[8] 이문구의 이야기 작품 전체〔서사적 수필(산문), 콩트, 중·단편소설, 연작소설 등〕를 고려하되 연작소설 중심으로 서술 구조[9]를 분석함으로써 그것의 일반적 특징과 의의를 밝히는 데 이바지하고자 한다. 특히 전傳을 지향한 기본 태도가 낳은 '소설'적 문제점과, 거기서 비롯된 작자의 모색이 어떤 결과를 낳았으며 그것에 어떤 의의가 있는가에 초점을 두려 한다. 이문구의 작품에 접근하는 기본 방법과 관점을 확립하기 위한 고찰이므로 개별 작품 구조보다 전체 작품의 주요 경향과 그것의 전개를 중심으로 살피고, 평가보다는 기술記述에 주력할 것이다.

이문구의 연작소설에는 작자가 연작이라고 한 작품과, 연구자들이 연작으로 간주하는 작품이 있다. 연작을 이루는 작품들은 스토리의 연결성이 약하다. 등장인물들의 관계도 밀접하지 않고, 그저 한 마을에 살거나 중심인물과 잘 안다는 정도이다. 그래서 『관촌수필』과 『우리 동네』 연작처럼 작품들이 인과적 구도에 따르기보다는 발표순으로 묶인다. 하지만 서술층위에

---

7 김윤식, 「모란꽃 무늬와 물빛 무늬」, 구자황 편, 앞의 책, 297, 330~331쪽.
8 함께 다루는 데 무리가 있어 제외한다. 이문구의 장편소설은 5편인데, 그중 『토정 이지함』, 『매월당 김시습』 2편은 역사소설이어서 갈래의 안정성이 강하다. 하지만 『장한몽』, 『오자룡』(미완), 『산 너머 남촌』 3편은 여기서 다루는 작품들과 유사하게 그것이 약하므로 이 글의 논지에서 그리 벗어나지 않는다고 본다.
9 '서사 구조'가 아니다. 서술층위의 구조 혹은 서술 행위와 그 결과의 담론 구조를 가리킨다.

서 보면 작품들 사이에 화법, 갈래, 플롯 등의 유형성과 반복성이 나타나므로 연구자에 따라 연작 여부에 대한 판단이 다를 수 있다.[10] 한편 이문구의 작품에서 연작은 단편소설군群에만 존재하지 않는다. 단편소설과 콩트의 구분이 애매하지만, 콩트에도 연작이 있다. 그리고 소설로 발표되기도 하고 전傳이나 행장行狀으로 발표되기도 한 여러 편의 인물 이야기도 보기에 따라서는 연작일 수 있다.

여기서는 제목과 출판 방식, 내용 및 형식의 관련성 등을 고려하여 『관촌수필』(1972~1977), 『우리 동네』(1977~1981), 풀 연작(콩트, 1985),[11] 「강동만필」 연작(1984~1988),[12] 나무 연작(『내 몸은 너무 오래 서 있거나 걸어왔다』)(1991~2000)[13] 등을 연작으로 보고 중심 대상으로 삼는다.

2. 작자-서술자

이문구의 작품을 서술층위 위주로 살필 때 두드러진 특징은 서술 주체(서

---

10 이문구는 농민을 중심으로 한 소외 계층의 인물을 집중적으로 다루며, 또한 자신의 체험을 바탕으로 자기를 노출하며 글을 쓰는 작가이므로, 이 정도의 연관성을 찾아 작품을 묶기로 하면 작가의 의도나 작품 제목의 유사성 따위를 떠나 연작의 범위를 확장시킬 수 있다. 예를 들어, 이후 논의되는 일인칭 서술의 소설들은 『관촌수필』 연작에 넣어도 큰 무리가 없는 것이 많다.

11 콩트 10편으로 이루어졌다. 1985년에 월간 『한국인』에 연재된 후 최일남, 송기숙과 함께 3인이 펴낸 콩트집 『그리고 기타 여러분』(서울: 사회발전연구소, 1985)에 수록되고, 『유자소전』(서울: 벽호, 1993)에도 수록되었다. 『그리고 기타 여러분』(이문구 전집 16)(서울: 랜덤하우스중앙, 2005)의 제1장에 해당한다. '풀 연작'이란 명칭은 엄밀히 따지면 부적합한 면도 있지만, 제목을 참작하여 필자가 붙인 것이다.

12 '강동만필'이란 이름이 붙은 단편소설은 ①(1984), ②(1985), ③(1988) 총 3편이다. 서울 아파트촌의 세태를 그렸는데, 3편에 그쳤다.

13 총 8편의 단편으로 구성된 이 연작을 '나무 연작'이라 부르는 이가 있어 그에 따른다. 『내 몸은 너무 오래 서 있거나 걸어왔다』(이문구 전집 20)(서울: 랜덤하우스중앙, 2006)에는 제목에 '나무'가 붙지 않은 「더더대를 찾아서」가 들어 있는데, 작가가 문학동네에서 2000년에 처음 간행할 때도 넣었을 뿐 아니라 무엇보다 다른 작품들과 구성 방식이 같으므로 이 연작에 포함시킨다.

술자)가 중개성이 강하며, 창작 주체(작자 이문구)와의 근친성이 짙고, 매우 해학적·풍자적인 태도를 지닌 동시에, 사람의 도리와 인정人情을 강조하는 보수적·공적公的인 성격을 보인다는 점이다. 그는 가상보다 실제에 가까운 서술공간에서 입말 투로 전면前面에 나선다. 그리고 형상화하여 보여주기 보다는 직정적直情的인 들려주기에 가까운 방식으로 매우 주권적인 서술을 한다. 허구세계가 경험세계와 상대적으로 구별, 분리되지 않아 '이야기의 기본 상황'이 그리 변용되지 않은 채 화자가 직접 청자에게 구술하는 듯한 이러한 상황의 서술 주체를 여기서는 잠정적으로 '작자−서술자'[14]라고 부 르려 한다.

이 작자−서술자의 모습을 일인칭 서술과 삼인칭 서술로 나누어 살펴보 자. 일인칭 서술에 관해서는 무엇보다 『관촌수필』을 예로 드는 것이 적절할 것이다. 이 작품은 아예 후기에 작가 스스로 "남의 이야기가 아니"며 "실화 를 그대로 필기한 것도 있고", "후제 내 자식이나 조카들에게 읽히기 위해 소설이니 문학이니를 떠나 눈물을 지어가며 쓴 고인에 대한 추도문"인 것 도 있다고 밝혔다.[15] 본문에도 이와 비슷한 말이 여러 번 나오는데, 땅 이름, 사람 이름 따위가 실명이고, '나'의 생애 또한 작가의 그것과 일치한다. 시간 을 살펴봐도 서술하는 현재는 언제나 작품이 발표되었던 1970년대 당시이 다. 『관촌수필』은 전에 충남 보령군 대천大川(한내)읍이었고 지금은 보령시 대관동에 속한 관촌冠村(갈머리)에서 1941년에 태어난 이문구가, 해방 후부 터 한국전쟁을 거쳐 새마을운동에 이르는 30여 년 세월 동안에 자신을 포함

---

14 이론적으로는 소설에서 작자와 서술자를 구별하지만 실제로 반드시 달라야 하는 것은 아니므 로 이렇게 이름붙일 수 있다. 이는 어디까지나 상대적인 개념이다. 한편, 이러한 양상을 지나치 게 전근대적인 것으로 보거나 '전통적'이라는 수식을 붙여 신비화하는 것은 모두 부적절하다고 본다.

15 이문구, 『관촌수필』, 서울: 문학과지성사, 1977, 379~380쪽. 초판에 실린 이 '후기'가 전집 판 에는 빠져 있다.

한 그곳 사람들이 겪은 삶을 기록하듯 재현해낸 '이야기'인 것이다. 그러므로 독자가 허구로 읽지 않고 제목 그대로 이야기 양식의 '수필'(서사적 수필)로 읽는대도 막기 어려운 양상이다. 이문구의 이야기 작품은 허구적 이야기(소설)도 비허구적 이야기(산문 혹은 수필)와 같이 '나'가 거의 이문구 자신으로 읽히도록 서술되어 있다.[16] 그 면만 보면 두 갈래는 차이가 거의 없어 보인다.

그런데 이러한 양상은 서술상황이 바뀌어도 크게 변하지 않는다. 이문구의 소설은 일인칭 서술보다 삼인칭 서술이 많고 그것이 어울려 보이는데, 삼인칭 서술에서도 이 작자–서술자의 모습은 크게 바뀌지 않는다.[17] 다만 그가 '나'라는 인물로 줄거리의 시공에 등장하지 않으므로 행동은 하지 않고 서술만 한다는 점이 다를 따름이다. 삼인칭 서술은 본래 서술자와 작자를 동일시하기 쉬우나, 서술자의 신분 사항이 구체적으로 노출되는 경우가 적으므로 막상 그를 작자 자신으로 간주하게 되는 경우는 드물다. 하지만 앞에서 살핀 것처럼 이문구의 소설에서는 작자의 신분 사항과 일치하는 여러 사실[18]과 함께 그를 암시하는 호칭들[19] 때문에 서술자를 작자로 간주하

16 말하자면, 이문구의 소설은 이른바 '실명소설' 같은 면이 짙다. 실제로 그가 쓴 '실명소설'이 많은데, 전집에는 산문으로 분류되어 있어 혼란스럽다. 예외가 없지 않다. 배경이 과거인 역사소설은 제외하고, 일인칭 서술의 화자가 작자를 연상시키지 않는 소설로는 「백의」, 「이 풍진 세상을」, 「그럴 수 없음」 등이 있다.

17 이와 관련하여 임우기가 앞의 글에서 한 다음 진술이 주목된다. "주목해야 할 것은, 이문구의 문체가 궁극적으로 대화와 지문, 객관적 묘사와 심리 묘사, 일인칭과 삼인칭과 전지칭 사이의 분간을 넘어서려 하고, 또 넘어서고 있다는 사실이다. (중략) 바로 이러한 넘나듦이 가능한 것은 '정황'이 문장의 주어를 이루기 때문이다. (중략) 이문구의 모든 작품들에서, 작중인물의 심리나 사건의 서술이나 묘사, 나아가선 자연과 생물 일반의 안류를 자유자재로 넘나드는 작가 시선이 발견되는 것은 근원적으로 이러한 '교감'과 '관계'의 소설관에서 비롯한다." (임우기, 앞의 글, 185~186쪽)

18 지리적·시간적 배경, 이름(이문구의 지인들이 실명으로 등장한다) 등이 중요한 항목이다.

19 '명천'(이문구의 호)(「명천유사鳴川遺事」), '이 모'(「이모연의李某演義」), '이생李生'(「인기인 지망생」, 「그의 옛 친구」, 「별난 이웃 사람」, 「누워서 연구하는 사내」), '이립'(「더더대를 찾아서」) 등.

게 되는 경우가 많다. 그의 전집을 편찬한 이들이 '서술자를 작자로 간주하게 되는'과 같이 조심스런 표현을 하지 않고, 일인칭과 삼인칭 서술 형식의 콩트 23편을 "명천이 남긴 50편가량의 콩트 중 작가가 직접 화자로 나서거나 주인공이 된 작품"[20]이라면서 따로 한 권으로 묶을 정도로, 그는 발화자가 자신임을 감추려 하지 않으면서 체험을 바탕으로 서술한 것이다.

한편 삼인칭 서술이면서 서술자가 작자를 연상시킬 만한 점들이 비교적 적은 작품에서도, 그는 자신의 정체를 가급적 가리거나 허구적 존재로 가장하지 않고 서술의 전면에 나서 주권적으로 발화한다.

모든 문제는 황씨에게 있다고 선출은 규정짓고 있었다. 황씨는 황씨대로 선출이 무식하고 못 배운 소치로 이해를 못한다고 역습하려 들지만, 이런 경우엔 대학 할애비를 다닌 한림학사라도 어쩔 수 없을 것이라고 선출이는 장담한다. 거듭 밝히지만 선출인 신실이를 사랑하고 있다. 또 그녀도 그를 그만큼 사랑했다. 그런데 그들이 결합할 수 있을 만한 여건은 전혀 구비돼 있지 않은 것이었다.
〔「암소」, 『암소』(이문구 전집 2), 163쪽〕

박윤만朴允晚이도 입추를 앞뒤로 해 개펄에 몸이 빠진 뒤론 가을 내음에 잠마저 설치는 요즘까지 발 한번 말끔히 씻어본 날이 없는 터였다. 물론 장가네 염전에서만 한 철을 묻은 거였다. 그는 본래부터가 오로지 염전의 염간鹽干 노릇만이 먹으며 살아갈 수 있는 한 가닥 길이었다. (중략) 스물일곱이란 그의 실한 나이는 소금밭 일꾼으로 머물기를 허락하지 않았지만 타고나길 애초 아무것도 없게 태어난 신세를 어쩌지 못하는 한 그짓이나마도 마다하지 못하게 돼 있는 거였다.
〔「추야장」, 『다가오는 소리』(이문구 전집 6), 10쪽〕

앞의 인용문에서 특히 "거듭 밝히지만" 같은 서술은, 서술자가 가상적 이

---

20 이문구, 『부끄러운 이야기』(이문구 전집 11), 서울: 랜덤하우스중앙, 2005, 216쪽. 여기 속해야 할 일인칭 서술 작품이 다른 곳에 수록된 경우도 있다. 그게 아니라도, 필자는 이러한 편집이 적절하다고 여기지 않는다.

야기 상황이 아니라 실제 이야기 상황에서 글말보다는 입말로 직접 이야기 하는 듯하다. 또 '~이'가 붙은 호칭에서는 보고 들은 것을 다소 권위적으로 터놓고 이야기하는 태도가 엿보인다. 그리고 이문구의 글에서 독특하게 자주 쓰이는 '것이었다'나 '거였다'에서는, 인물의 처지를 충분히 이해하면서도 자기 '목소리'로 단정하여 말하는, 따뜻하면서도 엄정한 태도를 느낄 수 있다.

요컨대 이문구는 허구와 비허구의 경계를 의도적으로 의식하지 않거나 무시하고 서술하는 경향이 있다. 서술자라는 대리인을 내세워 허구적인 담화 상황과 세계를 구성하기보다, 실제 담화 상황과 같이 청자(독자)에게 직접 구술하여 체험을 전달하려는 경향, 즉 미적 형상화 충동보다 직정적·고백적·경세적經世的 충동이 지배적인 서술 경향을 보이는 것이다.[21] 어떤 때는 사건의 상황과 인물의 처지는 제쳐놓은 채 하고 싶은 이야기를 하다가 문득 "어쩌다가 이야기가 이에 이르렀는지 알지 못하겠다"[22]고 할 정도이다. 서술의 구술성, 서술행위의 비간접성으로 요약되는 이러한 특징은 근대소설의 일반적 규범과 부합하지 않지만(부합하기를 거부한 결과라고 할 수도 있지만), 판소리 사설처럼 '구술적인' 이야기의 '이야기체'[23] 서술방식, 채만식의 『태평천하』나[24] 김유정의 소설에 등장하는 서술방식과 통한다. 이에 대하여 김주연은 다음과 같이 언급한 바 있다.

그의 세계는 자기 주변의 숱한 사연을 부지런히 전달, 진술하는 전형적인 이야

---

21 이와 관련하여, 이문구의 소설 가운데 많은 작품의 배경이 그의 고향인 충남 보령과 그 부근이라는 점은 의미심장하다. 그는 되도록 경험 공간에서 소재를 구하거나 그 '장소'에 사건과 인물을 펼쳐놓아야 진정이 솟아나는 감각을 얻는 듯하다.
22 이문구, 「공산토월」, 『관촌수필』(이문구 전집 8), 서울: 랜덤하우스중앙, 2004, 177쪽.
23 진정석, 앞의 글, 184쪽.
24 최시한, 『가정소설연구—소설 형식과 가족의 운명』, 서울: 민음사, 1993, 278~287쪽.

기꾼의 그것을 방불케 한다. 그의 소설이 지니는 시점은 비록 삼인칭의 형태로 나타나는 것이라 하더라도 언제나 작가 자신의 깊숙한 개입이 느껴질 정도로, 작가 스스로에 의해 주인공이 조종되는 감을 주는데, 바로 이 같은 기술적 설정이 그로서는 설정이라기보다 이미 하나의 체질이라는 점에서 주목된다.[25]

따라서 이문구의 이야기 작품을 해석하거나 평가할 때 허구성이나 서술방식의 허구적 구조 원리 등에 기초를 두는 것은 일단 보류할 필요가 있다. 그렇다면 무엇으로 그것의 '소설'다움이나 예술성을 평가할 것인가? 아니, 입장을 바꿔서, 서구적인 것을 기준으로 문文이 문학文學으로 바뀌고 '근대성' 여부가 판단되는 시대에, 이미 담화가 입말 위주에서 글말 위주로, 듣는 이야기에서 읽는 이야기로 바뀐 시대에, 거의 체질적으로 '전형적 이야기꾼'인 이문구는 어떻게 자기 '이야기'의 진실성과 예술성을 창출했는가? 이문구의 글쓰기가 지닌 개성과 문학사적 의의는 바로 이 질문들에 대한 답 속에 있다.[26]

3. 전傳 양식

이문구의 이야기 작품이 지닌 서술상의 또 다른 특징은 전 양식의 서술 정신과 형식을 이어받았다는 점이다.

20세기 이전의 이야기 전통에서 지배적인 위치를 차지했던 전은 "한자

---

25 김주연, 「서민생활의 요설록」, 이문구·송영, 『한국문학대전집 20/이문구·송영 편』, 서울: 태극출판사, 1976, 559쪽.

26 이문구 작품의 이러한 특징에 대한 설명 중 하나는, 그런 요소나 서술방식을 그럴듯함의 효과를 얻기 위한 것으로 보는 것이다. 즉, 액자소설의 액자 부분처럼, 서술행위의 주체, 입장, 과정 등을 감추는 것이 아니라 폭로함으로써 오히려 사실성을 북돋우는 서술 기법의 산물로 보는 것이다. 하지만 이문구의 경우 그것은 기법의 문제에 그치지 않는 것으로 보이며, 또한 그럴 경우 그가 한 작업의 문학사적 의의를 소홀히 하기 쉽다.

문화권에서 고유하게 발전되어온 역사 서술양식 혹은 문학 장르로서, 한 인물의 일대기를 서술하면서 그것을 일정한 관점에서 포폄하는 것을 목적으로 한다."[27] 그것의 기본 형태라 할 수 있는 사마천의 『사기』「열전」의 전들은 대부분 역사적 인물의 가계, 행적, 평결 세 부분으로 구성되었는데, 점차 여러 하위 갈래가 늘고 가전假傳이나 고소설처럼 허구성을 띤 전이 많아지면서 원래의 경계가 흐려져 하나의 "열려 있는 양식"[28]이 되었다. 하지만 기본적으로는 "공적公的인 서술자가 사람의 일생을 서술함으로써 집단적 가치를 추구하는"[29] 비허구적 서술이다. 이문구의 이야기 작품이 이어받고 지향한 것은 이것이다. 전의 개념과 역사가 그렇듯이 이문구의 이야기 작품도 변체變體적 성격이 뒤섞여 '소설'이 되지만, 기본적으로 정전正傳 혹은 사전史傳 같은 전의 기본적 서술 정신을 이어받고 지향했다는 점을 중시해야 한다. 글쓰기가 경세지학經世之學과 하나였고 문사철文史哲이 통합되었던 시대의 글쓰기 전통을 그가 잇고 있기 때문이다.

이문구는 공식적으로는 전이 소멸한 시대의 탁월한 전 작가이다. 그의 이야기 작품에는 전, 행장 등에 해당하거나 이에 가까운 것이 적지 않다. 넓게 봐서 전의 자장 안에 있는, 평전評傳 혹은 평을 곁들인 인물 일대기라고 할 수 있는 작품도 많다. 그것을 보여주는 단적인 사실은 이문구의 작품에 등장하는 주요 인물의 이름이 항상 처음에 성명을 갖추어 한자와 함께 표기되며, 그중에는 부정적 인물이 드물다는 점이다. 그의 전집을 보면, 소설집이든 산문집이든, 또 제목에 '전'이 붙든 붙지 않든, 대개 한 인물이 한 편

---

27 박희병, 『한국고전인물전연구』, 서울: 한길사, 1992, 9쪽. 전의 특징에 대한 논의는 매우 다양하다. 인물 중심의 전을 사건 중심의 기記와 합하여 '전기傳記'로 지칭하는 경우도 있다. 김용덕, 『한국전기문학론』, 서울: 민족문화사, 1987, 15쪽 참고. 전과 소설의 관련 문제에 관해서는 김찬기, 『한국근대소설의 형성과 전』, 서울: 소명출판, 2004, 28쪽 참고.
28 이동근, 『조선 후기 '전'문학 연구』, 서울: 태학사, 1991, 241쪽.
29 최시한, 「현대소설의 형성과 시점」, 『현대소설의 이야기학』, 서울: 프레스21, 2000, 22쪽.

의 중심이 된다. 그리고 전의 형식과 성격을 유지하고 있거나 지향하는 글이 많고, 그 가운데는 탁월한 문장이 여럿 보인다.[30] 여기서 다시 한 번, 이문구에게 글쓰기는 기본적으로 허구를 창조하는 것과 거리가 있는 행위라는 점, 달리 말하면 허구와 비허구의 경계가 지워져 있음을 확인하게 된다. 아울러 전통적 서술 형식을 이어받은 것과 그것을 변용한 것이 뒤섞여 있고, 그에 따라 서술자의 정체와 서술행위의 성격도 복합적임을 확인하게 된다.

이문구의 '소설'과 전의 관계를 깊이 논의한 김윤식은 "『관촌수필』이란, 그 다섯 번째인 「공산토월」 한 편을 위해 씌어졌"[31]다고 했다. 이는 이문구가 글쓰기를 하는 진정한 뜻과, 이문구 문학에서 전 양식이 차지하는 중요성을 강조한 말로 여겨지는데, 그 작품이 가장 '이문구의 전'답다고 주장하는 듯한 인상을 준다. 하지만 『관촌수필』은 이문구 스타일의 전의 집합에 가깝다. 「공산토월」의 신현석뿐 아니라 나의 조부, 옹점이, 대복이, 유천만, 신용모, 김희찬 등이 등장하는데, 조부를 제외하면 대부분 '민중'이라 할 수 있는 이들의 전이 엮인 연작인 것이다. 그들은 정전 혹은 사전이라면 대상이 되기 어려운 존재들이지만, 이문구는 생애 전반에 걸쳐 이런 인물들에 관한 전과 전 비슷한 이야기를 많이 썼는데, 이는 그가 소설가 이전에 일종의 기록자 혹은 증언자이고자 했음을 말해준다.

『우리 동네』 연작을 보자. 아홉 편 모두의 제목이 김씨, 최씨, 강씨와 같은 성씨로 되어 있다. 내용 또한 그 성씨의 주인 위주이다.[32] 이러한 양상은 나

---

30 제목이 어떻든 간에, 공식적인 전 및 행장에 가까운 작품으로는 「소설 김주영」, 「박용래 일대기」, 『글로 벗을 모은다』(이문구 전집 14)(산문집)에 수록된 이른바 '실명소설'들 등이 있다. 전을 표방했지만 본격적인 소설 형태로 발표된 작품은 「김탁보전」, 「유자소전」, 「변 사또의 약력」 등이 있다. 여기서 장편소설 『토정 이지함』, 『매월당 김시습』이 평전에 가까운 역사소설임을 상기할 필요가 있다.

31 김윤식, 앞의 글, 291쪽.

32 「우리 동네 황씨」는 황씨(황선주)와 그를 바라보는 김봉모가 주요 인물이며, 플롯을 고려하면

무 연작과, 『우리 동네』 연작을 콩트로 줄여 썼다고 할 수 있는 풀 연작 역시
비슷하다. 각 작품이 모두 사건 중심이라기보다 인물 중심 이야기이고, 그
인물들은 사회적 약자가 많지만 악인은 거의 없다. 지나치게 거칠고 악착같
은 성격의 인물들도 작자-서술자의 넉넉한 품 안에서 나름대로 인간의 천
성과 도리에 따르는 존재로 그려지고 평評해진다. 이문구의 연작소설은 일
종의 현대판 열전인 셈이다.

이렇게 볼 때 전 양식의 자장 안에 있는 이문구 작품의 작자-서술자는 이
야기의 근원 상황에서 구술을 하는 이야기꾼과 유사하며, 실존 인물에 대해
기록하고 포폄하여 도리와 진실을 선양하는 전의 서술자에 가까운 존재, 즉
공적 자아로서의 작자에 가까운 존재이다. 어렸을 때 "마지막 유생儒生"인
조부의 엄격한 가르침을 받아서 일생 동안 그분의 "전심傳心이 조종하는"³³
바에 따라 살아왔고, 작가라면 "무엇이 자기 당대의 참모습인가를 터득하
고, 그것이 자기 이후의 세대에 본보기가 될 수 있도록 자기 당대의 진실과
허위를 편집하지 않으면 안 될 직무가 주어져 있다"³⁴고 생각한 경험적 존
재 이문구의 공적 자아 자체이거나 그 분신인 것이다.

이문구의 작품 가운데 「김탁보전」 같은 탁월한 '소설'이 있기는 하지만,
그는 기본적으로 가상의 이야기(허구)를 꾸며내고자 하지 않는다. 아니, 자
기가 보고 들은 것을 바탕으로 가장 덜 꾸며낸 이야기를 쓰고자 하는 것처
럼 보인다. 이문구의 소설이 높이 평가되는 이유는, 허구적 진실보다 경험
적 사실을 추구하는 이 '전 지향 정신'에 내포된 윤리성, 즉 개인적으로는 맑

김봉모가 중심인물이다. 황씨는 제목에 등장하면서도 주인공이 아니고 부정적 인물이라는 점
등에서 이문구 소설 가운데 특이하다. 그것은 이 작품이 원래 "으악새 우는 사연"이라는 제목
으로 발표되었다가 『우리 동네』 연작에 포함되었다는 점과도 관련이 있다.

33 이문구, 「남의 하늘에 묻어 살며」, 『글로 벗을 모은다』(이문구 전집 14), 서울: 랜덤하우스중앙,
2005, 35쪽.
34 이문구, 「식은 땀을 흘리며」, 앞의 책, 191쪽.

고 관대하며 집단적, 공적으로는 공평무사하고 신랄하여 선비를 연상시키는 윤리적 태도와, 입전立傳의 대상이 된 사람들에 대한 이해심 깊고 정밀한 서술 때문이기도 하다. 이문구는 주변 인물이나 농어촌과 대도시 변두리의 소외된 인물들 가운데서 전의 대상이 될 사람을 찾아 있을 법한 이야기를 치밀하게 구성한다기보다는, 그가 어째서 전의 대상이 될 만한지를 밝히는 내용의 이야기를 짓는다. 그 입전 대상자들은 한국전쟁의 소용돌이와 자본주의화, 산업화, 도시화, 세속화의 거센 물결에 휘둘리면서도 의리와 인정에 따라 인간다운 도리를 지키는 인물들이다. 이문구는 또한 그들과 반대의 길을 가는 사람들과, 그들을 궁핍에 빠뜨린 위정자들을 곁들여 비판하고 풍자하는데, 그 풍자의 신랄함과 사회성, 해학성 역시 높이 평가된다. 이러한 특징과 장점을 가장 잘 지니고 있는 것이 『관촌수필』[35] 연작이다.

그러나 다른 한편으로는, "개결주의",[36] 자연주의, 인정주의 등으로 정리할 수 있는 윤리성의 강조 때문에 이문구의 소설은 근대적이지 못하다는 지적도 받는다. 인물을 포폄하는 이념이 유교적이어서 보수적·전근대적 성격을 지니고 있기 때문이다. 그 내용도 내용이지만, 하나의 세계관이나 가치관 위주로 사물을 인식하고 평가하는 행위 자체가 개성과 다양성을 추구하는 근대적 지향에 어긋나기 때문이다. 이문구의 '소설'이 복고적이라든가 근대적 합리성이 부족하다는 비판은 주로 여기서 비롯된다.

전의 정신 측면에서 서술 측면으로 시선을 옮겨보면, 이문구의 소설이 지

---

35 『관촌수필』의 탁월함의 다른 측면, 즉 그것이 '한 세대의 고향 상실 이야기'요, "우리 사회의 근대적 기획에 대한 비판적 성찰을 수행한 연작소설집"(권성우, 「1991년에 읽은 『관촌수필』」, 이문구, 『관촌수필』, 서울: 문학과지성사, 1991, 309쪽)이라는 사실을 여기서는 다루지 않는다.

36 이문구의 장편소설 『매월당 김시습』(서울: 문이당, 1992)은 개결주의介潔主義가 매우 강하게 지배하는 작품이다. 이 작품이 베스트셀러가 된 것은 우리 문화에 뿌리박은 이 개결주의 혹은 의리 존중 사상 때문으로 보인다. 신형기는 이 작품을 평하면서 그것이 지닌 정치적·소설미학적 한계를 지적한 바 있다. 신형기, 「정치현실에 대한 윤리적 대응의 한 양상」, 『작가세계』 제15호(1992년 겨울), 1992. 12, 105쪽.

닌 다른 종류의 특징과 문제점이 드러난다. 앞에서 언급한 내용을 다시 인용하면, 전은 엄정한 문체로 기록하고 평가하여 "이후 세대에 본보기가 되도록" 하는 것이 목표이다. 따라서 작자−서술자의 호오好惡와 평가(주제적 의미)가 처음부터 정해져 노출되므로 서술이 평면적이며 단성적單聲的이게 되고, 인물의 성격과 사건의 지속적·인과적 전개를 보여주는 묘사적 서술이 어렵다. 한마디로 서술이 관념 우선이므로 인물과 사건을 시간 질서 속에서 입체적으로 형상화하기 어려우며, 갈등이 빈약해져 독자의 흥미를 유지하기도 어려운 것이다. 대부분의 논자들이 되풀이한 주장 가운데 하나는, 이문구의 소설이 서사성이 약하고 플롯이 견실하지 못하다는 것이다. 사실 인물들은 여실히 그려져 있으나 성격이 비슷하고 단조로우며 내면성이 빈약하다. 말을 푸지게 잘하되 모두가 똑같이 똑같은 방식으로 잘하고, 사건을 통해 타인과 연관되면서 변화하지 않는 경향이 있다. 사회적 성격을 강하게 지니고 있으나 그것이 사회 환경과의 관련 속에서 형상화되거나 형성, 발전되는 면이 적어서 스토리가 약하고 플롯의 극적 요소도 적어진다. 이것이 바로 전을 지향하는 정신과 서술이 안고 있는 문제점들이다.

여러 작가가 연작을 많이 쓴 1970년대의 맥락에서 살필 점도 많지만, 이문구에게 연작이 많은 이유는 이러한 문제점을 연작 형태로 극복하려 했기 때문인 듯하다. 이문구의 연작은 비슷한 인물들을 병치하고 유사한 상황에서 일어나는 사건들을 반복함으로써, 시간적으로 전개되는 대신 공간적으로 확산되고 심화되는 이야기인 '공간적 소설'의 특성을 지닌다. 그는 병치와 반복에 의한 공간적 확장을 통해, 시인 고은의 『만인보』처럼 여러 '동네 사람들'의 초상화로 가득한 거대한 시대의 벽화를 그리고자 한 셈이다.[37]

---

37 이는 이문구의 연작에만 한정된 진술이 아니다. 1970년대는 연작의 시대였다. 연작소설의 공간성은 장편소설의 시간성, 즉 인과적 계기 속에 통합된 가치관을 형상화하는 미적 원리에 이르지 못한 것으로서, 파편화된 현실과 상동 관계이다.

4. 초점자 서술

이문구의 작품은 스토리가 약하다거나, 전을 지향함으로써 안게 된 문제점을 해소하기 위해 연작 형식이 산출되었다는 진술은 그것대로의 근거가 있지만, '이문구의 소설' 고유의 특성에 적절히 접근하지 못한 결과일 수 있다. 그 부정적인 어법이 암시하듯이, 이른바 '극적 소설'을 하나의 완성 형태로 전제하고 이와 다른 점을 '미달'되었거나 극복해야 할 것으로 판단하는 진술일 수도 있다는 의미이다. 이러한 진술은, 작가로서 의식하지 않을 수 없었을 비판을 염두에 두고 이문구가 기울인 노력과, 그 과정에서 빚어진 형식에 대한 분석이 없다면 일방적인 판단이 되기 쉬울 터이다.

앞에서 살폈듯이, '전의 정신'으로 수행된 이문구의 인물 중심 서술은, 허구적 담화 상황과 그것이 창출하는 허구세계의 독립성을 그다지 따로 의식하지 않는다. 그는 윤리적 사명을 띤 공적 자아로서 엄정하고 우월한 위치에서 자기의 목소리로 서술한다. 인물의 대화뿐 아니라 바탕글에도 쓰인 토박이말, 입말 투, 충청도 방언 등은 그가 비허구적 서술공간에서, 경험적 존재로서, 자기 입말로, 또 주권적 태도로 서술하고 있음을 보여주는 두드러진 증거이다. 이처럼 허구적 서술상황의 분리가 분명하지 않은 채 경험적 서술상황의 연장선에서 서술행위가 이루어지면, 주제가 인물의 성격이나 갈등의 전개를 통해 형상화되기보다 작자-서술자의 직설적인 담화를 통해 제시되기 쉽다. 이문구의 소설에서 일부 서술이 소설 형식을 빌린 논설이나 인물의 입을 빌린 작자의 연설 같은 것은 그 때문이다.

이문구의 작품들은, 이러한 문제점을 해소하기 위해 그가 언제부터 어떤 노력을 했다고 논할 만큼 시기에 따른 변화가 뚜렷하지 않다. 작자-서술자가 변치 않을 때가 많고 연작도 비슷한 제재와 형태로 되풀이되는 것으로 미루어, 그것을 문제점으로 의식했는지도 의문스럽다. 하지만 플롯이 견고

한 작품을 쓴 김동리를 아버지처럼 여긴 사람답게, 또 민주화 운동의 물결을 타고 진보적 리얼리즘이 몰아치는 현실에서 자신의 세계관이 문제 된 상황을 타개하기 위해 여러 기법적 모색을 한 것으로 보인다.

이문구는 앞에서 지적한 점들을 지양하며 나름대로 소설의 미적 형식을 확립하기 위해 점차 삼인칭 서술을 택하면서 초점자 서술, 장면 중심 서술, 회귀 구성 등의 기법을 사용한 것으로 보인다. 이런 방법들이 일관되게 단계적으로 채용되지는 않았으나, 순서를 정하고 나누어 다루기로 한다.

먼저 '초점자focalizer 서술'이란 대상을 바라보는 인물인 초점자 혹은 반영자reflector를 활용한 서술(인물-초점자 서술)로서, 서술자가 그의 눈을 빌려 대상을 바라보면서 시야를 그 범위로 한정하는 서술이다. 이는 슈탄첼의 '인물시각적 서술상황figural narrative situation'[38]에서 이루어지는 서술인데, 말하는 자와 보는 자를 분리함으로써 서술을 입체화하고 서술자의 기능도 제한할 수 있다. 이문구의 소설은 작자-서술자가 매우 주권적이기 때문에 인물의 심리와 개성이 무시되기 쉽다. 앞에서 살폈듯이, 서술자가 인물이 처한 상황과 환경을 무시한 채 전면에 자기 존재를 노출하고 독백하듯 서술하는 경우가 많다. 그러나 초기작인 「김탁보전」(1968)에서는 초점자 서술을 활용하여 서술자의 기능을 제한하려는 시도가 간헐적으로 엿보이며, 『우리 동네』 연작과 풀 연작에서 집중적으로 나타난다.[39]

그러자 유는 못 들은 척하고 양수기부터 껐다.
양수기가 숨을 거두자 온 동네를 쓸어간 것처럼 금방 적막해졌다. 사람 사는 세상이 이렇듯 조용하고 아무것도 없을 수 있을까 싶게, 하늘도 아무렇지도 않고

---

38 F. K. Stanzel, 김정신 역, 『소설의 이론』, 서울: 문학과비평사, 1990, 93쪽.
39 풀 연작과 같은 이문구의 콩트에는 초점자 활용 서술이 잘 이루어진 작품이 많다. 인물이 매우 제한되고 작품 규모가 작아 작자-서술자가 후퇴할 수밖에 없기 때문일 것이다. 초점자 서술이 항상 성공적이었던 것은 아니다. 그것이 일관성을 잃으면서 균형이 깨진 작품이 『우리 동네』에도 있다. 「우리 동네 최씨」가 그것이다.

땅은 땅대로 그냥 있는 채 그런 틈이 생기던 것이다. 김은 속에서 불이 일며 바로 터질 것 같았다.

　그러나 그는 곧 스스로 다른 것을 생각했다. 어차피 물을 끌어올리기 틀렸다면 속이나 실컷 풀어볼 일이었으니, 못된 것이 바로 눈앞에 있음에도 그만 한 힘을 못 보이고 물러난다면, 바깥 세상이 막판으로 치달리는 꼴에 대해선 무엇으로도 나설 만한 자격이 없다고 매듭이 나던 것이다. 그러므로 김은 유의 덜미부터 비틀어서 뉘우침을 보이도록 해보리라고 다짐했다. 〔「우리 동네 김씨」, 『우리 동네』(이문구 전집 12), 25쪽〕

　위에서 서술자의 조망은 주인공인 김의 눈과 마음에서 그리 벗어나지 않는다. 밑줄 친 부분에서 두드러지듯, 표현에 김의 목소리가 짙게 묻어서 간접화법에 가까운 부분도 많다. 양수기가 꺼진 후의 공간 묘사 역시 김을 초점자로 삼았는데, 그의 내면을 간접적으로 표현하는 상관 객체로 공간을 활용했다.

　이런 서술을 통해 표현이 간접화되는 동시에 작자─서술자의 개입이나 중개성이 억제되면 서술자와 작자 사이의 근친성도 옅어지고, 그의 이데올로기 또한 중립적으로 보이게 된다. 또한 초점자 역할을 하는 인물과 그가 바라보는 대상 모두가 객관적 존재로 형상화되면서 인물의 성격이 조형되고, 서술된 세계의 독립성 혹은 완결성이 얻어질 가능성이 열린다. 거기서 나아가 「김탁보전」, 「암소」, 「우리 동네 황씨」 등에서와 같이 초점자가 바뀌거나, 「장곡리 고욤나무」에서처럼 주제적 기능이 강한 담화를 인물들이 나누어 맡음으로써 서술이 입체성을 띠면 이문구 작품 특유의 '소설적 통일성과 형상성'을 지닌 작품이 태어난다. 그뿐이 아니다. 작자─서술자의 후퇴는 그의 공적 성격을 약화시켜 그가 훨씬 '몸이 가벼워지게' 한다. 그의 이야기꾼적인 면이 강화되는 것이다. 따라서 서술은, 『우리 동네』 연작에서 여실히 나타나듯이 해학성과 풍자성이 강해진다.

5. 장면 중심 서술

이야기가 상상력을 자극하는 체험의 대상이 되려면 그럴 만한 구체적 형상이나 서사적 육체를 지녀야 한다. 이문구의 연작의 육체는 주로 인물들이 처한 상황과 그에 대한 반응을 보여주는 몇 개의 장면 중심으로 이루어진다. 구술성이 강한 텍스트답게 몇 장면이 매우 확장되어 이야기의 몸피를 이루는 것이다.[40] 특히 서두에 그런 장면이 놓이므로 이야기의 흐름이나 사건 전개가 완만하다는 인상을 줄 때가 많다. 이처럼 서술이 상황의 변화보다 상황 자체에 대한 세밀한 서술과 대화 위주인 점, 그리고 작품이 시간적이라기보다 공간적 형태를 띠는 점이 이문구 작품의 또 다른 특징이다. 앞에서 이문구의 작품에 연작이 많은 이유를 그가 공간적 소설을 지향했기 때문으로 보았는데, 이러한 개별 작품의 공간적 서술 양태가 전체 연작의 공간성을 초래한 셈이다. 단편소설보다 매우 정제되어 보이는 그의 콩트는 반어적이게도, 단일한 상황 중심이라는 콩트의 형식과 이러한 특징이 만난 결과이다.

사건 중심적이라기보다 상황 중심적인 이러한 서술에서 두드러진 장면들을 분류하면, 풍경을 치밀하고 시적인 언어로 그려낸 장면, 삶의 작은 삽화를 흡사 박물지처럼 갖가지 사실과 지식을 동원하여 세밀하고 익살스럽게 그려낸 장면 등이 있다. 하지만 무엇보다 압권은 수다, 어희語戱, 익살, 풍자 등으로 가득 찬 입씨름(언쟁) 장면이다. 이 장면들은 작가의 탁월한 어휘력과 입담으로 세태 서술의 독보적 경지를 보여주면서 독자의 정서와 흥미를 자극하고 유지시킨다. 특히 입씨름 장면은 '말하는 행동' 자체로 사건을 삼은, 혹은 그것으로 사건을 형성하는 결과를 낳는다.[41] 인물의 발화 행위

---

40 판소리(계 소설)의 '부분의 독자성'과 통하는 특징이다.
41 전정구는 이문구의 문체를 '대화 문체'라 부르면서, 그의 소설은 "장면 단위의 대화로 이야기를

자체, 그 내용과 상황의 변화 자체가 사건이 되는 것이다. 이문구의 작품에는 유난히 모임 장면이 많다. 거기서 인물들은 어떤 화제를 가지고 싸우거나 '돌아가며 한마디씩' 비평하는데, 이를 통해 주제적 의미와 각종 정보가 여러 입으로 분산되어 제시된다. 아울러 그들이 궁핍과 갈등에 빠진 원인과, 그들 자신이 이미 감염되어 있는 사회 환경의 부정적 요소가 점차 드러난다. 작자-서술자가 주권적으로 말하던 것이, 그 대목에서는 인물들의 대화 행위와 이를 통해 드러나는 인물과 현실 사이의 교섭으로 형상화되어 배어나오는 것이다. 그 대목에서는 작자-서술자가 요약적으로 말한다기보다 인물과 그의 '말하는 행위가 말을 하는' 셈이다.

따라서 이러한 장면 서술은 "의식의 자동화 현상 때문에 이미 존재하고 있는 것을 존재하지 않는 것으로 만들어버린 것을 지각하게"[42] 만든다. '낯설게 하기' 효과를 발휘하는 것이다. 이러한 효과는 특히 『우리 동네』 연작에서 두드러지는데, 사사로운 말과 공식적인 말, 표준어와 사투리의 뒤엉킴을 통해 공권력이 개인의 삶을 파괴하고 도시의 소비문화가 농촌의 전통문화를 타락시키는 1970년대 후반~1980년대 초반 농촌사회의 구체적 모습을 '천천히' 우스꽝스럽게 지각하게 한다.

6. 회귀 구성

장면 중심 서술은 삽화 중첩 현상을 낳고, 그에 따라 사건의 전개가 지체되면서 사건 혹은 스토리의 뼈대가 가늘어지거나 흐려진다. 게다가 작자-

---

구성해간다. 그의 소설에서 대화 장면은 내러티브 구성의 고리 역할을 한다"고 했다(전정구, 앞의 글, 224쪽).

42 김치수, 「유머와 소설기법」, 『문학과 비평의 구조』, 서울: 문학과지성사, 1984, 122쪽.

서술자의 입담이 승하여 화제가 옆길로 새거나 어느 장면을 너무 확장시켜 버리면, 작품이 완성된 플롯을 지니지 않은 듯한 인상을 주게 된다. 하지만 플롯에는 여러 종류가 있고 생명체가 갖가지 모습을 지니고 있듯이 작품의 통일성에도 여러 형태가 있다. 앞에서 이문구 작품의 미적 원리는 공간적이라고 언급했는데, 연작들에서 유형적이라고 할 수 있을 정도로 되풀이되는 공간적 플롯이 이를 확인시켜준다.

먼저, 하나의 장면이 제시된다. 이 장면은 작품을 이루는 장면 중의 장면으로서, '서술하는 현재'의 기본 상황을 인상적으로 제시한다. 따라서 이 '현재'는 자연스럽게 전체 스토리와 서술의 '시간 기점'이 된다. 이어서 그 기점 이전의 과거, 즉 현재 상황을 초래한 과거가 서술된 뒤 다시 처음 장면으로 돌아와 끝나거나, 그것이 앞으로 다소 전개된 후 끝난다.[43] 이러한 양상을, 도입부의 장면이나 상황으로 되돌아온다는 데 중점을 두어 '회귀 구성'이나 '원형 구성'이라 부를 수 있다. 이 플롯은 인물 위주의 정적인 이야기에 변화를 주고, 장면 중심 서술에 질서와 미적 형태를 부여하기 위해 도입한 듯하다. 회귀 구성은 공간적으로 펼쳐진 갖가지 화제와 인물들을 보자기에 싸는 것과 같은 효과를 발휘하기 때문이다.

나무 연작은 거의 모든 작품이 유형적으로 회귀 구성을 취하고 있다. 거기서의 회귀는, 장면 혹은 상황뿐만 아니라 그것을 서술하는 말 자체까지의 회귀, 즉 언술 반복의 양상을 띤다. 예를 들어 「장곡리 고욤나무」[44]는 다음

---

43 이문구는 "소설 줄이라 써볼 마음이 들더라도 이야기를 마무리 지을 맨 마지막 장면이 확실해지지 않는 한 손을 대지 않는다"(『마음의 얼룩』(이문구 전집 18), 서울: 랜덤하우스중앙, 2005, 200쪽)고 했다. 장면 중심적으로 썼다는 말인데, 작품을 놓고 본다면 결과적으로 그는 '마지막 장면'이라고 한 장면을 먼저 도입부에 제시하고, 그 원인을 서술한 후 회귀하거나, 사정에 따라 거기서 다소 진전시켜나간 셈이다.

44 나무 연작의 첫 작품이며 가장 성공한 작품으로 보인다. 다른 작품들은 이 첫 작품의 성취를 모방 혹은 반복했다고 생각되는데, 『관촌수필』과 『우리 동네』 연작 역시 이러한 양상을 띠고 있다. 하나의 미적 형태가 얻어지면 일종의 자기 모방, 확대 재생산을 한 셈이다. 이문구가 자기의

과 같은 말로 시작되고 끝난다.

> 퉤. 재미없어서 죽었다는 말이 무슨 뜻인지도 모르고 재미없어하는 병신 같은
> 놈들. 봉출 씨는 톱자루를 쥔 손에 침을 뱉었다. 그리고 고욤나무 밑동을 베기 시
> 작했다.〔「장곡리 고욤나무」, 『내 몸은 너무 오래 서 있거나 걸어왔다』(이문구 전
> 집 20), 204쪽〕

회귀 구성 작품에는 두 가지 시간 차원, 즉 첫 장면이 전면前面에 부각시
키는 서사적 현재의 차원과, 거기에 이르기까지의 원인을 제시하는 서사적
과거의 차원이 두드러지게 나뉘어 존재한다. 나무 연작의 경우, 현재적 사
건은 작품의 앞과 끝에 놓여 중요성이 크지만, 반복되는 서술의 양은 과거
적 사건에 비해 매우 적다. 그러므로 과거적 사건 서술이 서술의 대부분을
차지하여 정적인 느낌을 주기 쉽다. 나무 연작 8편은 모두 위와 같은 회귀
구성의 기본형을 취하고 있는데, 그중 3편[45]은 현재적 사건이 앞으로 더 진
행되고, 그에 따라 시간 기점 이전보다 이후에 관한 서술이 커지면서 전체
적으로 작품에 균형감과 운동감이 생긴다. 하지만 앞의 인용에서도 볼 수
있듯이 현재적 사건의 갈등이 약하여, 즉 서술 자체가 갈등을 동력으로 추
동되는 면이 적어서 그 효과는 제한된다.

『우리 동네』에 수록된 총 9편 중 나중에 발표된 「우리 동네 정씨」, 「우리
동네 강씨」, 「우리 동네 장씨」 등 3편은 언술까지 반복되지는 않지만 시간
이 현재로 회귀하여 끝나는 기본형을 취하고 있다. 이에 비해 「우리 동네 김
씨」, 「우리 동네 황씨」, 「우리 동네 리씨」, 「우리 동네 조씨」 등 4편은 현재로
회귀한 후 더 전개되는데, 현재적 사건의 국가 대 개인 혹은 공권력 대 민중

형식을 창조하기 위해 얼마나 모색했는가를 보여주는 사실이다. 한편, 이 작품이 처음 발표된
책(『우정 반세기』, 서울: 창작과비평사, 1991)에는 인용한 부분이 맨 끝에만 있었다.
45 「장석리 화살나무」, 「장이리 개암나무」, 「장척리 으름나무」.

의 갈등이 선명하고, 서술된 시간 전체가 하루 이내로 한정되어 있으므로 긴장감이 형성된다. 그 가운데 과거가 매우 축소되고 물싸움이라는 한 가지 사건이 중심인 「우리 동네 김씨」는 이문구의 작품에서 보기 드물게 극적인 플롯을 지니고 있다. 한편 「우리 동네 조씨」는 이 갈래에 들되 현재와 과거의 교차가 여러 차례 나타난다.[46]

이렇게 볼 때, 발표된 순서를 고려하면 『우리 동네』 연작에서 나무 연작으로의 변모에는 퇴행적인 면이 있다. 회귀 구성의 형식적 양상은 비슷하지만 갈등의 사회적 성격과 그것의 제시가 약해지는 데다 회귀 구성이 정태적, 형식적이 되기 때문이다. 이 두 연작 사이에 발표된 작품은 풀 연작과 「강동만필」 연작이다. 풀 연작은 『우리 동네』 연작의 콩트 판이니 따로 언급할 점이 없다. 그런데 「강동만필」 연작에서는 '나'가 주인공에 해당하는 인물 한 사람에 관해 전이나 행장처럼 서술하고 있다. 『관촌수필』의 서술로 돌아갔다고 볼 수 있으나, '나'는 작자−서술자의 특징을 현저히 적게 지녔으며, 부정적 인물을 풍자적 태도로 서술하고 있다. 「강동만필」은 비록 3편에 그쳤지만,[47] 그 방향으로 계속 나아갔다면 풍자가 더욱 강해졌을 것이다.

7. 맺음말―타자이기를 거부함

이문구의 소설은 작자와 서술자가 상대적으로 덜 구분된 상황에서 서술

---

46 「우리 동네 최씨」는 초점자 서술과 작자−서술자 서술이 뒤엉켜 파탄을 일으킨 작품이다. 「우리 동네 류씨」는 두 갈래 중 한 쪽에 넣는 것이 부자연스러운 혼합 형태이다. 중심인물도 류씨라기보다 그의 아내이다.

47 이문구의 작품은 부정적 인물을 주인공으로 삼는 경우가 드물다. 「강동만필」 연작 가운데 2편은 부정적 인물을 풍자하고 있는데, 이는 이문구로서는 '못마땅한' 일이라 중단되었다고 본다. 그는, 비판정신은 꼭 지녀야 하지만 풍자적 글쓰기는 글쓰기의 정도正道가 아니므로 피해야 한다고 여겼을 것이다.

된다. 이 글에서 작자-서술자라고 명명한 그 상황의 서술 주체는 이야기꾼 같은 입말 투로 직접적, 주권적으로 서술한다. 기본적으로 허구세계의 독립성을 그다지 염두에 두지 않는, 혹은 허구적 이야기 방식을 별도로 상정하지 않는 이러한 서술 태도는 '근대소설'적이라고 하기 어렵다. 이러한 서술의 상황과 태도는 판소리 사설이나 채만식 소설의 그것을 이어받았다고 할 수도 있지만, 작자가 의식적으로 '근대소설'적이기를 거부했기에 창출되었다고 볼 수도 있다. 또한 전의 서술 정신과 형식을 이어받았기에 더욱 강화되고 이념적으로 공고해진 듯하다. 이문구 작품의 작자-서술자는 기본적으로 전 기술자記述者이자 이야기꾼이며, 작자와의 근친성이 강하다.

이문구의 이야기 작품에는 전 양식을 이어받았거나 그 정신으로 서술된 것이 많다. 이 글에서 논의한 연작 전체가 전들의 집합, 즉 현대판 열전이라고 할 수 있다. 작품들에 나타난 작자-서술자의 선비 같은 태도와 민중의 삶에 관한 적실한 서술, 또한 그들을 궁핍에 빠뜨리는 것들에 대한 비판은 『관촌수필』 연작에서 한 절정을 보여주지만, 전근대적·보수적 이데올로기의 노출과 이야기로서의 평면성을 문제점으로 안고 있다.

인물 중심의 전 지향 서술에 내포된 기법적 문제점을 이문구는 초점자 서술, 장면 중심 서술, 회귀 구성 등의 방법으로 넘어선다. 이러한 모색은 대체로 이데올로기의 차원보다 기법의 차원에서 작자-서술자의 기능을 다소 제한하는 동시에 그의 이야기꾼적인 면을 부각시켜 풍자성과 해학성을 강화하는 방향으로 이루어졌으며, 『우리 동네』 연작과 나무 연작에서 집중적으로 시도되어 좋은 효과를 거둔다. 그 결과 이문구의 작품이 도달한 '소설'의 미적 형태는, 인물 위주, 대화 혹은 입씨름 장면 중심, 회귀 구성, 연작 형식 등의 서술을 통해 공간성이 강화된 소설, 곧 '공간적 소설'이다.

이문구의 이야기 작품은 한국 근대 이야기 문학사가 직면해온 문제들을 특히 서술층위에서 총체적으로 보여준다. 그것은 구어적/문어적, 전적/소설적, 기록적/허구적, 주제 중심적/형식 중심적, 인물 중심적/사건 중심적, 경세적 충동/미적 충동 등의 대립으로 나타난다. 이문구의 작품은 각 항의 앞 항목들에 쏠린 상태에서 개성과 미적 형태를 얻는다. 이문구의 작품이 부각시키는 이러한 '낯선' 양상은, '한국 근대소설'은 어떤 모습을 지니고 있고 또 지녀야 하는가에 대한 주체적 관심이 우리에게 부족했음을 일깨운다. 이문구는 자기 이야기 전통에서 타자 되기를 거부함으로써, 근대화, 서구화의 격랑에 휩쓸려 한국 소설이 스스로 주체이기를 포기해왔음을 폭로한다. 이는 그의 작품이 자기 나라 안에서 타자화되고 식민화된 농어민과 도시 하층민의 삶을 형상화해낸 것 못지않게 중요한 사실이다.

제7장 이데올로기

가족 이데올로기와 소설—최서해의 「해돋이」를 예로

1. 문학과 이데올로기

이데올로기라는 말은 여러 영역에서 중시된다. 사회학을 비롯한 관련 학문 분야는 물론, 담론이나 텍스트 연구, 문화 연구, 기호학, 의사소통론 등에서도 주요 개념 가운데 하나로 쓰인다. 문학을 중심으로 볼 때, 문학과 사회의 관계 연구, 혹은 사회적 맥락에 중점을 둔 문학 연구에도 핵심 용어로 사용된다.

이제 '이념'이라는 한국어로 일컬으면 부적절한 경우가 있을 정도로 굳이 '이데올로기'라고 불려온 이 개념은 '세계관', '가치관' 등과 통하지만 훨씬 정교하고 동적動的이다. 주지하듯이 이 개념은 특히 마르크스주의에 의해 발전했는데, 여러 분야, 여러 사람에 의해 다양하게 뜻매김되어 그 점만 다루어도 큰 연궂거리가 될 것이다. 그 작업을 했다고 볼 수 있는 테리 이글턴Terry Eagleton은 이에 관한 정의들을 개괄했는데,[1] 그보다 먼저 올리비에

---

1 테리 이글턴, 여홍상 역, 『이데올로기 개론』, 서울: 한신문화사, 1994, 40~44쪽.

르불Olivier Reboul이 다른 각도에서 한 뜻매김[2]을 참고하면서 그 대강을 간추리면 다음과 같다.

첫째, 그것은 사회적 관념, 사상, 신념, 가치, 태도 등인 동시에 그것이 형성, 생산되는 과정이다.

둘째, 그것은 특정한 집단 혹은 계급의 삶의 조건과 체험을 반영하고, 그 이익과 권력을 합리화하고 증진하며 자체의 과학성을 주장한다(집단성, 당파성, 설득적·비판적 특성, 합리성 추구 경향).

셋째, (지배적 권력이) 사회 구성원을 통합하는 한편 자체의 욕망과 논리를 은폐하여 사회 구성원을 기만하는 데 이용된다. 이때 사용되고 작동되는 의식 형태, 정서, 이미지 등도 이데올로기에 포함된다.

넷째, 사회의 물질적 하부구조를 반영하는 상부구조로서, 인간의 '현실에 대한 체험적 관계' 전반을 지배한다.

앞의 진술에도 포함되어 있듯이, 이데올로기의 개념 논의에서 강조되는 것은 그것이 권력에 의존하며 그 이해관계에 이바지하는 권력 그 자체라는 점, 이성적인 면이 있으나 집단 구성원을 기만하는 허위의식, 즉 거짓된 믿음의 측면이 있다는 점, 그리고 인간의 온갖 관계와 체험, 의식과 현실에 두루 관련되지만 '자연화'되어 있어서 객관적으로 인식하고 해체하기 어렵다는 점 등이다.

문학은 이데올로기의 지배를 받는 현실을 재현할 뿐 아니라, 고유의 관습과 규범을 지닌 하나의 제도이자 이데올로기 기구이기 때문에 그 역시 이데올로기를 벗어날 수 없다. 벗어나기는커녕 오히려 그것을 표현하고 강화하며 나아가 생산할 수 있다. 하지만 동시에, 문학의 기능 가운데 하나가 비판이요 해체이므로, '진지한 문학'은 삶에 젖어 있고 삶 자체를 추동하는 이데

---

2 올리비에 르불, 홍재성 외 역, 『언어와 이데올로기』, 서울: 역사비평사, 1994, 21~26쪽.

올로기의 정체와 그 작동 방식을 폭로한다.

이데올로기 자체가 의식적이기보다는 무의식적으로 기능하는 데다 문학과의 관계가 이처럼 양면적 혹은 다중적이므로, 연구의 대상과 방법이 단순하지 않다. 우선 우리는 작품에 그려진 삶 자체의 개별적이고 구체적인 이데올로기적 양상을 관찰할 수 있다. 그런데 그것은 단순하고 소박한 의미의 반영이 아니다. 그려진 현실과 함께, 그것을 그리는 작가, 또 작가로 하여금 그렇게 그리도록(생산하도록) 하는 소속 집단과 사회현실 등의 이데올로기가 갖가지 형태로 관여하기 때문이다. 그리고 장르의 규범과 같은 문학적 관습도 거기에 관여하기 때문이다. 따라서 우리는, 앞으로 논의할 가정소설과 같이, 이데올로기를 반영하고 형상화하는 데서 나아가 그것을 공고히하고 재생산하는 데 작용하는 갈래나 담론의 양식 자체의 기능을 살필 필요가 있다.

가족 혹은 가정은 문학에서 중요한 제재이자 주제이며 상상의 모델이다. 그것이 인간 사회의 기본 단위이기 때문이다. 문학 연구와 이데올로기 연구는 그것을 매개로 결합될 수 있다. 여기서는 가족 이데올로기를 한국 소설문학을 대상으로, 특히 그 주제층위 중심으로 연구하는 방법을 살피려 한다. 이론적 논의를 정리하고 궁리함과 아울러 최서해의 단편소설 「해돋이」를 대상으로 실제 연구 방법을 모색하고자 한다. 이런 작업이 문학을 지나치게 낭만적으로 대하거나 경직된 모순적 관념이 지배적인 것처럼 보이는 한국의 문학 현실[3]에서, 문학의 본래 모습에 걸맞은 균형 잡힌 연구, 아울러 한국 문화의 맥락에 충실한 연구를 하는 데 이바지할 수 있기를 기대한다.

---

3 필자는 이 문제를 「진지하지만 추상적인, 고상하나 너무 단조로운」(『문학·판』 제20호, 열림원, 2006. 9, 202~214쪽)에서 다룬 적이 있다.

2. 가족, 가족 이데올로기

가족은 불변의 본질을 지니고 있으며 그 형태 역시 그러하리라고 여기기 쉽다. 그렇게까지는 아니더라도, 역사의 특정 시기에는 오직 한 가지 가족 유형만이 존재하리라고 생각하기 쉽다. 하지만 다이애너 기틴스Diana Gittins는 "가족the family과 같은 것은 없다. 오로지 가족들families이 있을 뿐"[4]이라고 주장했다. 서유럽 사회에서 '가족'이란 남성과 여성 사이, 그리고 부모와 자녀 사이의 장기적인 관계 혹은 공동 거주를 바탕으로 하며, 논의의 여지가 많고 애매함과 모순으로 가득 차 있는 하나의 이데올로기적 관념이라는 것이다.

그럼에도 불구하고 가족은 가장 자연적이고 기본적인 인간의 공동체요 가치라는 관념이 존재해왔고, 그에 따라 사회적·경제적·종교적 체계 속에서 가장 기초적인 단위로 간주되는 한편, 어떤 이상적 세계로 추구되어왔다. 그리고 가족이나 부족의 우두머리를 아버지, 남편으로 삼음으로써 남성과 여성, 부모와 자식 사이의 권력적 위계를 확립하는 가부장제 이데올로기 또한 사회를 규율하는 원칙으로 폭넓게 작동해왔다.

이런 점들을 고려할 때, 가족에 관한 연구에는 실제로 어떤 형태의 가족이 존재했느냐에 관한 실증적 작업 외에, 무엇이 가족으로 생각되었으며 왜 그렇게 생각되었는가, 그러한 생각은 무엇에 이바지하고 어떤 영향을 끼쳤는가 따위의 가족 이데올로기의 특성과 작동 양상에 대한 분석, 해체 작업도 필요함을 알 수 있다. 여기서 가족 이데올로기란 가족에 대한 관념은 물론 관련된 가치체계, 그것을 모델로 한 상상체계 및 실제 조직체계, 또 그것들이 결합하고 작동하며 이익을 추구하고 권력을 실현하는 과정 등을 포괄

---

4 다이애너 기틴스, 안호용 외 역, 『가족은 없다―가족 이데올로기의 해부』, 서울: 일신사, 1997, 22쪽.

한다. "인간의 사회적 행동 대부분은 '가족' 이데올로기 안에서 일어나고, 또 그것을 바탕으로 판단되"[5]므로, 이 작업은 매우 중요하다.

가족 이데올로기를 논의할 때 자주 등장하고 다소 혼란을 일으키기도 하는 용어로 '가족주의familism'와 '가족 로망스'가 있다. 가족주의는 가족'을 중심으로 삼는' 주의(가족중심주의), 즉 가족을 어떤 집단보다 중요시하고 그 것의 유지 및 번영을 추구하며 가족의 질서를 다른 사회의 질서로 확대하는 태도 또는 가치체계[6]로, 경우에 따라 가족을 옹호하고 강화하려는 보수적 입장을 내포할 수 있는 개념이다. 그에 비해 가족 이데올로기는 가족'에 바탕을 둔' 혹은 가족'과 관련된' 이데올로기라는 비교적 중립적인 개념으로 여겨진다. 가족주의가 특정한(주로 봉건주의적, 중세적) 가족 형태와 가치를 전제하는 개념이라면, 가족 이데올로기는 특정한 대상에 한정하지 않고 가족 구성원 사이에 존재하(여야 한다고 여겨지)는 정서적·권력적 관계와 그에 따른 행동양식, 가치 의식 등은 물론 나아가 그들이 가족 바깥의 사회와 인간관계에서 하나의 모델 또는 상징체계로 작동하는 과정에 중점을 둔 개념이다.

'가족 로망스' 또는 '가족소설'은 프로이트의 용어로서, 부모에 대한 아이의 동일시 과정에서 나타나는 심리적 기제를 가리킨다. '나는 누구인가' 하는 의문에 빠진 아이는 자기의 진짜 부모를 비천한 존재로 여겨 부정하고 (아버지 부정) 우월한 부모가 등장하는 가짜 이야기(판타지, 허구)를 만드는데, 이것이 가족 로망스이다. 이 이야기는 부모를 상상적으로 대체하는 동시에 갈망하는 심리의 소산이다. 이는 정체성과 권력 관계를 형성하는 심리 과정이므로 프로이트는 이를 혁명가, 예술가 등이 기존의 것을 부정하고 새것을 창조하는 과정에까지 적용하여 하나의 보편적 심리적 기제이자 심리

---

5 다이애너 기틴스, 안호용 외 역, 앞의 책, 111쪽.
6 최시한, 『가정소설 연구—소설 형식과 가족의 운명』, 서울: 민음사, 1993, 14쪽.

를 분석하는 틀로 삼았는데, 가족 이데올로기를 논의하는 이들이 이것을 본받기도 한다.[7]

가족 로망스 개념은 인간의 사고와 심리를 분석하는 틀로 유용하지만, 말 그대로 개념적 틀이자 상상의 유형이므로 분석 대상의 성격과 층위에 따라 이 용어에서의 '가족'은 하나의 비유가 될 수 있다. 가족 관계 속에서 아이가 정체성을 확립해가는 과정을 바탕으로 정립된 개념이, 가족과는 거리가 먼 상황에서 작동하는 그와 유사한 심리적 기제나 이데올로기적 현상을 가리키는 데 사용될 수 있기 때문이다. 이때 환원론적 오류에 빠지기 쉬운데, 이처럼 용어 자체가 비유적이기까지 하면, 그 논의가 실제적이든 관념적이든 '가족'이라는 존재로부터 멀어지는 문제가 생길 수 있다. 이는 가족 이데올로기 연구 자체가 이데올로기 연구이기에 안고 있는 문제이다.

예를 들어 '근대소설은 가족 플롯family plot을 지녔다'거나, 아버지에 반항하며 '새로운 아버지를 찾는 이야기가 근대소설'이라고 할 때의 '가족', '아버지' 등은 비유적인 면이 강한 말이다. 그러므로 소설과 같이 삶의 구체적인 모습이 재현된 텍스트를 대상으로 가족 혹은 가족 이데올로기를 논의하는 연구자는, 논리의 정합성을 위해 어디까지를 자신이 다룰 층위와 범주로 삼을 것인지를 먼저 고려할 필요가 있다. 극단적으로 말하면, 전혀 가족 관계에 놓여 있지 않거나 가족 문제로 고민하지 않는 인물들이 등장하는 작품을 대상으로 삼으면서도 '가족 이데올로기'를 논의할 수 있기 때문이다.

---

7 한국 근대소설을 대상으로 한 이 방면 연구의 하나로 권명아, 『가족 이야기는 어떻게 만들어지는가』(서울: 책세상, 2000)를 들 수 있다.

3. 한국 문화와 가정소설 연구

가족주의는 한국인과 그 문화의 특징을 거론할 때 흔히 지적된다.[8] 이는 가족, 가정, 가문, 집, 집안 등의 말이 발달하고 그 의미가 복합적이며, 개인과 사회를 강하게 규율하는 힘을 지니고 있는 데서도 알 수 있다.

가족주의가 한국적인 형태로 체계화되고 의식화되는 데 가장 크게 작용한 것은 유교 이데올로기와 관련 규범들이다. 유교는 '수신제가치국평천하修身齊家治國平天下'라는 말에 압축되어 있듯이, 가족과 나라를 동일시하되 가족을 우선시하여 치국治國 원리를 제가齊家 원리의 연장으로 여긴다. 이는 충忠에 앞서 효孝를 중시하며, 나라를 확대된 가족인 국가國家라고 부르는 데서도 확인된다. "혈연적 가족주의 사회"[9]인 조선부터 현대에 이르기까지, 한국인들은 주로 유교 이데올로기가 규정한 가족이라는 공동체의 규범에 따라 사회화되었고, 그 결과 특유의 가족주의 문화가 자리 잡게 된 것이다.

따라서 가족주의는 한국 사회와 문화의 핵심적 국면을 이루며, 문학 특히 소설에도 깊이 반영되었다. '근대 속의 전근대'적 요소로 비판받으면서도 오늘날까지 엄존한다고 볼 수 있는 가족주의는 근대 이전 문학과 근대문학의 문학사적 연속성을 작품 내재적 요소를 가지고 설정하기에 좋은 연구 주제이다.

고전문학과 근대문학을 통틀어 볼 때, 가족주의는 지금까지 주로 가정소설이라는 갈래 중심으로 연구되었는데,[10] 이에 대해 필자는 다음과 같이 기

---

8 최재석, 『한국인의 사회적 성격』, 서울: 개문사, 1985, 23쪽; 김두헌, 『한국가족제도연구』, 서울: 서울대학교출판부, 1985, 632쪽.

9 조혜정, 『한국의 여성과 남성』, 서울: 문학과지성사, 1989, 69쪽.

10 물론 용어는 가정소설, 가족소설, 가문소설, 가족사소설 등 여러 가지가 약간씩 다른 뜻으로 사용되었다. 한편 근대소설의 경우에는 논의가 보다 다양한데, '가족서사'라는 개념을 사용한 다

술한 적이 있다.

　유교적 가족주의 및 그 규범과 가치체계가 한국 문화의 핵심적인 특징 가운데 하나라고 볼 때, 그것이 소설과 깊은 관련을 지닐 것은 필연적인 일이다. 그러한 문화 속에서의 '가족'이 삶을 형성하고 표현하는 핵심적 범주이자 틀이었기 때문이다. 대부분의 고소설이 주인공의 가계家系에 관한 서술로 시작되고, 가문이 위태로운 상황을 극복하여 헤어졌던 가족의 만남과 그 가문의 번영으로 결말지어지며, 등장인물들이 효와 조상 숭배를 지극히 높은 가치로 추구하는 데서 드러나듯이, 가족주의는 소설과 광범위하고 뿌리 깊은 관련을 맺고 있다. 그 가운데 가족주의와 가장 직접적이고도 본격적인 관련을 맺고 있는 게 가정소설이다. 그만큼 제재와 주제가 가정 중심이고 가족주의적 현실과 밀착되어 있기 때문이다. 한국소설에서 가정소설이 지닌 첫째가는 중요성이 여기에 있다.[11]

　이 인용문에서 가정소설이란, '가족의 논리'에 따라 행동하는 가족 관계의 인물이 중심이 되고, 그들 사이의 관계와 세대교체 원리에 따라 사건이 전개, 결합되며, 가정의 유지 및 번영 문제를 중심으로 모든 요소들이 구조화되는 소설이다. 이는 한국 소설 전반에 존재하는 하위 갈래의 하나로 설정된 것이다.

　그런데 갈래를 중심으로 한 연구는 나름의 장점이 있으나 일정한 한계를 지닌다. 장점은 그 내부의 구조적 원리를 드러냄으로써 독자성과 중요성을 확립하는 데 이롭다는 점이다. 하지만 이 장점은 곧 단점이 될 수 있다. 갈래를 어떻게 구분하느냐에 따라 차이가 있겠으나, 갈래 범주가 연구의 대상과 층위를 한정함에 따라 도리어 족쇄가 되어, 유형성이 뚜렷하지 않은 작품은 소홀히 취급할 수 있기 때문이다. 이것이, 가정소설 연구가 고소설 연구에

　음 연구가 그것을 개괄하면서 새로운 방법을 보여주고 있다. 김진구, 「1940년 전후 가족서사의 정치적 상상력 연구」, 서강대학교 석사학위논문, 2004.

11　최시한, 앞의 책, 18쪽.

집중되거나, 범위를 넓혀도 신소설까지만 대상으로 삼는 경우가 많은[12] 원인 중 하나이다.

이에 비해 '가족 이데올로기' 연구는 갈래 연구의 문제점에서 자유롭다. 그 대신 무엇을 어떻게 연구할 것인가에 대한 섬세한 방법론적 모색이 필요하다. 그 '무엇'에 해당하는 대상을 몇 가지 들어보면, 가족 이데올로기와 관련된 작품의 제재, 주도적 관념(주제), 인물의 심리와 욕망, 작가의 상상력과 글쓰기 행위, 그리고 그 모두에 작용하는 이데올로기 작동 기제 등이다.

4. 연구 방법의 모색 ― 최서해의 「해돋이」 분석

앞에서 지적했듯이, 가족 이데올로기 분석은 '가족' 이데올로기 연구에서 벗어나거나 작품의 '가족 중심적' 양상에서 지나치게 멀어질 수 있다. 물론 그것이 항상 잘못이라는 것은 아니다. 논의의 목표에 따라 그럴 수도 있으나, 거대담론의 추상성에 함몰되거나 환원론적 오류에 빠지는 것은 경계해야 한다.

소설을 비롯한 이야기 문학을 대상으로 가족 이데올로기를 분석하려면 우선 인물들의 사회적 성격과 이데올로기적 특질[13]에 주목할 필요가 있다. 인물의 행동은 물론 기질, 욕망, 신분, 직업 등의 관련 성격소 전반을 이데올로기의 맥락에 놓고 해석하는 것이다. 그리고 작품의 스타일이나 형식에 의한 굴절[14] 혹은 착종에 유의하면서 작품 전체 구조의 초점이 지향하고 형성

---

12 신소설까지를 대상으로 한 연구를 일부 들면 다음과 같다. 조동일, 『신소설의 문학사적 성격』, 서울: 서울대학교출판부, 1973; 이원수, 『가정소설 작품세계의 시대적 변모』, 마산: 경남대학교 출판부, 1997; 이성권, 『한국가정소설사연구』, 서울: 국학자료원, 1998.

13 최시한, 『소설의 해석과 교육』, 서울: 문학과지성사, 2005, 176쪽.

14 필자는 작가의 이데올로기가 「사랑손님과 어머니」(주요섭)의 초점화 방식에 어떻게 작용하였

하는 가치나 사상의 이데올로기적 작동 체계를 분석할 필요가 있다. 그 작업은, 작품의 이데올로기적 특질과 구조가 어떤 집단의 사고구조, 권력적 이해관계 등과 부합하거나 대립[15]하는가를 밝히는 일과 함께 이루어질 것이다. 이때 작품과 현실의 매개항인 작자의 내적 갈등과 이데올로기적 선택[16] 문제를 살피면, 작품 생산 과정과 관련된 상상체계의 작동 양상을 좀 더 논리적으로 재구성할 수 있다. 이러한 작업에는 사회학적 상상력으로 주물鑄物에서 주형鑄型(거푸집)을 보는 안목과, 관련 이데올로기, 역사, 사회 등에 관한 이해가 필요하다. 또한 인물은 물론 연구자 자신에게도 자연화되어 있는 이데올로기를 객관적으로 바라보는 비판적 태도가 필요하다.

최서해의 「해돋이」(1926)는 2백 자 원고지 약 190매 분량의 다소 긴 단편소설이다.[17] 이 작품은 지금까지 상대적으로 큰 주목을 받지 못했으나, 「탈출기」(1925), 「홍염」(1927) 못지않은 가치를 지니고 있다고 본다. 염상섭의 「만세전」(1924)과 나란히 근대문학 초기의 중요한 성과로 평가받을 가능성도 있다. 「해돋이」는 「만세전」이 그렇듯이 본문의 중요한 단어들이 검열 과정에서 많이 지워졌는데, 여기서 강조하게 될 가치 외에도, 간도 지역 독립군의 실상과 일제의 핍박, 궁핍한 생활 모습 등을 당대에 이만큼 다룬 작품은 찾기 어렵다.

나를 『소설, 어떻게 읽을 것인가』, 서울: 문학과지성사, 2010, 49~69쪽에서 분석한 바 있다.

15 이데올로기들은 때로 대립하고 충돌하여 작품에 균열을 만들거나, 어떤 카니발적 상태를 조성한다. '이데올로기적 균열'은 내재적 모순이나 타협, 논리성과 일관성의 착종 등의 형태를 띤다. 이들은 이데올로기 연구에서 매우 중요한 연굿거리이다.

16 필자는 앞에서 언급한 『가정소설 연구─소설 형식과 가족의 운명』, 43쪽에서 이 문제의 방법론적 중요성을 강조한 바 있다.

17 『신민』 1926년 3월호에 발표. 끝부분에 "어머니 회갑 갑자 11월 15일 양주 봉선사에서"라고 적혀 있는 것으로 보아, 서울에 와서 이광수의 소개로 봉선사에서 지내던 1924년에 쓴 작품으로 보인다. 「탈출기」를 발표하고 카프에도 가담한 것이 다음 해인 1925년이므로, 이때는 등단 초기로 아직 문명을 얻기 전이다. 여기서는 곽근 편, 『최서해 전집·상』(서울: 문학과지성사, 1987)을 대상으로 한다.

최서해는 사회주의 경향을 띤 여러 작품에서 가족이 몰락하는 모습을 되풀이하여 그렸다. 그가 그린 가족은 주로 민중 계층 혹은 무산자 계급인 가난한 농민 가족인데, 그 구성원(주로 가장)은 가족을 파괴하는 세력인 일제, 지배 계급 등과 싸움을 벌이거나(「기아와 살육」, 「박돌의 죽음」, 「해돋이」, 「홍염」), 싸우기 위해 집을 떠난다(「탈출기」, 「향수」, 「용신난」, 「전아사」). 그리하여 '집'은 결정적으로 궤멸된다.[18] 기독교가 한국에 들어왔을 때 피를 나눈 '가족의 아버지'와 '하느님 아버지'가 충돌했듯이, 이 작품들에서 사회(중심)주의는 효 사상과 가문의식을 바탕으로 한 전통적 가족(중심)주의와 충돌한다. 이 점을 되풀이하여 다루면서 사회와 민족을 위한 삶과 가족을 위한 삶 사이에서 고민하는 인물을 형상화하고, 결국 가족이 파괴될 수밖에 없는 현실을 비극적으로 묘사한 것이 최서해 문학의 특징이다.

「해돋이」는 만수의 어머니에 초점에 두고 시작하나, 아들 만수에게도 비슷한 비중으로 초점을 맞추기도 한다. 이 작품에서 만수는 "이 백성", "인류"('민족' 대신 쓴 말일 수 있음) 등을 핍박과 궁핍에서 구하기 위하여 집을 떠나 공부하고 만주, 시베리아 등지에 가서 "×××"(독립군)에 가담하고자 한다. 하지만 어머니께 불효라는 생각 때문에 떠나지 못한다.

만수는 홀어머니의 반대로 서울 유학을 가지 못하고, 그를 집에 붙들어두려는 어머니의 계획에 따라 결혼을 한다. 그러나 "재래의 인습과 제도"에 묶인 "어머니 사상"을 거부하고 곧 이혼한다. 그리고 어머니를 모시고 북간도로 간다. 그는 독립군 활동의 기세가 꺾이자 2년 만에 집에 왔다가 어머니의 애원에 또 결혼을 하지만, 임신한 아내를 둔 채 다시 집을 나간다. 하지만 그는 "어머니를 생각하고" 얼마 안 있어 돌아온다. 그는 일제의 세력이 커져 활동이 어려운 상황이기에 개명을 하고 살다가 검거되는데, 도망칠 수도 있

---

18 최시한, 「경향소설에서의 '가족'」, 『현대소설의 이야기학』, 서울: 프레스21, 2000, 406쪽을 참조할 것.

었으나 어머니와 처자를 살리기 위해 순순히 붙잡힌다. 이때 그를 잡으러 온 자가 불을 질러서 그의 '집'은 타버린다. 만수는 서울로 압송되어 서대문형무소에 갇히고, 그의 아내는 자식을 둔 채 집을 나가버린다. 그의 어머니는 손녀를 데리고 고향 성진으로 돌아와 딸 부부와 그의 친구들의 도움을 받아 회갑을 지내는데, 자기가 아들의 길을 막았던 일에 대하여 후회한다.

소설은 만수의 어머니와 그의 딸이 성진에 도착하는 시간 기점으로부터 시작하고 과거로 갔다가 다시 현재로 돌아와 만수의 친구 경석의 이야기로 끝난다. 경석은 만세운동 때 잡혀서 서대문형무소에 들어갔다가 나와서 "××주의자"가 되었으며, "처자도 없고 부모도 없고 집도 없는" 청년이다. 경석은 만수와 그의 어머니를 비웃는 이들을 비판하면서 만수를 "선도자"라 부르고 "조선의 해돋이"를 기다리며 석양 속에서 운다.

「탈출기」의 '나'(아들)는 사회를 위하여 가족을 버린 것을 비판하는 이에게 자기가 그럴 수밖에 없었던 사정을 말함으로써 스스로를 정당화한다. 하지만 이 작품은 일인칭 편지 형식으로 목청을 높였을 뿐, 나가 고민하는 모습이 충분히 그려지지 않아 형상성이 떨어지는 면이 있다. 그에 비해 「해돋이」는 삼인칭 서술 형식으로 아들만이 아니라 어머니에까지 초점을 두어 갈등의 과정을 비교적 객관적으로 그리고, 어머니를 사로잡고 있는 인습에 대한 비판과 어머니 자신의 자각까지 그린다. 이를 통해 사회 대 가족의 갈등에 어머니 대 아들의 가족 내부 갈등, 그리고 각 가족 구성원 내면의 갈등까지 더하여 입체화했다.

자신의 이상 추구에 어머니가 방해가 되어 "어머니를 찌르고 자기까지 죽고 싶"은 갈등에 시달리는 아들은, 앞에서 언급한 「전아사」 등의 작품에도 등장한다.[19] 이러한 아들의 내면적 갈등은 (홀)어머니와 아들의 특수한 심리

---

19 이 작품들에서, 사회를 위한 일을 하러 집을 떠나는 이에게 가족이 있고 없음에 대한 서술이 항상 되풀이된다.

적 관계에 바탕을 둔 것으로 해석할 수 있지만, 다른 한편으로는 사회적 성격을 반영하는 이데올로기적 특질로 파악할 수도 있다. 그것이 나라 잃은 상황에서 청년들이 '집을 떠나' 사회와 민족을 위해 살고자 하는 지향, 즉 애국 계몽기 이래의 애국·애족 사상과 관련되어 있기 때문이다.

이 작품에서 그 사상은 사회주의에 가까운 것처럼 보인다. 하지만 현실이 언제 '해돋이'를 볼 수 있을지 암담한 상황으로 그려지고 있으므로, 외부의 적과의 투쟁에 대한 특정 이데올로기적 전망은 흐리며, 오히려 투쟁력을 약화시키는 인습, 사상과의 내부적 갈등이 중심을 이룬다. 결말부에서 "××주의자" 경석의 시각에서 만수와 그 어머니를 영웅화하고 있지만, 이 작품의 전체 구조는 사회주의 이데올로기의 정당성을 내세우거나 그에 따른 치열한 투쟁을 묘사하기보다는, 사회를 위한 삶을 가로막는 가족 이데올로기를 비판하고, 실제로 전통 가족을 파괴하는 일제 세력을 고발하는 데 초점이 놓여 있다. 검열로 지워진 부분이 많아 단언하기 어려우나, 사회주의 계열의 표현이 그다지 많이 사용되지도 않는다. 이러한 양상은, 이 작품이 사회주의적 경향을 띠고 있으나 겉만 그럴 뿐이라는 것, 사회주의에는 동조하되 사회주의 문학 이데올로기와는 일정한 거리가 있음을 말해준다.

만수가 "인류"와 사회를 위한 삶에 적극 찬동하면서도 어머니 혹은 가족 문제로 계속 겪고 있는 갈등은, 가족주의 사회가 근대화되는 과정에서 봉착한 이데올로기 갈등을 반영하고 있다. 하지만 다른 한편으로는 만수가 자신의 이상을 적극 추구할 용기나 전망이 부족함을 의미하기도 한다. 즉, 만수가 자신의 이상 추구를 가로막는다며 가족주의적 인습 혹은 어머니의 가족주의적 애정을 비판하는 것은, 자신이 효도 이데올로기나 어머니에 대한 애정에 묶여 사회를 위한 삶을 더 용기 있게 살아가지 못함을 변명하고 합리화하는 행위일 수 있다. 작가가 그러한 인물의 모습을 거듭 서술하는 것은, 이상이 현실에서 실현될 수 있으리라 확신하고 그를 통한 사회적 자아 실현을 추구하지 못하는 작가 자신의 비관을 합리화하고 은폐하는 행위일 수 있는 것이다.

이 작품에 등장하는 만수의 어머니는 최서해의 실제 어머니와 흡사한 점이 많다. 고향이 성진인 점, 간도에서 귀향한 사실과 그 시기, 이혼 경력 등이 최서해와 그의 어머니의 삶과 일치한다. 한마디로 「해돋이」는 1923년에 간도에서 고향으로 돌아온 최서해의 체험을 바탕으로 한 작품이다. 최서해는 때로 사소설이나 기록에 가까울 정도로 대부분 자기 체험을 살려 소설을 쓴 작가이므로 이는 그리 새로운 사실이 아니다. 주목해야 할 것은 그가 주로 자신의 체험을 바탕으로 '소설 쓰기'를 하는 행위가 지닌 심리적·이데올로기적 양상이다.

최서해의 나이 10살 때 나라가 망하자, 그에게 한문을 가르쳤던 아버지는 가족을 떠나 간도로 가서 독립군이 되었고 그 후 한 번도 상봉하지 못했다. 외아들 최서해는 홀어머니를 모시고 극도의 빈곤 속에서 고생을 했고, 만주에 함께 가서 농노 생활까지 하며 살았다. 이때 그는 독립군에도 가담한 적이 있는 듯한데,[20] 그동안 어머니는 이 소설에서와 같이 마음 졸이고 기다리며 살았을 것이다.

이러한 환경은 최서해에게 아버지를 이상적인 존재로 존경하는 마음과 함께, 가족을 궁핍으로 몰아넣고 자기에게 책임을 떠넘긴(어머니는 오로지 아들에게 의존한다) 데 대해 원망하는 마음을 품게 했을 것이다. 그런데 이 모순된 감정은 또 하나의 모순된 상황을 낳는다. 최서해가 아버지를 따르고자 하면 아버지처럼 어머니와 가족을 버려야 하는데, 이것을 '아버지를 원망하는 마음'과 홀어머니에 대한 애정이 용납하지 않는다. 아버지 존경(추종)/원망(거부)이 어머니에 대한 불효(떠남)/효도(떠나지 않음)와 함께 존재한

20 신춘호, 『최서해』, 서울: 건국대학교출판부, 1994, 10~17쪽 참고.

다. 아버지에 대한 모순된 감정이 어머니와 가족에 대한 모순된 감정을 초래하여, 아버지에 따르자면 어머니에 불효해야 하고, 어머니와 가족을 위하자면 아버지를 거부하게 되는 딜레마에 빠진 것이다.

「해돋이」와 그 계열의 작품에서 주인공들은 국가라는 '아버지를 잃은' "인류"와 "백성" 중 하나이다. 거기서 그들이 겪는 사회를 위한 삶/가족을 위한 삶의 갈등은, 최서해의 아버지를 따라 집 떠남/어머니와 가족을 위해 떠나지 않음의 갈등과 상동관계이다. 여기서 아버지에 대한 최서해의 애증 또는 모순된 사고 구조는, 그의 소설 속 주인공들의 이데올로기적 갈등과 행동에 작용한다. 이성적으로는 사회를 위하는 이데올로기에 따라 살아야 한다고 믿으면서도, 감성적으로는 가족 '때문에' 그러지 못한다는 갈등과 심리적 합리화 혹은 변명을 낳는다. 아울러 아버지가 궁핍한 현실을 초래한 데 대해 원망하며, 아버지는 이미 없고 자기 또한 아버지를 따르지 못하기 때문에 바라는 세상('이상적 아버지'의 세계)은 오지 않을 것이라는, 현실의 개선 가능성을 믿지 못하는 비관주의로 흐르는 것이다.

하지만 결국 「탈출기」의 아들은 집을 떠나고, 「해돋이」의 아들 역시 집을 떠나 사회를 위해 일하다가 감옥에 간힌다. 아들들은 집을 떠난 '사회적 아버지'를 따르는 것이다. 그러나 그것은 어머니에게 매우 가혹한 일이다. 그래서 「해돋이」에서 '회갑을 맞은' 어머니는 각성을 통해 이데올로기적으로 '성장'함으로써 애국자 혹은 혁명가의 어머니가 되어 아들을 따른다. 어머니라는 인물의 이런 변화는, 어머니와 가족에게 상처를 덜 주면서 아버지를 닮고자 하는 작가 최서해의 욕망을 실현하는 작업이 된다.

아들의 아버지 닮기는 사회적 차원에서는 이데올로기적 양상이 훨씬 크다. 최서해는 처음부터 궁핍한 민중의 삶을 온몸으로 체험한 무산자 계층 작가로서 주목받았다. 따라서 그는 사회주의가 해방시키려는 계층 출신답게, 그 계층과 사회주의 이데올로기를 위해 앞장서야 하는 자로 규정 지어졌는

데, 그것은 그의 출세와 빈곤 탈출을 위해서도 바람직할 뿐 아니라 무엇보다 작가로서 사회를 위해 헌신하는 '아버지가 되는' 일이었다. 그래서 「해돋이」의 만수를 비롯한 하층 계급 아들들의 애국투쟁은 사회주의의 옷을 걸치며, 최서해는 상상 혹은 창작의 차원에서 나아가 카프에 가담한다.

그러나 앞에서 살폈듯이, 사회주의 이데올로기는 「해돋이」에 추상적으로만 스며 있을 뿐이다. 사회적 자아에 의해 가족적 자아가 포기되는 결말이 보여주듯이, 서술의 초점이 계층 간의 갈등이나 사회주의 강령의 선양보다 가족주의를 둘러싼 내적 갈등에 있기 때문이다. 당대의 사회주의 이데올로기는, 극한적으로 궁핍한 현실에 대한 묘사와 사회 현실에 충실하려는 작가적 노력에 일정하게 반영되었을 따름인 것이다.

「해돋이」의 결말부에서 어머니는 변하지만, 어머니는 끝내 어머니이다. 거기서 가족은 아직 완전히 궤멸되지 않았고, 어떻게든 부정돼서는 안 되는 것으로 존재한다. 그리고 이는 사회주의 문학 이데올로기의 요구를 비교적 충실히 따른 「홍염」을 제외하면 이후의 작품에서 그리 변하지 않는다. 결국 이러한 요소는 나중에 최서해의 아버지 닮기, 즉 사회주의 작가 되기를 실패로 몰고 가며 작품세계의 사회성 결여를 초래하는 것으로 보인다.

5. 맺음말—이데올로기 갈등의 낭만적 해결

여기서는 소설의 주제층위에서 이데올로기를 연구하는 논리와 방법을 모색했다. 먼저 기본 개념을 정리하고 이데올로기와 소설의 관련 양상을 살핀후, 최서해의 단편소설 「해돋이」를 분석했다. 가족주의와 사회주의라는 두 대립적 이데올로기의 산물인 이 작품을 분석하면 한국 문화 격변기의 한 의미 있는 상상 구조를 드러낼 수 있다고 봤기 때문이다.

작가는 자기를 시대의 문제아로 만든다. 최서해가 겪은 가정적 딜레마는 나라 잃은 백성의 딜레마이자 그것을 소설로 형상화하도록 운명 지우는 딜레마이다. 그의 소설 「해돋이」는 근대로 가는 시대 변화와 국권 상실이, 불행하게도 사회와 가족을 양자택일의 대립 관계로 만든 당대 한국 현실의 산물이다. 이 작품에서는 가족과 사회, 가족주의와 사회주의가 갈등하고 있다. 사회주의는 잃어버린 아버지를 대신할 '이상적 아버지'로서 그 딜레마를 해결하거나 합리화할 수단이 될 수도 있지만, 최서해의 가족주의와 작가적 판단은 그것을 적극적으로 택하지 못하고, 작품의 초점을 둘의 갈등 자체에서 벗어나지도 못하게 한다. 그의 소설과 작가로서의 삶은, 아직 전통적 가족 이데올로기에 묶인 채 나라를 잃은 한국인에게 던져진 사회주의 앞에서 한국인들이 빠진 전형적인 딜레마를 보여준다. 하지만 그의 소설에서 그 양자택일의 딜레마는, 양자택일을 초월하는 무엇을 발견함으로써 창조적으로 해결되지 못한 채 낭만적으로 합리화되고 만다. 물론 일제강점기 현실의 억압을 무시할 수 없지만, 갈등이 필연적 전개를 거쳐 결말에 이르지 못하고, 나라를 잃었으니 모든 것을 바치는 것이 옳다는 애국주의 혹은 민족주의 이데올로기에 따라 낭만적으로 해결되는 데 그치는 것이다.

이렇게 볼 때 최서해는 사회주의 작가 또는 계급문학 작가라고 보기 어려운 면이 있다. 그에게는 사회성이 짙은 일반 작가 혹은 '동반 작가' 정도의 표현이 어울리는 듯하다. 이는 여기서 다룬 「해돋이」가 계급문학가들이 계급문학을 할 수 없게 된 시대에 나온 '전향소설'과 통하는 바가 있다는 점에서도 확인된다.

맺음말

　소설 연구의 시작이자 끝이 작품 분석이기에 그 방법론은 항상 새롭게 다듬을 필요가 있다. 하지만 이런 기본이 잘 지켜지지 않고 있으며, 특히 서술에 대한 관심 부족이 소설 연구의 합리성을 저해하고 있는 듯하다. 스토리는 서술을 매개로 형성되므로 서술 분석이 소홀하면 적절한 스토리 해석을 기대하기 어렵다. 서술층위를 경시하는 경향은 현실에 대한 작가의 인식이나 재현 문제에 치우쳐 작품의 문학성 연구를 약화시키기 쉽다.

　이 책에서는 서술에 중점을 두어 소설 연구의 개념과 논리를 정리하고 세웠다. 그리고 이를 한국 근대소설 연구의 중요 논제를 다루는 데 활용함으로써 타당성을 검증하고, 이론적 논의가 빠지기 쉬운 공소함에서 벗어나고자 했다. 하지만 거시적 안목으로 갖추어진 체계를 세우는 데 이르지 못하고, 결국 몇 가지 용어와 국면에 대한 논의에 그친 감이 있다. 항목별로 논의한 바를 요약하여 맺음말로 삼고자 한다.

　서장에서는 소설 분석의 층위를 서술, 스토리(줄거리), 주제의 세 가지로 구분하여 전체 논의의 바탕으로 삼았다. 스토리와 주제가 '서술된 것'이라면 서술은 '서술하는 것'의 층위인데, 스토리와 주제 층위의 핵심적 차이는 시공성 유무이다. 최명익의 「심문」은 서술로부터 스토리와 주제를 형성해내는 독서 활동을 의도적으로 지체시키고 초점을 흐림으로써 식민지 지식인의 내면을 새롭게 체험하게 한다. 이것이 모더니즘 소설의 표현미학적 특징 가운데 하나인 공간성의 실상이다.

제1장에서는 인물 연구 방법의 문제점을 살피고 그 대안을 제시했다. 인물과 성격을 구별하며, '특질', '성격소' 등의 개념을 설정하고, 현진건의 장편 역사소설 『무영탑』을 분석함으로써 그 적절성을 검토했다.

인물은 특질들의 결합체이다. 특질이란 인물이 지니는 속성 혹은 자질로서, 인물 해석의 기본 단위이다. 특질을 제시하는 매개체, 즉 관련 서술이나 그에 내포된 요소, 재료 등이 성격소이다. 인물 그려내기에 관습적으로 사용되는 성격소로는 이름, 행동, 신분 사항, 특질을 표현하는 '공간' 등이 있다. 특질들이 모이고 종합되어 성격을 이루는데, 이는 크게 심리적·사회적·기능적 측면을 지닌다.

『무영탑』은 인물을 극적으로 형상화하려는 노력이 엿보이지만, 가련한 여인 이야기의 인물 유형을 답습하고, 서술자가 이념적 태도를 강하게 노출하여 모순된 양상을 보인다. 그 결과 인물의 특질이 평면적으로 고정되었으며, 성격소들이 일관되고 함축적인 성격과 주제적 맥락을 형성하지 못했다. 이 작품에서 민족주의적 이데올로기와 사대주의적 이데올로기를 대립시키고 전자를 긍정하려는 '작자의 의도'는, 인물과 사건으로, 나아가 통일된 초점과 구조를 지닌 작품으로 형상화되었다고 보기 어렵다.

한편 인물 연구는 사건 연구와 일체이며, 심층의 차원에서는 원형적 스토리와 그 주체, 즉 원형적 인물(인간상) 논의로 귀결될 수 있다. 그 예로서 제2장에서는 '가련한 여인 이야기' 혹은 가련한 '여인의 일생'을 한국 이야기 문학의 한 스토리 유형으로 설정했다. '가련한 여인'이라는 인물 유형의 특질을 크게 네 가지로 정리하고, 그녀를 가련하다고 판단하고 느끼게 되는 요인과 그녀에 대한 반응 양상을 정리하면서 이 이야기 전통의 문화적 바탕을 살폈다. 그리고 결말을 중심으로 사건의 전개 양상에 따라 크게 세 가지 하위 유형을 구분하여, '가련한 여인 이야기' 개념을 통해 이야기 전통이 이어지고 변하는 모습의 한 줄기를 기술할 논리적 토대를 마련했다. 이전의 여러 이야기와 함께 1930년대의 장편소설 『직녀성』, 『순정해협』, 『탁류』를 분석한 결과, 그것의 설정이 가능하며 방법론적으로 의미가 있다고 보았다.

시간은 이야기 연구에서 매우 근원적이고 미묘한 대상이다. 제3장에서는 소설에서 시간을 읽는 방법 가운데 하나로 '시간 기점'이라는 개념을 설정하고, 이를 오정희의 단편소설 「별사」의 해석에 원용해 그 쓸모를 검토했다. 그 과정에서 논의가 자연스럽게 플롯에 집중되었다.

시간 기점이란 스토리와 서술의 각 층위에서 기준이 되는 시간적 지점을 가리킨다. 스토리시간 기점은, 독자가 스토리를 재구성할 때 기준으로 삼는 사건의 출발점이다. 그리고 서술시간 기점은 서술자가 서술을 한다고 여겨지는 기본적인 시점이다. 이것의 설정은 작품의 서술방식과 중심사건 파악에 따라 달라지는데, 이 시간 기점들을 모든 형태의 소설에서 구체적으로 설정할 수 있는 것은 아니다.

「별사」에서는 정옥 이야기와 그녀의 남편 이야기가 교차되는데, 둘 다 같은 '오늘' 일어난 사건을 그리고 있어서 스토리를 구성할 시간적 맥락을 설정하는 데 혼란을 겪기 쉽다. 이 문제는 남편의 실종 사건에 관한 서술을 정옥의 내면에서의 '상상 행동'의 결과로 볼 때 풀린다. 그 행동은 정옥이 장지에 다녀오는 외면적 사건의 시간 기점인 '오늘 오전'부터 스토리시간과 서술시간이 '함께 가는' 시간 질서 속에서 '오늘 점심때'를 기점으로 일어난다. 그것은 죽음에 포박된 그녀가 죽은 것이 거의 확실한 남편과 하나가 되어 저수지를 향해 '함께 가는' 내용을 '함께 인식하고 서술하는' 행동이다. 이 심리적 행동이 죽음의 세계로 남편을 떠나보내는 의식儀式이고 그 결과가 바로 '별사'이다. 따라서 이 '상상 의식'은 남편을 단념하지 못하고 강박 상태로 '붙들고 있음—떠나보냄'이라는 중심사건을 형성한다. 이 작품은 이처럼 죽는 남편보다 자기 역시 죽고 싶지만 그럴 수 없는 아내 정옥의 내면에 중심사건을 두고, 독자 스스로 그 애끓는 심리적 과정을 상상하고 체험하게 함으로써 인간을 황폐화하는 정치적 폭력을 폭로하고 비판한다. 이러한 해석은 초점 전환을 비롯한 여러 서술방식, 그럴듯함을 조성하는 플롯상의 기법 등을 종합적으로 고려한 것인데, 기점을 설정하여 시간 사용 방식과 플롯을 구체적으로 분석함으로써 보다 합리적인 결과에 이를 수 있었다고 본다.

제4장에서는 먼저 소설에서의 '공간'의 개념을 살폈다. 그리고 20세기 초의 약 20년 동안 나타난 신소설과 초기 단편소설을 공간과 이를 활용한 인물 그려내기 중심으로 분석함으로써 근대소설의 특성 및 그 형성 과정의 일단을 밝히고자 했다.

소설의 공간은 스토리공간과 서술공간으로 나뉘며, 사실적 기능, 표현적 기능, 미적 기능 등을 한다. 공간에는 그것을 이루는 사물들까지 포함되는데, 그 사물들을 가리킬 때는 '공간소'라는 용어가 더 적합할 수도 있다.

분석의 대상이 된 작품들에서는 공간이 이전의 고소설들과 달리 '지금 여기'의 특정한 역사적 공간으로 명시되고, 구체적으로 비중 있게 묘사되며, 사건, 인물, 주제 등의 형상화에 의식적으로 활용된다. 초기 단편소설들에서는 공간의 표현적 기능과 미적 기능이 발전하여 서술공간이 입체화되어 갔다. 공간이 활용됨에 따라 주제와 인물의 성격이 형상화되고 작품이 미적으로 구조화된 것이다. 이러한 공간의 인식과 미적 사용은, 서술자의 기능을 제한하거나 일인칭 서술을 도입하여 인물의 시각으로 공간을 초점화하는 서술방식과 더불어 가능해졌다. 이는 소설의 서술이 들려주기 위주에서 보여주기 위주로 바뀐 것과 밀접한 관련이 있으며, 지각양식의 근대적 변화를 보여준다. 공간은 소설이 이데올로기의 합리화 도구에서 개인과 환경의 상호작용을 형상화하는 예술로 변화하도록 이끌었고, 따라서 그 과정과 수준을 가늠하는 잣대가 된다. 이렇게 볼 때 소설의 공간에 대한 인식, 특히 공간으로 개인의 내면을 표현하는 인물 그려내기 기법에 대한 분석은, 근대 소설의 특성과 형성 과정을 드러내는 데 이바지하는 핵심적 연구 주제가 된다. 소설의 근대화는 곧 공간화이기 때문이다.

작품을 작가의 작품 이외의 진술과 연관 지어 분석하는 일은 소설 연구에서 항용 있는 일이다. 그러나 그것은 단순하지 않은 작업이다. 제5장에서는 소설의 근대적 서술방식을 논의하고 실천한 비평가이자 작가인 김동인의 비평문과 소설 작품을 함께 살핌으로써 그 실상을 드러내는 한편 관련 연구 방법에 관한 시사점을 얻고자 했다. 또한 그 과정에서 시점 연구 자체의 방법, 즉 그것을 단순한 서술 형식이 아니라 작품 구조, 작가의 상상력 등의 문제로 다루는 방법을 궁리했다.

김동인이 「소설작법」에서 펼친 시점론은 서술자의 기능과 종류에 대해 주목하고, 그와 보는 자를 구별하는 선구적 인식을 보여준다. 그리하여 이야기 행위가 다양하고 중층적임을 드러내어 소설의 미적 형식을 부각시킴으로써, 전통적인 주권적 서술방식을 혁신하는 데 기여했다. 하지만 체계성이 부족하고, 삼인칭 서술 형식 위주이며, 작자와 서술자의 구별이 미흡한 데다, 김동인 자신도 자기 이론에 투철하지 못했다. 따라서 그의 이론과 작품의 관계는 단순한 대응관계라고 보기 어렵다. 여기서 둘을 새로운 차원, 곧 작가의 내면 혹은 상상력의 차원에서 관련짓고 재구성하는 방법이 필요해진다.

김동인의 논의에 따른다면 그의 소설에는 '다원묘사'가 많다. 서술자가 매우 주권적, 작자적인 것이다. 김동인의 소설에는 묘사가 적으며, '나'가 남 이야기를 하는 액자적 서술방식이 많이 사용된다. 서술자의 기능을 선택하고 조정하는 데 이바지한 시점론은 김동인 자신에게 일정한 긴장을 유발했다. 하지만 김동인은 유독 강화된 형태로 처음부터 지녔던 전통적 서술방식인 주권적 서술을 효과적으로 벗어나거나 조절하지 못했다. 인식과 실천, 의지와 기질 사이에 괴리가 있었기 때문이다. 김동인의 소설들은 비극적 현실의 원인을 개인의 악덕이나 환경에서 찾으며, 시간의 흐름이 상황의 변화가 아니라 운명의 확인에 이르는 경향이 강하다. 이렇게 삶의 비극적 모습을 폭로하고자 한 정신 자체는 근대적이지만, 서술이 미적 한계를 안고 있는데, 이는 그러한 주권적 서술 태도와 긴밀한 관계에 있다. 또한 그 서술 태도는 김동인이 충분히 극복하지 못한 전근대성, 곧 사회 속에서 개인을 보고 개인을 통해 사회를 형상화하는 데 이르지 못한 한계의 소산이다.

이 연구에서 제기한 문제 중 하나는 서술층위에 대한 관심이 부족한 문학 연구 경향으로 인해 소설이 합리적으로 연구되지 않고 있다는 점이다. 제6장에서는 전통적 서술방식과 근대소설적 서술방식이 혼효된 이문구의 연작소설들을 대상으로 서술층위에서 논의할 수 있는 것들을 총체적으로 다루며 그 방법론적 가능성을 검토했다.

이문구의 '소설'은 작자와 서술자가 상대적으로 덜 구분된 상황에서 서술된다. 여기서 작자−서술자라고 명명한 그 상황의 서술 주체는 이야기꾼 같은 입말 투로 직접적, 주권적으로 서술한다. 허구세계의 독립성을 그다지 염두에 두지 않는, 혹은 허구적 이야기 방식을 별도로 상정하지 않는 이러한 서술 태도는 '근대소설'적이라고 하기 어렵다. 이러한 태도는 판소리 사설이나 전통적 '이야기체'를 이어받은 것이라고 할 수도 있지만, 작자가 의식적으로 외래의 것을 거부했기에 창출되었다고 볼 수도 있다. 그리고 전의 서술 정신과 형식을 이어받았기에 더욱 강화되고 이데올로기적으로 공고해진 듯하다.

이문구의 '이야기' 작품에는 전 양식을 이어받았거나 그 정신으로 서술된 것이 많다. 여기서 다룬 연작 전체가 전들의 집합, 즉 현대판 열전이라고 할 수 있다. 작품들에 나타난 작자-서술자의 선비 같은 태도와 민중의 삶에 관한 적실한 서술, 또한 그들을 궁핍에 빠뜨리는 것들에 대한 비판은『관촌수필』연작에서 한 절정을 보여주지만, 전근대적·보수적 이데올로기의 노출과 소설로서의 평면성을 문제점으로 안고 있다. 인물 중심의 전 지향 서술에 내포된 이러한 기법적 문제점을, 이문구는 초점자 서술, 장면 중심 서술, 회귀 구성 등의 방법으로 넘어선다. 그것은 대체로 이데올로기의 차원보다 기법의 차원에서, 작자-서술자의 기능을 다소 제한하는 동시에 그의 이야기꾼적인 면을 부각시켜 풍자성과 해학성을 강화하는 방향으로 이루어진다. 이러한 모색은『우리 동네』연작과 나무 연작에서 집중적으로 시도되어 좋은 효과를 거둔다. 그 결과 이문구의 작품은 인물 위주, 대화 혹은 입씨름 장면 중심, 회귀 구성, 연작 형식 등의 서술을 통해 공간성이 강화된 '공간적 소설'의 미적 형태에 도달한다.

이문구의 이야기 작품은 한국 근대 이야기 문학사가 직면해온 문제들을 특히 서술층위에서 총체적으로 보여준다. 그것은 구어적/문어적, 전적/소설적, 기록적/허구적, 주제 중심적/형식 중심적, 인물 중심적/사건 중심적, 경세적 충동/미적 충동 등의 대립으로 나타난다. 이문구의 작품은 각 항의 앞 항목들에 쏠린 상태에서 개성과 미적 형태를 얻는다. 이문구의 작품이 부각시키는 이러한 '낯선' 양상은, '한국 근대소설'이 어떤 모습을 지니고 있고 또 지녀야 하는가에 대한 주체적 관심이 우리에게 부족했음을 일깨운다. 이문구는 자기 이야기 전통에서 타자이기를 거부함으로써, 한국 소설이 근대화, 서구화의 격랑에 휩쓸려 스스로 주체성을 잃어왔음을 폭로한다. 이는 그의 작품이 자기 나라 안에서 타자화되고 식민화된 농어민과 도시 하층민의 삶을 형상화해낸 것 못지않게 중요한 사실이다.

제7장에서는 소설의 주제층위에서 이데올로기를 연구하는 논리와 방법을 모색했다. 먼저 이데올로기와 소설 및 작자의 관련 양상을 살핀 후, 최서해의 단편소설 「해돋이」를 분석했다. 이 작품은 가족주의와 사회주의라는 두 대립적 이데올로기의 산물이므로, 분석을 통해 한국 문화 격변기의 의미심장한 상상구조를 드러낼 수 있다고 보았기 때문이다.

「해돋이」에서는 가족과 사회, 가족주의와 사회주의가 갈등하고 있다. 식민지 현실에서 사회주의는 잃어버린 아버지를 대신할 '이상적 아버지'일 수 있으므로 그 갈등과 선택을 해결하거나 합리화하는 수단이 될 수 있지만, 최서해의 가족주의와 작가적 판단은 그것을 적극적으로 수행하지 못하게 한다. 그의 소설과 작가로서의 삶은, 전통적 가족 이데올로기에 묶인 채 나라를 잃은 현실에 도래한 사회주의 앞에서 한국인이 처한 전형적 딜레마를 보여준다. 하지만 그의 소설에서 이 양자택일의 딜레마는, 양자택일을 초월하는 무엇을 발견함으로써 창조적으로 해결되지 못한 채 낭만적으로 합리화되고 만다. 갈등이 필연적 전개를 거쳐 해결되지 못하고, 나라를 잃었으니 모든 것을 바치는 것이 옳다는 애국주의 혹은 민족주의 이데올로기에 따라 낭만적 결말을 맺는 데 그치는 것이다.

작가는 자기를 시대의 문제아로 만든다. 최서해가 겪은 가정적 딜레마는 나라 잃은 백성의 딜레마이자 그것을 소설로 형상화하도록 운명 지우는 딜레마이다. 그의 소설 「해돋이」는 시대 변화와 국권 상실이 가족과 사회를 양자택일의 대립 관계로 만든 일제강점기 한국 현실의 산물이다.

참고문헌

1. 국내

강영주, 『한국 역사소설의 재인식』, 서울: 창작과비평사, 1991.

강인숙, 『자연주의문학론 I』, 서울: 고려원, 1987.

고인환, 『이문구 소설에 나타난 근대성과 탈식민성 연구』, 서울: 청동거울, 2003.

공임순, 『우리 역사소설은 이론과 논쟁이 필요하다』, 서울: 책세상, 2000.

구자황, 『이문구 문학의 전통과 근대』, 서울: 역락, 2006.

권명아, 『가족 이야기는 어떻게 만들어지는가』, 서울: 책세상, 2000.

권보드래, 『한국근대소설의 기원』, 서울: 소명출판, 2000.

권성우, 『모더니티와 타자의 현상학』, 서울: 솔, 1999.

권영민, 『서사양식과 담론의 근대성』, 서울: 서울대학교출판부, 1999.

권오룡, 「원체험과 변형의식」, 권오룡 외 편, 『문학, 현실, 상상력』, 서울: 문학과지성사, 1985.

권 은, 「경성 모더니즘 소설 연구」, 서강대대학원 박사학위논문, 2012.

김경수, 「소설의 인물지각과 서술태도—오정희의 「별사」」, 한국소설학회 편, 『현대소설 시점의 시학』, 서울: 새문사, 1996.

김교봉·설성경, 『근대전환기소설연구』, 서울: 국학자료원, 1991.

김동인, 「소설작법」, 『조선문단』 제7~10호(1925. 4~7).

_____, 「조선근대소설고」, 조선일보, 1929. 7. 28~8. 16; 『김동인전집 16』, 서울: 조선

일보사, 1988.

김동환,「김동인의 창작 방법론과 그 내적 형식화」,『한국 소설의 내적 형식』, 서울: 태학사, 1996.

김두헌,『한국가족제도연구』, 서울: 서울대학교출판부, 1985.

김병욱,「언어서사물에 있어서의 공간의 의미」, 한국서사연구회,『내러티브』제2호, 2000. 9.

김병익,「세계에의 비극적 비전」,『제3세대 한국문학·13, 오정희』, 서울: 삼성출판사, 1983.

김상태,「김동인의 소설이론과 그 실제」, 이재선 편,『김동인』, 서울: 서강대학교출판부, 1998.

_____,「이문구 소설의 문체」,『작가세계』제15호(1992년 겨울), 1992. 12.

김영민,『한국근대소설사』, 서울: 솔, 1997.

김용덕,『한국전기문학론』, 서울: 민족문화사, 1987.

김윤식,『김동인연구』, 서울: 민음사, 2000.

_____,「창조적 기억, 회상의 형식」,『소설문학』120호, 1985. 11.

_____,『한국근대소설사연구』, 서울: 을유문화사, 1986.

김윤식·정호웅.『한국소설사』(개정증보판), 서울: 문학동네, 2000.

김종구,『한국현대소설의 시학』, 대전: 한남대학교출판부, 1999.

김종욱,『한국소설의 시간과 공간』, 서울: 태학사, 2000.

김주연,「서민생활의 요설록」, 이문구·송영,『한국문학대전집—이문구·송영 편』, 서울: 태극출판사, 1976.

김진구,「1940년 전후 가족서사의 정치적 상상력 연구」, 서강대학교 석사학위논문, 2004.

김찬기,『한국근대소설의 형성과 전』, 서울: 소명출판, 2004.

김현실,『한국근대단편소설론』, 서울: 공동체, 1991.

명형대,『소설 자세히 읽기』, 마산: 경남대학교출판부, 1998.

박혜숙,『소설의 등장인물』, 서울: 연세대학교출판부, 2004.

박희병,『한국고전인물전 연구』, 서울: 한길사, 1992.

서종택,『한국 근대소설의 구조』, 서울: 시문학사, 1982.

성현자,「오정희의「별사」에 나타난 시간구조」,『동천 조건상선생 고희기념 논총』, 1986.

송백헌,『한국근대역사소설연구』, 서울: 삼지원, 1985.

송하춘,『1920년대 한국소설연구』, 서울: 고려대학교민족문화연구소, 1985.

신동욱,『우리 이야기문학의 아름다움』, 서울: 한국연구원, 1981.

_____, 「현진건의 『무영탑』」, 김치수 외 12인, 『식민지 시대의 문학 연구』, 서울: 깊은 샘, 1980.

신철하, 「「별사」 연구」, 『한국언어문화』 제18집, 한국언어문화학회, 2001.

신춘호, 『최서해』, 서울: 건국대학교출판부, 1994.

신형기, 「정치현실에 대한 윤리적 대응의 한 양상」, 『작가세계』 제15호(1992년 겨울), 1992. 12.

_____, 「최명익과 쇄신의 꿈」, 『현대문학의 연구』 제24호, 한국문학연구학회, 2004.

양문규, 『한국근대소설사연구』, 서울: 국학자료원, 1994.

우찬제, 「'텅 빈 충만', 그 여성적 넋의 노래」, 이남호·이광호 편, 『오정희 문학앨범』, 서울: 웅진출판, 1995.

_____, 『텍스트의 수사학』, 서울: 서강대학교출판부, 2005.

우한용, 「시대의 희생제의를 읽어내는 방법」, 염상섭, 『탁류』, 서울: 서울대학교출판부, 1997.

이광호, 『미적 근대성과 한국문학사』, 서울: 민음사, 2001.

이동근, 『조선 후기 '전'문학 연구』, 서울: 태학사, 1991.

이상섭, 「오정희의 「별사」 수수께끼」, 『문학사상』 142호, 1984. 8.

이성권, 『한국가정소설사연구』, 서울: 국학자료원, 1998.

이원수, 『가정소설 작품세계의 시대적 변모』, 마산: 경남대학교출판부, 1997.

이재선, 『한국개화기소설연구』, 서울: 일조각, 1972.

_____, 『한국단편소설연구』, 서울: 일조각, 1977.

_____, 『한국소설사 근·현대편 1』, 서울: 민음사, 2000.

_____, 『현대소설의 서사시학』, 서울: 학연사, 2002.

이정옥, 「대중소설의 시학적 연구―1930년대를 중심으로」, 서강대학교 박사학위논문, 1998.

이 호, 「인물 및 인물형상화에 대한 이론적 개관」, 현대소설학회 편, 『현대소설 인물의 시학』, 서울: 태학사, 2000.

임우기, 「'매개'의 문법에서 '교감'의 문법으로―소설 문체'에 대한 비판적 검토」, 『문예중앙』 제16권 2호(1993년 여름), 1993. 8.

장수익, 「1920년대 초기소설의 시점 연구」, 서울대학교 박사학위논문, 1998.

장일구, 「한국근대소설의 공간성 연구」, 서강대학교 박사학위논문, 1998.

전광용, 『신소설연구』, 서울: 새문사, 1986.

전정구, 「이문구 소설의 문체 연구」, 『현대문학이론연구』 제9집, 현대문학이론학회, 1998.

정호웅, 『한국의 역사소설』, 서울: 역락, 2006.

조동일, 『신소설의 문학사적 성격』, 서울: 서울대학교출판부, 1973.

_____, 『한국문학통사 5』, 서울: 지식산업사, 1988.

조혜정, 『한국의 여성과 남성』, 서울: 문학과지성사, 1989.

주종연, 『한국근대단편소설연구』, 서울: 형설출판사, 1982.

진정석, 「이야기체 소설의 가능성」, 문학사와비평연구회, 『1970년대 문학연구』, 서울: 예하, 1994.

최병우, 『한국현대소설의 미적 구조』, 서울: 민지사, 1997.

최시한, 『가정소설 연구—소설 형식과 가족의 운명』, 서울: 민음사, 1993.

_____, 『소설, 어떻게 읽을 것인가』, 서울: 문학과지성사, 2010.

_____, 『소설의 해석과 교육』, 서울: 문학과지성사, 2005.

_____, 「스토리텔링 교육의 방법 모색—스토리와 그 '처음상황' 설정을 중심으로」, 『대중서사연구』 제24호, 대중서사학회, 2010.

_____, 「'제재'에 대하여」, 『시학과 언어학』 제20호, 시학과언어학회, 2011.

_____, 「진지하지만 추상적인, 고상하나 너무 단조로운」, 『문학·판』 제20호(2006년 가을), 2006.

_____, 『현대소설의 이야기학』, 서울: 프레스21, 2000.

최윤정, 「부재의 정치성」, 『작가세계』 제25호(1995년 여름), 1995, 5.

최재석, 『한국인의 사회적 성격』, 서울: 개문사, 1985.

하응백, 「자기 정체성의 확인과 모성적 지평」, 『작가세계』 제25호(1995년 여름), 1995, 5.

한상무, 『한국 근대소설과 이데올로기』, 서울: 푸른사상, 2004.

홍태식, 『한국 근대 단편소설의 인물 연구』, 서울: 한샘, 1998.

2. 국외

가라타니 고진, 박유하 역, 『일본근대문학의 기원』, 서울: 민음사, 1997.

다이애너 기틴스, 안호용 외 역, 『가족은 없다—가족 이데올로기의 해부』, 서울: 일신사, 1997.

마이클 J. 툴란, 김병욱·오연희 역, 『서사론』, 서울: 형설출판사, 1993.

미케 발, 한용환·강덕화 역, 『서사란 무엇인가』, 서울: 문예출판사, 1999.

빅토르 V. 슈클롭스키, 「단편소설과 장편소설의 구성」, 김치수 편저, 『구조주의와 문학비평』, 서울: 홍성사, 1980.

올리비에 르불, 홍재성 외 역, 『언어와 이데올로기』, 서울: 역사비평사, 1994.

월터 J. 옹, 이기우·임명진 역, 『구술문화와 문자문화』, 서울: 문예출판사, 1995.

이언 와트, 전철민 역, 『소설의 발생』, 서울: 열린책들, 1988.

이-푸 투안, 구동회·심승희 역, 『공간과 장소』, 서울: 대윤, 1995.

테리 이글튼, 여홍상 역, 『이데올로기 개론』, 서울: 한신문화사, 1994.

패트릭 오닐, 이호 역, 『담화의 허구』, 서울: 예림기획, 2004.

폴 리쾨르, 김한식 역, 『시간과 이야기 3』, 서울: 문학과지성사, 2004.

B. H. 스미스, 손영미 옮김, 「서술의 판본과 서술이론」, 주네트 외, 석경징 외 옮김, 『현대 서술이론의 흐름』, 서울: 솔, 1997.

F. K. Stanzel, 김정신 역, 『소설의 이론』, 서울: 문학과비평사, 1990.

H. 포터 애벗, 우찬제 외 역, 『서사학 강의』, 서울: 문학과지성사, 2010.

Brooks, Cleanth, Robert Penn Warren, *Understanding Fiction,* New York: Appleton-Century-Crofts, Inc., 1959.

Brooks, Peter, *Reading for the Plot,* New York: Random House, Inc., 1985.

Chatman, Seymour, *Story and Discourse,* Ithaca: Cornell University Press, 1978.

Culler, Jonathan, *Structuralist Poetics,* Ithaca: Cornell University Press, 1975.

Genette, Gérard, trans. Jane E. Lewin, *Narrative Discourse,* Ithaca: Cornell University Press, 1980.

Herman, David, Manfred Jahn, Marie-Laure Ryan, eds., *Routledge Encyclopedia of Narrative Theory,* London: Routledge Ltd., 2005.

Segre, Cesare, *Structure and Time: Narration, Poetry, Models,* Chicago: University of Chicago Press, 1979.

Smitten, Jeffrey R., Ann Daghistany, eds., *Spatial Form in Narrative,* Ithaca: Cornell University Press, 1981.

Stanzel, Franz K., trans. Charlotte Goedsche, *A Theory of Narrative,* Cambridge: Cambridge University Press, 1984.

Reading for the Novel

Choe Si-han

Analyzing works is the beginning and the end of the study on the novel, so its methodology needs to be always elaborated. However, those principles are not observed enough, and especially the lack of interests on the discourse hinders the rationality of the study. So I build up and organize the notion and the logic of them emphasizing on the discourse level. Moreover, I verify the validity of them by applying it on dealing with the main topic of discussion on the Korean modern novels research, and intend to avoid errors that the theological discussions might have made. Nevertheless, I am afraid that this book is insufficient in setting up the system with a broad understanding and only discussed some terms and aspects.

Prologue is about a level of novel analysis that can be divided by three; discourse, story, and theme, and this is the basis of the whole discussion of this book. While a level of theme and story is 'what is told', discourse is a level of 'what is telling'. The difference of two is whether there is time and space in them. Short story "The Pattern of Heart"(Simmun) by Choe Myeong-ik enables us to experience the inside of colonial intellectuals by intentionally delaying and disturbing the act of reading that develops a story and a theme from a discourse. This is the reality of spatiality which is one of the aesthetic features of modernism novels.

In chapter 1, I pointed out some problems of the methodology of character clarifying and then suggested their alternatives. It distinguishes 'actor' from 'character', and renews the concept of 'trait' and 'trait element', etc. I tried to prove the suitability by analysing the historical novel *The Pagoda that Casts No Shadow*(Muyeongtap) by Hyun Jin-geon.

The Pagoda that Casts No Shadow shows the endeavors after the dramatical formation of actors. However, it imitates the character type of 'poor woman story', so it takes on a contradictory aspect by the narrator who clearly exposes ideological attitude. Therefore, the traits of actors are superficial and fixed, and the trait elements fail to form the consistent, implicative character and thematic context. So it is hard to say that the author's intention to make some conflict between nationalism and toadyism ideology, and consider the former as positive one has been formed into the one with unified focus and structure.

Meanwhile, character study goes with the event study, and it can be concluded to the discussion on the archetypal story and its subject, the archetypal actor in a deeper level. For instance, I set up 'poor woman story' as a story model of Korean narrative works. I organized the traits of 'poor women' to four types, and analyzed the factors that make us consider them as pathetic and the types of reader's reaction. Also I covered the cultural background of the conventions of this kind of stories. And I classified three subtypes according to the aspect of unfolding events focusing the ending.

'Time' is quite an original and subtle subject in the study of narrative. In the chapter 3, I set the concept of 'time datum' as one of the ways of reading time in novels, and check its usefulness by applying this to the short story "The Words of Farewell"(Byeolsa) written by O Jeong-hui. Accordingly, the discussion has been naturally focused on plot.

Time datum indicates time points which would be the criteria on each level of story and discourse. Story time datum is a starting point of time that readers set as a standard when they reconstruct the story. And discourse time datum is an original point of time at which the narrator is considered as being narrating. The setting of these varies according to the way of narrative and understanding of the central event. Those time datum might not be set explicitly in every type of novel.

In "The Words of Farewell", the stories of Jeong-ok and her husband intersects, both of which describes the event happening 'today' so that it is confusing to set its temporal context forming a story. This problem can be solved if the discourse of the disappearance of her husband is considered as the result of Jeong-ok's imaginary behavior.

The story time and discourse time go together from 'today morning' which is the time datum of the event that Jeong-ok visits the cemetery. The imagining behavior happens starting from 'today noon'. It is a behavior that she goes together with her husband who seems to be certainly dead toward the reservoir and that she is aware of it with him and narrates about it because she is tied up to her husband's death. This psychological behavior is a ritual of 'leaving the husband' to the world of death, and its result is "Words of Farewell": Discourse of Department.

In chapter 4, I organized the concept of 'space' and analyzed the early modern novels for about 20 years in the beginning of 20th century focusing them and the characterization using them. That way I tried to prove the characteristics of modern novels and the process of their formation.

The 'space' of novel consists of story space and discourse space: it has factual, expressional, and aesthetic functions. Space includes the materials which fill the space, and those materials can be called 'space element'.

Unlike the old novels before, those works clarify the specific historical space 'now' or 'here' and describes in detail. Also space is intentionally used for the formation of event, character, and theme, etc. The early short stories forms solid discourse spaces by developing the expressional function and the aesthetic function of them. They use space to shape the theme and the characteristics of actors, and aesthetically structuralize the stories.

Space led the changes of novels from as a tool of ideological rationalization to art that expresses the interaction between an individual and an environment. Thus it has become the standard measuring the process and its level. From this, the awareness of the space of the novel, especially the analysis of the aspects shaping characters that expresses the inner side of an individual with space, contributes to reveal the the characteristics of the modern novel and its formation

In the study of novels, it happens quite often to analyze the work relating to the author's statement aside from his/her literary work. In fact, it is not simple at all. In chapter 5, I checked an essay and a novel by Kim Dong-in, a critic and writer who discussed and practiced the modern discourse method of novels. By doing so, I tried to make some suggestions about the relevant research methodology from it. In the process, I studied the methodology of the point ot view study itself. That is, I considered how to deal with it as a problem of the structure of a work and the author's imagination, not a simple form of discourse.

The viewpoint theory of Kim Dong-in pays attention to functions and kinds of a narrator and shows the pioneering perception that distinguishes focalizer from narrator. By giving prominence to the aesthetic form of novels, it reveals that the action of narration varies and is multi−layered, which contributes to the innovation of traditional sovereign method of discourse. But it is hard to say that his theory corresponds with his work. It needs the new method that relates and restructures them in the new level, the one of the writer's inside or imagination.

It seems to be impossible for Kim Dong-in to avoid or control the authorial narration, the traditional way of discourse that he had from the beginning. It means there is a gap between his awareness and practice, will and disposition. His tries to disclose the tragic aspect of life in his novel is modern, but the narration has an aesthetic limitation, which has a lot to do with those authorial attitude of narration. And again, the attitude is a result of limitations and premodern aspects which he couldn't fully overcome. For he failed to consider an individual in a society and describe the society from an individual.

It is one of the problems this study has presented that the study on the novel has not been done reasonably due to the lack of interests on the discourse level. Chapter 6 deals with the subjects that can be discussed in the level of narration generally and examines its methodological possibility from the study of short story series by Lee Mun-gu that mixed up the traditional method of discription with the one of modern novel.

'Narrative works' by Lee Mun-gu are narrated in a situation which narrator is not distinguished from author. Under the condition, the subject of narration who was named author−narrator discourses directly and sovereignly in spoken language like a oral storyteller. This kind of narrative attitude can be hardly called 'modern' because it does not consider independence of fictional world nor take the fictional narrative method separately.

This could be regarded as a succession of traditional narrative type, but also it is a creation from the conscious rejection against the foreign stuff by the author.

Narrative works in most of the works by Lee Mun-gu succeed the form and the mind of biography(傳). The whole short series this chapter covers can be regarded as a collection of biography. *The What Happened in Gwanchon*(Gwanchonsupil) highlights the classical scholor−like attitude of author−narrator, accurate narration about lives of common people, and the criticism on those making them suffer from poverty. However, it reveals premodern ideology, and the story is too flat. To overcome these problems, Lee Mun-gu uses narrative devices that are mainly about characters, conversations or arguments between them, narrator−focalizer narration, recurrence plot, short story series form, etc. As a result, his novel could attain the aesthetic form that strengthen spatiality: 'spatial novel'.

Narrative works by Lee Mun-gu show the problems that Korean modern history of narrative has involved. His works attain individuality and aesthetic form keeping the 'premodern' characteristics. This 'odd' aspect of his works reveals makes us realize that our active attention to what Korean modern novel is and should be like has been insufficient. Lee Mun-gu, by refusing being 'the other' in his stories, exposes that Korean novel has lost its identity itself in the process of modernization and westernization.

In chapter 7, I researched the logic and method to study ideology in a level of theme of novel. After checking the relations between ideology and novel and author, I analyzed "The Rising Sun"(Haedoji), a short story by Choe Seo-hae. For this story is a result from the two oppositive ideology, familism and socialism, its analysis can reveal the meaningful imaginative structure in the period of rapid change of Korean culture.

"The Rising Sun" shows conflicts between family and society, familism and socialism. Under the colonial society, socialism might be the means of solution or rationalization for the conflict and the choice, for it is considered as 'ideal father' who substitutes the lost father. However, his familism and the decision as a writer interrupt it from active performing. His novel and the life as a writer shows typical dilemma which Korean people stuck into who are still fettered by the bonds of traditional family ideology but face the socialism which arrived after they lost their country. However, the alternative dilemma in his novel fails to achieve the creative solution that overcomes the dilemma, and it is just romantically rationalized.

찾아보기

최시한崔時漢

서강대학교 국어국문학과 졸업
서강대학교 대학원 국어국문학과 졸업(문학박사)
현재 숙명여자대학교 한국어문학부 교수

저서
『가정소설 연구』(민음사, 1993)
『현대소설의 이야기학』(프레스21, 2000)
『소설의 해석과 교육』(문학과지성사, 2005)
『소설, 어떻게 읽을 것인가』(문학과지성사, 2010)
『스토리텔링, 어떻게 할 것인가』(문학과지성사, 2015) 외

논문
「사건의 개념과 갈래」(2003)
「스토리텔링 교육의 방법 모색」(2010)
「'제재'에 대하여」(2011) 외 다수

소설분석방법

제1판 1쇄 펴낸날 2015년 1월 30일

지은이 | 최시한
펴낸이 | 김시연

펴낸곳 | (주)일조각
등록 | 1953년 9월 3일 제300-1953-1호(구:제1-298호)
주소 | 110-062 서울시 종로구 경희궁길 39
전화 | 734-3545 / 733-8811(편집부)
            733-5430 / 733-5431(영업부)
팩스 | 735-9994(편집부) / 738-5857(영업부)
이메일 | ilchokak@hanmail.net
홈페이지 | www.ilchokak.co.kr

ISBN 978-89-337-0691-6 93810
값 20,000원

• 지은이와 협의하여 인지를 생략합니다.
• 이 도서의 국립중앙도서관 출판예정도서목록(CIP)은 서지정보유통지원시스템 홈페이지
  (http://seoji.nl.go.kr)와 국가자료공동목록시스템(http://www.nl.go.kr/kolisnet)에서
  이용하실 수 있습니다.
  (CIP제어번호 : CIP2015002052)